TERRA ASTRA
ANDROIDENJÄGER

VON
ERNST VLCEK

TERRA ASTRA

ANDROIDENJÄGER

VON
ERNST VLCEK

MOEWIG
fantastic

www.moewig-fantastic.de
Redaktion: Klaus N. Frick/Sabine Bretzinger
Titelillustration: David Mattingly, Agentur Thomas Schlück, Garbsen
Druck und Bindung: GGP Media, Pößneck
Printed in Germany 2000
www.terra-astra.de
ISBN 3-8118-4076-2

Die Androidenjäger

1.

»Mach das Licht aus! Verdammt, Barbara, mach das Licht aus!«

Das Licht erlosch. Er wagte sich wieder ans Fenster und schob den Vorhang ein wenig zur Seite. Unwillkürlich zuckte er zusammen, als er unten auf der Straße zwei seiner Jäger erblickte, obwohl er nichts anderes zu sehen erwartet hatte.

»Da sind sie, Barbara.«

»Du brauchst nicht *Barbara* zu mir zu sagen, wenn du's unter deiner Würde findest. Ich habe schließlich eine Nummer.«

Er drehte sich kurz um. Er sah nichts von ihr, da seine Augen von der Straßenbeleuchtung geblendet waren, sah nichts außer ihrer Nummer, die in der Dunkelheit leuchtete. Erst als sich seine Augen an die neuen Lichtverhältnisse gewöhnt hatten, konnte er ihre Umrisse erkennen. Aber die Nummer auf ihrer Stirn überstrahlte ihre Erscheinung.

1-1-0-9-2-2

Man konnte nie vergessen, daß sie eine Androidin war.

Er blickte wieder aus dem Fenster. Die beiden Männer standen inmitten einer Menge aus neugierigen Androiden und beratschlagten.

»Sie werden mich finden«, sagte der Mann.

Die Androidin erwiderte nichts.

»Was wirst du tun, wenn sie mich schnappen?« fragte der Mann, ohne die Straße aus den Augen zu lassen.

Die Androidin ignorierte die Frage.

»Ich habe dich etwas gefragt!«

Die Androidin sagte jetzt in ihrer schleppenden Art, mit

der sie ihr Desinteresse an ihrer Umwelt zum Ausdruck brachte: »Und ich stelle fest, daß dir mein Name schwer über die Lippen geht.«

»Verdammt!« fluchte der Mann wieder. »Was willst du denn eigentlich?«

»Vielleicht ein wenig Achtung. Und wenn sie nur geheuchelt wäre.«

»Du hast überhaupt keinen Grund zur Unzufriedenheit, Barbara«, schimpfte der Mann. »Du bist eine Androidin, in Ordnung. Sie haben dich in die Slums gesteckt, und wenn du dieses Getto verläßt, bespucken sie dich und werfen mit Steinen nach dir. Stimmt. Aber du darfst wenigstens leben. Ich dagegen bin ein *Mensch* und soll getötet werden. Weißt du, wie mir erst zumute ist?«

»Einmal habe ich mir den Tod gewünscht ...«

»Du verzapfst Unsinn«, sagte der Mann und konzentrierte sich wieder auf das Straßenbild. Der Gleiter, dem die beiden Jäger entstiegen waren, stand noch am Randstein geparkt. Zerlumpte Gestalten umstanden ihn, in deren Augen unterdrückter Haß schwelte. Es waren allesamt Androiden, die leuchtenden Registriernummern auf ihren Stirnen verrieten sie.

Die beiden Jäger waren hier Fremdkörper. Sie waren Menschen. Jetzt trennten sie sich. Der eine suchte eines der gegenüberliegenden Häuser auf. Der andere verschwand in einer der Bars.

Der Mann am Fenster atmete hörbar auf. Er verließ seinen Platz am Fenster und ließ sich auf das Bett fallen. Seine Augen suchten die Androidin.

Sie band sich gerade ein Stirnband um, mit dem sie ihre Registriernummer verdeckte.

Er kicherte.

»Glaubst wohl, diesen Trick durchschaut niemand?«

Sie gab keine Antwort.

»Was bezweckst du mit dieser Maskerade eigentlich?«

»Manchmal habe ich den Wunsch, mich unter Menschen zu mischen.«

»Und darauf fällt tatsächlich jemand herein?«

»Ja – aber nur für kurze Zeit. Dann sperren sie mich ein und schieben mich wieder ab. Aber ich bin schon zufrieden, wenn ich einen einzigen Schritt in die Welt der Menschen tun kann.«

»Seltsame Gelüste! Du erniedrigst dich und verleugnest deine Art, nur um für wenige Augenblicke als Mensch zu gelten – das begreife ich nicht.«

Sie zuckte die Schultern. »Das verlange ich auch nicht von dir. Mir geht es gar nicht um das Menschsein, sondern darum, für kurze Zeit die Illusion der Freiheit zu haben.«

»Ich würde mich mit einem Leben in diesen Slums zufriedengeben, wenn sie mich nur am Leben ließen«, behauptete der Mann.

»Das sagt sich leicht.«

»Ich meine es so.«

»Warum glaubst du, daß dich diese beiden Männer töten wollen?«

»Sie waren schon einmal nahe daran. Und sie hätten mich umgebracht, wenn ich nicht geflüchtet wäre.«

»Hast du etwas verbrochen?«

»Nein, nicht daß ich wüßte.«

Die Androidin setzte sich auf den Bettrand. Ihr Stirnband löste sich und fiel herunter.

»Warum sollen sie dich dann töten?« fragte sie.

»Das ist eine lange Geschichte.«

»Ich möchte sie hören.«

»Du möchtest dich wohl an den Einzelheiten meines Schicksals weiden, was?«

Sie schüttelte nur den Kopf.

»Doch, das willst du«, behauptete er. »Ich kenne euch Pack doch. Ihr seid einer wie der andere. Es befriedigt euch zu sehen, wenn einer eurer Schöpfer einmal bis oben hin im Dreck steckt.«

Er ergriff ihren Arm und zog sie zu sich herunter.

»So ist es doch, nicht wahr?« zischte er. »Sag schon, daß es dir dieselbe Befriedigung gibt wie den anderen Androiden, wenn ein Mensch in der Klemme sitzt.«

»Warum bist du nur so verbittert?« murmelte sie.

»Das fragst du noch?« Er beugte sich über sie, sein Gesicht war vor Wut verzerrt. »Willst du wissen, warum ich euch hasse? Ja, ich hasse euch. Ich hasse euch, weil ich es einem Androiden zu verdanken habe daß man mich töten will. Ich soll wegen eines Androiden getötet werden.«

»Das ... das kann ich nicht glauben.«

»Oh, du kannst es ruhig glauben. Ich bin nämlich kein vollwertiger Mensch mehr, weißt du. Ich leide an Suppressionen, und deshalb will man mich durch einen vollkommenen Androiden ersetzen!«

Sie schüttelte ungläubig den Kopf. »Das gibt es nicht!«

»Und ob es das gibt. Ich habe es selbst erlebt, als ich noch in der Verwertungsstelle für Synthetische Humanoide arbeitete. Da kam einmal eine Frau zu uns, die ihren Mann in eine Irrenanstalt gesteckt hatte. Das wäre soweit in Ordnung gewesen, denn wenn einer nicht ganz richtig im Kopf ist, gehört er abgesondert. Aber die Frau kam nicht zu uns, um über das Schicksal ihres Mannes zu klagen, sondern sie wollte bedauert werden. Sie könne es nicht ertragen, ohne ihren Mann zu leben, sagte sie und ließ sich einen Androiden nach Maß bauen. Ein genaues Ebenbild ihres Mannes, nur, daß dieser Doppelgänger geistig gesund und in so mancher Beziehung ihrem Mann über war ...«

Eine Weile herrschte Stille, dann sagte die Androidin: »Davon habe ich nichts gewußt. Es ist ... schrecklich!«

»Laß dein falsches Mitleid!« schrie er sie an. »Ihr seid ja doch alle gleich – kalt, skrupellos und darauf bedacht, die Menschheit langsam und methodisch zu verdrängen. Ihr gehört alle ...«

Er hatte sich in eine blinde Wut hineingesteigert, und einen

Moment lang sah es aus, als wolle er die Androidin schlagen. Aber dann lief ein Zittern durch seinen Körper, und er fiel kraftlos aufs Bett – und plötzlich begannen seine Glieder konvulsivisch zu zucken.

Die Androidin ging zum Waschbecken und goß aus einem Krug Wasser über ein Handtuch. Sie trat wieder an das Bett und legte dem zuckenden Mann das kühle Tuch auf die heiße Stirn. Er seufzte erleichtert.

Sie mußte fast fünf Minuten warten, bis der Anfall vorüber war. Als der Mann ein leises »Danke« hauchte und gleich darauf zu schluchzen begann, wußte sie, daß die Suppressor-Felder langsam abklangen.

»Daran ist dieser verdammte Krieg schuld«, stöhnte der Mann. »Im Krieg habe ich mir von den Shooks die Suppressionen geholt. Und im Krieg habe ich die Androiden hassen gelernt. Warst du auch im Krieg?«

»Ich weiß es nicht«, antwortete die Androidin. »Vielleicht wurde mir die Erinnerung daran genommen.«

»Ja, das wäre möglich.«

»Aber – gab es damals überhaupt schon Androidinnen?«

Der Mann nickte. »Sie wurden zumeist als Ärztinnen oder Krankenschwestern eingesetzt, und nur gelegentlich bekamen sie auch eine Offiziersausbildung. Ich erinnere mich allerdings daran, daß einmal ein weiblicher Leutnant das Kommando über unser Raumschiff übernahm, weil der eigentliche Kommandant in einem Suppressor-Feld der Shooks umgekommen war. Der Kommandant war zwar auch ein Androide gewesen, aber wenigstens ein männlicher.«

»Worin lag für euch der Unterschied?«

»Du hast recht – worin lag für uns der Unterschied!« Er lachte. »Androide bleibt schließlich Androide. Wir haßten sie alle. Wir, die gemeinen Soldaten, die wir Menschen waren, mußten uns von künstlichen Geschöpfen befehlen lassen. Man versuchte uns zu erklären, warum ausgerechnet die Androiden die Führungspositionen innehatten. Und es klang einleuchtend und logisch, aber abfinden konnten wir uns damit nie.

Es war klar, daß die Androiden bevorzugt wurden. Sie brauchten keine lange Ausbildung, keine Offiziersakademie, sondern man konnte ihnen das Wissen bei der Erschaffung einpflanzen. Und da die Berufssoldaten in den ersten Jahren des Krieges gegen die Shooks größtenteils fielen, rückten immer mehr Androiden nach. Wir, die gemeine Mannschaft, wir Menschen, hatten gegen zwei Fronten zu kämpfen. Gegen die Shooks und gegen die Androiden. In beiden sahen wir Feinde der Menschheit.«

»Es ist ein Irrtum, wenn du glaubst ...«, begann die Androidin, aber der Mann unterbrach sie:

»Ich habe meinen Irrtum eingesehen und meine Meinung über euch Androiden revidiert. Da es euch nun einmal gibt, kann man nicht über euch hinwegsehen. Man muß sich mit dem Androidenproblem befassen, egal wie man sich dazu stellt. Aber glaubst du nicht, daß alles viel einfacher wäre, wenn es euch nicht gäbe? Und wem würde es schaden? Ihr nützt niemandem.«

Die Androidin preßte die Lippen zusammen. »Wir waren für die Menschheit aber einmal von großem Nutzen. Man hat uns für den Krieg gegen die Shooks erschaffen, weil die Menschen nicht ihre eigene Haut zu Markte tragen wollten. Unsere schon, das kostete sie ja nichts. Jetzt, nachdem der Krieg vorbei ist, könnten sich die Menschen für unsere Hilfe revanchieren, indem sie sich um eine zufriedenstellende Lösung der Probleme bemühten, die unsere Existenz nun einmal mit sich bringt. Meinst du, es sei der gerechte Dank, wenn man uns nun in Elendsvierteln zusammenpfercht und uns mit Registriernummern brandmarkt?«

Der Mann sagte bewundernd: »Du kannst ja richtig leidenschaftlich sein!« Und er streckte unwillkürlich seinen Arm nach ihr aus.

Die Androidin sprang auf.

»Rühr mich nicht an!« zischte sie.

Der Mann zog seinen Arm wieder zurück. Er war über sich selbst verwundert, und das brachte er auch in seinen Worten zum Ausdruck, als er vor sich hin murmelte: »Seltsam. Im Krieg dachten wir alle, Androiden seien nur als Kanonenfutter gut. Nach dem Krieg dachten wir beim Anblick einer Androidin, daß sie unter Umständen ein besserer Zeitvertreib wäre als eine menschliche Frau. Androidinnen brauchte man sich nur zu nehmen, sie *gehorchten.* Aber weder im Krieg noch danach hätte ich es mir träumen lassen, daß ich einmal das Wort einer Androidin achten würde. Wo führt das noch hin?«

Die Androidin wußte, daß es sich nur um eine rhetorische Frage handelte, deshalb gab sie keine Antwort. Sie war zum Fenster gegangen und starrte auf die Straße hinunter. Sie sah, wie die beiden Jäger aus der Bar und dem gegenüberliegenden Haus kamen.

»Erzähle weiter«, forderte sie den Mann auf. »Ich höre dir gerne zu. Wenigstens vergeht so die Zeit schneller, bis die Jäger hier sind.«

Die Wut übermannte den Mann, aber er hielt sich gewaltsam zurück. Denn er wußte, daß jedesmal, wenn er sich erregte, die Suppressor-Felder wirksam wurden und die Tätigkeit seines Gehirns unterdrückten.

Er lehnte sich zurück und versuchte, sich zu entspannen.

»Über den Krieg gibt es nicht mehr viel zu sagen«, erklärte er. »Er hat insgesamt zehn Jahre gedauert. So lange brauchten die Shooks auf ihrer Wanderschaft durch die Milchstraße, um das Territorium der Menschen zu durchqueren. Seltsame Nomaden. Sie brannten alles nieder, was sich ihnen in den Weg stellte, kaltblütig, aber ohne Haß. Als sie dann das Gebiet der Menschheit hinter sich ließen, war der Krieg für sie beendet. Die Menschen waren nicht auf Rache aus. Sie hatten genug mit dem Wiederaufbau zu tun. Und sie standen plötzlich mit einem Millionenheer von Androiden da. Vernichten wollte man die Androiden nicht, weil sie teuer waren. So kam man auf die wahnwitzige Idee, sie an Privatpersonen zu verkaufen ...«

»Erspare dir diese Einleitung«, sagte das Mädchen vom Fenster her. »Ich bin mit diesen Dingen vertraut. Ich kenne alle Gesetze, die bisher für und gegen uns geschaffen wurden. Und ich kenne auch das Institut für Synthetische Humanoide. Mich interessiert viel mehr dein Privatleben.«

»Ich werde nie begreifen«, seufzte der Mann, »warum ich dich ungestraft so mit mir reden lasse.«

»Weil du in der Falle sitzt«, antwortete die Androidin. »Was tatest du nach dem Krieg?«

»Ich ging zurück zu meinem Vater. Er hat hier auf Carmatun eine große Farm, nördlich von Versanda. Er war glücklich über meine Rückkehr, denn er liebte mich. Es war sein sehnlichster Wunsch, daß ich einmal sein Lebenswerk weiterführen würde. Dann erfuhr er, daß ich an Suppressionen litt, und war augenblicklich wie ausgewechselt. Er hatte früher nie einen Tropfen Alkohol angerührt, aber plötzlich begann er zu trinken. Und in einem seiner Räusche sagte er mir den Grund für seine Veränderung; ich sei ein Krüppel und würde seiner Meinung nach die Farm nicht weiterführen können. Da ich auch meinen Stolz habe, tat ich nichts, um ihn von diesem absurden Gedanken abzubringen.«

Der Mann machte eine Pause.

Die Androidin sah, daß die beiden Jäger nun über die Straße kamen und das Haus betraten, in dem sie wohnte.

»Wie geht es weiter?« sagte sie zu dem Mann auf dem Bett.

Und der Mann erzählte weiter aus seinem Leben, während die Jäger immer näher kamen.

»Ich ahnte bald, daß Vater, in seiner Sorge um die Weiterführung der Farm, sich zu einem Verzweiflungsschritt entschließen würde ...«

2.

Xenor Anders starrte aus dem Fenster auf das riesige Areal des Instituts für Synthetische Humanoide, als das Ehepaar sein Büro betrat. Es waren einfache Leute, Farmer aus einer entlegenen Gegend Carmatuns. Er nickte ihnen kurz zu und wies auf die Besucherstühle. Dann nahm er das oberste Formular von einem dicken Aktenbündel auf seinem Schreibtisch und las mit unpersönlicher Stimme vor:

»Beatrice Klinett, Mädchenname Fierber, geboren am 20. März 2806 in Pentegor auf Carmatun. Robert Klinett, geboren am 6. Mai 2802 in Vien auf Terra, nach Carmatun zugewandert im Jahre 2827.«

Anders blickte auf und fragte: »Sind das Sie beide?«

Die Frau war so eingeschüchtert, daß sie nur ein Nicken zustande brachte. Der Mann mußte sich räuspern, bevor er sagte: »Jawohl, Herr, das sind wir beide.«

»Ihre Ausweise, bitte.«

Während Anders die beiden Identitätskarten überprüfte, stellte er eine Reihe routinemäßiger Fragen.

»Und Sie möchten einen Androiden erstehen?« fragte er am Ende des Frage-und-Antwort-Spiels.

»Jawohl, Herr, das stimmt«, bestätigte der Farmer.

»Haben Sie überhaupt eine Ahnung, was Sie das kosten wird?«

Die Frau nickte, der Mann sagte: »Ja, wir wissen, wie teuer ein Androide ist. Wir sind nicht gerade reich, aber wir haben gespart.«

»Auf den Androiden?«

Der Farmer war irritiert. »Wir haben nicht mit dem Ziel gespart, einen Androiden zu kaufen, Herr. Aber wir wollen unsere Ersparnisse jetzt dazu verwenden.«

Anders stellte fest, daß er es hier nicht mit einem einfältigen Hinterwäldler zu tun hatte. Der Farmer war einfach, aber nicht dumm.

»Und für welchen Zweck wollen Sie den Androiden verwenden?« fragte Anders.

Der Farmer wechselte einen schnellen Blick mit seiner Frau, dann sagte er etwas ungehalten: »Das steht alles im Antragsformular.«

Anders nickte. »Ich kann lesen. Aber ich hätte die Beweggründe gerne von Ihnen persönlich gehört.«

»Muß das sein?«

»Ich halte es für nötig. Und ich werde Ihnen auch sagen, warum.« Anders lehnte sich zurück. »Sie müssen sich vor allem einmal klar darüber werden, daß wir nicht Androiden verkaufen, nur um unsere Lagerräume leer zu bekommen. Androiden sind eine äußerst brisante Ware, denn es sind selbständig denkende Geschöpfe. Gehorsam und manchmal dem Menschen hörig, aber doch keine willenlosen Roboter. Deshalb gibt es auch bereits ein dickes Gesetzbuch, in dem alle Rechte und Pflichten der Menschen den Androiden gegenüber verankert sind. Diese Androidengesetze sind noch nicht alt, und es bedarf dauernder Reformierungen. Wenn wir Androiden verkaufen, dann müssen wir davon überzeugt sein, daß der Käufer dadurch Menschen nicht zu Schaden kommen läßt. Können Sie mir folgen?«

»Nein«, gestand der Farmer.

»Es hat einmal einen Mordfall gegeben, wo der Täter einen Androiden anstelle des Ermordeten weiterleben lassen wollte. Unter anderem wollen wir verhindern, daß sich ein ähnlicher Fall wiederholt. Verstehen Sie mich jetzt?«

Der Farmer nickte.

»Welches Motiv also können Sie für den Kauf eines Androiden angeben?« fragte Anders.

»Wir wollen den Androiden für Artie – unseren Sohn«, erklärte der Farmer. »Wir dachten uns, weil wir so weit draußen wohnen, von der Zivilisation und den Menschen abgeschnitten ... deshalb dachten wir, es wäre gut, von dem Regierungsangebot Gebrauch zu machen. Es ist so einsam bei uns, und Artie braucht Kontakt. Wir beide sind nicht genug für ihn. Wir wollen den Androiden kaufen, damit Artie einen Freund und Lehrer hat.«

»Sie wollen also den Kauf nur Ihrem Sohn zuliebe tätigen«, faßte Anders zusammen.

»Jawohl.«

Anders wiegte den Kopf. »Das ist viel Aufwand für einen Zweck, den Sie billiger und vor allem einfacher erreichen können. Es gibt etliche Möglichkeiten, Ihrem Sohn Bildung und Kontakt mit Menschen zu verschaffen. Sie könnten ihn auf eine höhere Schule in Versanda schicken. Was meinen Sie dazu?« Der Farmer senkte den Blick. Zum erstenmal meldete sich seine Frau zu Wort.

»Wir sollen Artie von uns fortgeben?« fragte sie erstaunt. »Nein, das könnte ich nicht.«

»Es bestünde auch die Möglichkeit für Sie, einen *menschlichen* Lehrer zu verpflichten«, schlug Anders vor.

»Ich glaube nicht, daß sich ein Fremder auf die Dauer bei uns wohl fühlen würde«, meinte der Farmer und fügte hinzu: »Wir leben in der Wildnis.«

»Lassen Sie es auf einen Versuch ankommen.«

»Nein.« Der Farmer blieb hartnäckig. »Wir wollen einen Androiden.«

»Wie Sie wollen«, sagte Anders. »Ich kann zwar Ihren Antrag nicht endgültig ablehnen, dafür bin ich nicht kompetent. Aber ganz bestimmt werde ich ihn nicht befürworten, und das bedeutet für Sie einige weitere Wochen Wartezeit.«

Der Farmer sprang auf. Es schien, als wolle er sich auf Anders stürzen. Aber dann gewann sein Verstand die Oberhand, er wandte sich um und stapfte zur Tür.

»Komm, Beatrice, wir gehen. Aber das letzte Wort in dieser Angelegenheit ist noch nicht gesprochen. Und wenn ich bis zum Präsidenten ...«

Die Tür fiel ins Schloß.

Anders wußte, daß es dem Farmer ernst war. Er würde

nicht eher ruhen, bis man ihn zu Raynold Bimonte vorließ, dem Abteilungsleiter der Verwertungsstelle. Und Anders wußte auch, daß damit seine Niederlage besiegelt war. Bimonte würde keine Bedenken haben, dem Farmer einen Androiden zu verkaufen. Denn obwohl Anders etwas anderes behauptet hatte: Die Verwertungsstelle im Institut für Synthetische Humanoide verschacherte die Androiden tatsächlich, um die Lagerräume leer zu bekommen.

Anders rechnete sich noch einige Stunden Zeit aus, bevor der Farmer zu Bimonte vorgelassen würde. Das war lange genug, um noch einige Ansuchen zu behandeln, zum Essen zu gehen und anschließend ein Versetzungsgesuch abzufassen.

»Der nächste bitte«, sagte Anders ins Sprechgerät.

Er hoffte, daß er diesmal mehr Erfolg haben würde. Ein Erfolg war für ihn gleichbedeutend damit, voraussichtliche Käufer von ihrem Entschluß, einen Androiden anzuschaffen, abzubringen. Denn obwohl er gemäß seiner Stellung für die Androiden einzutreten hatte, war er gegen sie eingestellt.

Er haßte die Androiden.

Als Xenor Anders in die Kantine kam, stellte er zu seiner größten Enttäuschung fest, daß Dolly Peter nicht an ihrem Stammtisch saß. Das bedeutete, daß sie heute gar nicht kommen würde. Dolly arbeitete als Assistentin ihres Vaters in der Androidenproduktion und war in allem, was Androiden betraf, anderer Meinung als Xenor. Doch kamen sie trotzdem gut miteinander aus. Bisher waren ihre verschiedenen Ansichten kein Hindernis für eine auf Gegenseitigkeit beruhende Zuneigung gewesen.

Xenor setzte sich an den leeren Tisch und öffnete lustlos den Verschluß des Automatenmenüs. Ohne rechten Appetit begann er in dem Gemüseeintopf herumzustochern. Als ein Schatten auf ihn fiel, blickte er auf.

Vor ihm stand ein gleichaltriger junger Mann und lächelte auf ihn herunter.

»Ist bei dir Platz, Xenor?«

»Nur zu, Challer, setz dich.«

Der junge Mann namens Challer glitt geschmeidig auf einen der freien Stühle. Er hatte blondes, in der Mitte gescheiteltes Haar, ein schmales Gesicht, in dem blaue, stechende Augen dominierten.

»Du bist nicht bei Appetit?« erkundigte sich Challer. Es klang lauernd, was aber ohne Bedeutung war, denn er gehörte zu den Außendienstbeamten – im Volksmund Androidenjäger genannt. Diese Bezeichnung war viel treffender.

»Hatte einen schlechten Vormittag«, entgegnete Xenor.

Challer begann zu essen. Kauend sagte er: »Wie sieht es mit deinem Versetzungsantrag aus?«

Xenor schob das kaum angerührte Menü fort. »Ich hoffe, daß es diesmal klappen wird«, sagte er. »Ich habe mich wieder einmal auf eine Art in Szene gesetzt, daß Bimonte vor Wut kochen wird, wenn er davon erfährt.«

Challer lachte. »Mach nur weiter so, Xenor, dann sitzen wir bald im selben Boot. Darauf freue ich mich schon.«

»Wie sieht es bei euch aus?« fragte Xenor.

»Wir können laufend gute Leute brauchen. Es herrscht ein Mangel an Nachwuchs, die *Peterhaut* erfreut sich ständig steigender Beliebtheit.«

Xenor nickte düster vor sich hin. Peterhaut war eine abfällige Bezeichnung für Androiden und von Dr. French Peter, Dollys Vater, abgeleitet, der maßgeblich an der Erschaffung der synthetischen Humanoiden mitgewirkt hatte.

»Diese unerfreuliche Entwicklung geht von Terra aus«, fuhr Challer fort, »und greift wie eine Seuche auf alle anderen Planeten über. Auf Terra wurde sogar ein Gesetz vorgelegt, das der Peterhaut Gleichberechtigung garantieren soll. Wenn sie das durchbringen, steht die Welt nicht mehr lange.«

»Das bringen sie nie durch«, sagte Xenor überzeugt.

»Na, da bin ich nicht so sicher«, meinte Challer. »Wir sitzen an der Brutstelle, wir wissen, welche Gefahr eine Ausbreitung der Androiden für die Menschheit bedeutet. Aber auf Terra und vielen Kolonialwelten sieht man die Situation durch eine rosarote Brille. Es macht denen nichts aus, eine Peterhaut mit Sir oder Herr anzureden. Ja, es gehört schon fast zum guten Ton, unter seinen Freunden zumindest eine Peterhaut zu haben. Androidinnen als Geliebte stehen überhaupt hoch im Kurs.«

»Dagegen muß etwas unternommen werden«, sagte Xenor.

Challer sah ihn prüfend an, dann flüsterte er vertraulich: »Es wird auch etwas unternommen. Eine ganze Menge sogar, Xenor. Und ich sage dir, wenn den Androiden Gleichberechtigung zuerkannt wird, dann steht Carmatun auf wie ein Mann.«

»Das könnte zum Bürgerkrieg führen!« entfuhr es Xenor.

»Würdest du es nicht lieber darauf ankommen lassen, bevor du genötigt wirst, einem Androiden die Hand zu geben?«

Xenor rieselte es bei diesem Gedanken kalt über den Rükken. Ja, er würde lieber gegen Menschen kämpfen, als einem Androiden die Hand zu geben.

Challer erhob sich. »Und, Xenor, du weißt – wenn der Peterhaut erst einmal Menschenrechte zugebilligt werden, dann ist das der Jüngste Tag für die Menschheit!«

Der Androidenjäger ging. Xenor sah ihm nach, bis er durch den Ausgang verschwunden war. Er mußte an das seltsame Verhalten seines Vaters in letzter Zeit denken. Wie er ihn, seinen Sohn, verletzend behandelte. Und Xenor erinnerte sich der Unterredung, die sein Vater mit Dr. French Peter unter vier Augen führte. Waren das nicht alles Anzeichen dafür, daß sich hinter seinem Rücken etwas zusammenbraute? Etwas, das er schon die längste Zeit ahnte, wofür er aber noch keinen Beweis besaß?

Doch wie dem auch war, es mußte etwas zur Lösung des

Androidenproblems unternommen werden. Und er, Xenor, würde alles dazu beitragen, daß es eine schnelle und drastische Lösung sein würde. Er wollte sich dieser Aufgabe mit aller Kraft widmen, denn er hatte ein persönliches Motiv. Es ging um sein Leben.

Xenor Anders kehrte in sein Büro zurück. Er setzte sich an seinen Schreibtisch und drückte einen Knopf des Schaltbrettes, der an seiner Tür das Schild GESCHLOSSEN aufleuchten ließ. Dann holte er den Phonographen aus der Schublade und diktierte dem Schreibgerät sein Versetzungsgesuch.

Es war bereits das vierte innerhalb der letzten beiden Monate. Er war kaum damit fertig, als das Bildsprechgerät summte.

Noch bevor er den Anrufer auf dem Bildschirm sehen konnte, wußte er, um wen es sich handelte.

»Sie wünschen, Chef?« meldete er sich.

»Als ob Sie das nicht wüßten!« schnaubte Raynold Bimonte. Er war groß und schlank und geistig völlig ausgeglichen, wenn man dem Urteil des Betriebs-Psychagogen glauben wollte. Auf dem Bildschirm war nur das Gesicht mit den stark hervortretenden Backenknochen und den graumelierten Schläfen zu sehen.

»Was haben Sie mit den Farmersleuten angestellt?« fragte der Abteilungsleiter der Verwertungsstelle scharf.

»Ich habe es abgelehnt, ihnen einen Androiden zu verkaufen«, antwortete Xenor ruhig.

»Mit welcher Begründung?«

»Weil ihr Sohn nicht den Umgang mit einem synthetischen Monstrum braucht, sondern Kontakt mit Menschen.«

»Eine fadenscheinigere Erklärung ist Ihnen wohl nicht eingefallen? Mein lieber Anders, durch solche Eigenmächtigkeiten werden Sie immer untragbarer für meine Abteilung.«

Anders hielt das Versetzungsgesuch vor das »Auge« des Bildsprechgeräts. »Ich habe bereits die Konsequenzen gezogen«, sagte er.

Raynold Bimonte nickte bedächtig. »Ich glaube, ich werde Ihre Versetzung diesmal ernsthaft in Erwägung ziehen. Obwohl Ihr Vater ...«

»Lassen Sie meinen Vater aus dem Spiel!«

Bimonte seufzte. »Also gut, lassen wir Ihren Vater aus dem Spiel. Zu Ihrer Information, Anders, ich gebe dem Gesuch statt, das Sie so unmotiviert abgelehnt haben. Der Farmer bekommt einen Androiden, und zwar einen, der dem Jungen ein besserer Freund und Erzieher sein wird, als es ein Mensch je sein könnte.«

»Wenn Sie sonst nichts mehr zu sagen haben, Chef, dann beenden wir die Unterhaltung. Ich habe nämlich um 16 Uhr eine Verabredung mit Doktor Glunster.«

»Das ist einstweilen alles.«

Xenor unterbrach die Verbindung, räumte seinen Schreibtisch auf und machte sich auf den Weg zu dem Betriebs-Psychagogen Dr. Martin Glunster.

»Ich glaube, wir machen Fortschritte«, sagte der Psychagoge nach beendeter Sitzung. »Haben Sie nicht auch schon die Beobachtung gemacht, daß Ihre Suppressionen im Abflauen begriffen sind?«

Xenor saß auf der Behandlungscouch.

»Ehrlich gestanden, Marty, ich habe noch nichts davon bemerkt.«

Der Psychagoge holte aus einer Kartei Xenors Befund heraus und studierte ihn, während er sprach. »Das dürfte darauf zurückzuführen sein, daß die Suppressor-Felder nur allmählich abnehmen, so daß Sie sich automatisch an die Zwischenstadien gewöhnen. Meine Unterlagen zeigen eindeutig, daß Sie einen Heilungsprozeß durchmachen.«

Xenor blieb skeptisch. »Und wann, glauben Sie, bin ich vollkommen geheilt, Marty?«

Der Psychagoge lächelte.

»Sie vertragen doch ein ehrliches Wort«, sagte er dann.

»Sicher.«

Der Psychagoge holte Atem.

»Wußten Sie, daß es in jedem menschlichen Gehirn Suppressor-Felder gibt?«

»Nein.«

»Diese Suppressor-Felder«, führte nun der Psychagoge aus, »haben die Eigenschaft, auf alle anderen Regionen des Gehirns überzugreifen und deren Tätigkeit zu unterdrücken – wenn sie aktiviert werden. Bei einem Durchschnittsmenschen vermindern sie die Kapazität des Gehirns um ungefähr fünfzig Prozent. Aber dessen ist sich niemand bewußt, weil noch niemand Gelegenheit hatte, die volle Kapazität des Gehirns auszunützen. Man wird mit den Suppressionen geboren und trägt sie ein Leben lang mit sich, ohne sich ihrer bewußt zu werden. Selbst bei den größten Genies, die die Menschheit hervorgebracht hat, liegen die Suppressor-Felder nicht unter vierzig Prozent. Aber natürlich sind das keine konstanten Werte, sie schwanken dauernd.«

»Welchen Prozentsatz machen die Suppressor-Felder bei mir aus?«

»Bei Ihnen schwanken sie ganz besonders stark«, sagte der Psychagoge. »Bei Ihnen gibt es Minimum-Perioden, wo die Stärke der Felder dem Durchschnitt entspricht. Aber wenn Sie in irgendeiner Form in Erregung geraten, dann schwillt die Stärke der Felder sprunghaft an. Als Sie zum erstenmal zu mir in Behandlung kamen, erreichten die Suppressionen bei Ihnen ein Maximum von neunzig Prozent. Hundert Prozent sind tödlich. Nun kann ich aber mit Stolz verkünden, daß achtundachtzig Prozent nicht mehr überstiegen werden.«

Xenor glitt von der Couch. »Wenn der Erfolg Ihrer Behandlung weiterhin diese steigende Tendenz beibehält, werde ich mich im hohen Alter endlich rühmen können, normal zu sein.«

»Der Erfolg liegt nicht nur bei meinen Behandlungsmethoden, er hängt in starkem Maße von Ihrem Genesungswillen ab.«

»Glauben Sie wirklich, ich möchte *nicht* geheilt werden?«

Der Psychagoge belehrte: »Mit dem Wollen allein ist es nicht getan. Dieser Wunsch ist zu oberflächlich. Die Blockierung aber sitzt bei Ihnen viel tiefer, nämlich im Unterbewußtsein. Sie können nur dann über Ihren eigenen Schatten springen, wenn Sie Ihre seelische Einstellung von Grund auf ändern.«

»Deshalb konsultiere ich Sie – weil ich mir von Ihnen als Seelenführer Hilfe erwarte.«

»Meine Therapie hat schon Ergebnisse gezeitigt«, sagte der Psychagoge und klopfte Xenor aufmunternd auf die Schulter. »Und während der nächsten Sitzungen wird die Erfolgskurve sprunghaft ansteigen. Sie werden sehen.«

Aber es sollte nicht so schnell zu einer nächsten Sitzung kommen. Als Xenor in sein Büro zurückkehrte, lag eine Nachricht auf seinem Schreibtisch. Darauf stand:

Ihrem Versetzungsgesuch wurde stattgegeben. Sie werden dem Außendienst zugeteilt. Ich erwarte Sie morgen früh zu einer letzten Aussprache in meinem Büro.

Raynold Bimonte

3.

Nachdem Xenor Anders den Robotpförtner am Tor passiert hatte, blieb er abrupt stehen. Es war ein beinahe alltäglicher Anblick, der sich ihm bot: Haskar Raims, der Direktor der Prüfungsstelle, bestieg seinen Luxusgleiter. Xenor hatte dieselbe Szene vorher schon oft betrachtet, aber diesmal sah er sie mit ganz anderen Augen. Denn Haskar Raims war ab morgen sein neuer Chef.

Während Xenor noch so dastand, stieg plötzlich der livrierte Pilot aus, kam auf ihn zu und blieb vor ihm stehen. Er lüftete die Mütze und sagte: »Direktor Raims läßt fragen, ob Sie bei ihm einsteigen wollen, Herr. Er meint, Sie hätten beide den gleichen Weg.«

Einen Moment war Xenor so überrascht, daß er kein Wort über die Lippen brachte. Aber er faßte sich schnell.

»Ja, das stimmt. Ich will ebenfalls zu Doktor Peter hinaus«, sagte er.

»Wollen Sie mit Direktor Raims fliegen?«

»Ja, ich nehme gern an.«

Unbeholfen kletterte er in den Fond des Gleiters, als ihm der Pilot die Tür aufhielt.

»Guten Abend, Anders«, wurde er von Raims begrüßt. »Mit großer Genugtuung habe ich von Bimonte die Nachricht entgegengenommen, daß Sie von nun an meiner Abteilung angehören.«

Haskar Raims hatte einen viel zu kurzen Oberkörper, so daß er im Sitzen klein und verloren wirkte. Sein Gesicht war entstellt.

»Ich bin froh, unter Ihnen arbeiten zu können«, entgegnete Xenor. »Leider hat es erst mit dem vierten Versetzungsgesuch geklappt.«

»Es ist noch nicht zu spät. Es gibt immer noch viel zu viele Androiden. Aber keine Bange, wir werden sie ausrotten.«

Haskar Raims lachte bellend. Xenor versuchte ein pflichtschuldiges Lächeln, doch es mißglückte ihm.

Der Gleiter hob ab, und Haskar Raims vertiefte sich mit einer gemurmelten Entschuldigung in die Lektüre eines dikken Aktenbündels.

Das folgende Schweigen gab Xenor Gelegenheit, über seine Lage und die Situation im allgemeinen nachzudenken.

Das ISH, wie das Institut für Synthetische Humanoide kurz genannt wurde, war in drei Ressorts unterteilt.

Es gab die Verwertungsstelle – mit mehr als tausend Angestellten. Von dort aus wurden die Androiden an die Endabnehmer verkauft und an andere Welten versandt. Werbefeldzüge wurden gestartet, und Marktforschung wurde betrieben, nur zu dem Zweck, den Verkauf der Androiden zu fördern.

Die zweite Abteilung war die Prüfungsstelle. Ursprünglich war diese Abteilung dafür gedacht, die Probleme, die sich aus dem Zusammenleben von Androiden und Menschen ergaben, zu lösen. Aber immer mehr entwickelte sich die Prüfungsstelle zu einer Anklagebehörde und wurde schließlich zum Gericht über die Androiden. Im Augenblick wurden nicht mehr als fünfhundert Leute beschäftigt, die fast ausnahmslos im Außendienst tätig waren. Aber Gerüchten zufolge sollte die Belegschaft in nächster Zeit verdreifacht werden. Ein eigenes Ausbildungszentrum für Androiden stand bereits vor der Fertigstellung.

Raynold Bimonte, der Direktor der Verwertungsstelle und offizieller Fürsprecher der Androiden, hatte in Haskar Raims einen fanatischen Gegenspieler.

Es wurde oft behauptet, daß Haskar Raims und seine Androidenjäger ihre Befugnisse weit überschritten. Aber in Wirklichkeit – und das wußten nur wenige – war es Haskar Raims durch seine politischen Beziehungen gelungen, für seine kleine Armee von Androidenjägern Immunität zu erwirken – sie standen über den Gesetzen des Planeten. Seine Männer gehorchten ihm bedingungslos, seine Gegner fürchteten ihn.

Dr. French Peter, Dollys Vater und eigentlicher Schöpfer der Androiden, war der dritte Direktor im ISH. Ihm unterstand die Produktion mit insgesamt zweiundzwanzig Leuten, von denen die meisten Chemobiologen wie er waren.

Trotz unermüdlichen Einsatzes gelang es Dr. Peter nicht, viel zum Schutze seiner Schöpfungen zu unternehmen. Er konnte die Argumente, mit denen Haskar Raims die Regierungsmitglieder in Panik versetzte, nicht überzeugend entkräften. Raims hatte eine besondere Begabung, die niedrigsten Instinkte der Politiker anzusprechen und deren Abneigungen und Befürchtungen gegen die Androiden zu schüren. Dagegen halfen keine logischen und wissenschaftlichen Beweise. Die Angst, die Androiden könnten die Menschen eines Tages von ihrem Platz verdrängen, war zu groß.

So kam es, daß Dr. Peter ohnmächtig ansehen mußte, wie die Rechte seiner Schützlinge mit jedem Tag mehr und mehr beschnitten wurden. Seine einzige Hoffnung war, daß er die Oberste Behörde auf Terra dazu bewegen konnte, eine Kommission nach Carmatun zu entsenden, um die Situation an Ort und Stelle zu überprüfen. Wenn ihm das gelänge, das wußte und fürchtete Xenor, würde Haskar Raims entmachtet werden. Denn vor der Obersten Behörde Terras besaß die Immunität der Androidenjäger keine Gültigkeit.

»Was bedrückt Sie, Anders?«

Xenor fuhr aus seinen Gedanken auf. Er hatte seine Umgebung vollkommen vergessen. Jetzt sah er, daß sich der Gleiter auf einen gepflegten Park hinuntersenkte, in dessen Mitte eine prächtige Villa stand. Dr. French Peters Wohnsitz.

Haskar Raims hatte die Akten in einer Tasche verstaut und sah Xenor abwartend an.

»Worüber haben Sie nachgedacht, Anders?« fragte er.

»Über einen möglichen Bürgerkrieg«, antwortete Anders.

Raims' Mund verzog sich zu einem schiefen Lächeln.

»Bevor es noch dazu kommen kann, habe ich das Androidenproblem gelöst«, sagte Raims voll Überzeugung.

Der Gleiter landete, und sie stiegen aus. Für einen Moment war Xenor versucht, sich dem Führer der Androidenjäger anzuvertrauen. Aber während er noch unschlüssig war und sich sagte, daß auf Raims sicher schwerwiegendere Probleme lasteten, stand er bereits allein da.

Der häßliche Mann mit den langen Beinen und dem viel zu kurzen Körper schritt zusammen mit seinem Piloten auf die Villa zu.

Sie waren da, die einflußreichen Politiker Carmatuns und andere wichtige Persönlichkeiten des öffentlichen Lebens, diplomatische Vertreter anderer Planeten, drei Abgesandte Terras und einige Bevollmächtigte großer Handelsagenturen.

Xenor hatte sie nach dem Essen aus den Augen verloren. Von Dolly hatte er erfahren, daß sie sich mit den drei Direktoren zu einer wichtigen Besprechung in den Salon zurückgezogen hatten. Aber es gab immer noch genügend Gäste, die die beiden Bars, das Büfett, den Ballsaal und die verschlungenen Pfade des Parks bevölkerten.

Eines war Xenor von Anfang an aufgefallen: Auf dem ganzen Gelände befand sich kein einziger Androidenjäger, dafür begegnete man auf Schritt und Tritt den Androiden. Xenor wünschte sich weit fort von hier, irgendwohin, wo es keine Androiden gab. Er wäre gern gegangen, denn er fühlte sich unbehaglich, aber Dollys wegen scheute er davor zurück.

Er wollte ihr unbedingt noch von seiner Versetzung erzählen; es wäre ihr gegenüber nicht fair gewesen, zu verschweigen, daß er von nun an das bekämpfen würde, wofür ihr Vater sich einsetzte. Er hatte ein wenig Angst, ihr seinen Wechsel ins andere Lager einzugestehen, und deshalb war er fast froh, daß sie ihn für eine Weile allein gelassen hatte. So blieb ihm etwas Zeit, sich auf den schweren Moment vorzubereiten.

Er stand an einer Baumgruppe und sah den flanierenden Gästen zu. Plötzlich vernahm er ein Geräusch hinter sich und spürte heißen Atem im Genick. Dann sagte jemand mit heiserer Stimme dicht an seinem Ohr: »Da bist du ja, teurer Sohn. Amüsierst du dich?«

»Bis zu diesem Moment habe ich mich ganz gut amüsiert«, antwortete Xenor und wich der Umarmung seines Vaters aus.

Chris Anders lachte hämisch. »Die Schlange, die ich an meiner Brust genährt habe – jetzt zischt sie mich an.«

»Du bist betrunken, Vater.«

»Na und?«

»Du erweist deinem Freund Doktor Peter keinen Gefallen, wenn du in diesem Zustand durch seinen Park torkelst.«

»Er ist mein Freund«, sagte Chris Anders und hieb sich auf die Brust. »Jawohl, er ist mein Freund. Deshalb versteht er mich auch. Er weiß, daß ich meinen Kummer nur ersäufen kann. Schlange, dafür gibt es kein anderes Mittel.«

»Warum gehst du nicht an die Bar«, schlug Xenor vor.

»Weil – weil mir diese verdammten Androiden nur noch gewässerten Schnaps einschenken.«

»Das wäre ein Grund, die Androiden zu hassen.«

Chris Anders starrte seinen Sohn an.

»Ich hasse sie auch«, sagte er.

»Ach? Das ist mir neu«, meinte Xenor erstaunt. »Hast du nicht schon einmal in Erwägung gezogen, das Problem eines Nachfolgers für deine Farm durch einen Androiden zu lösen?«

Chris Anders leckte sich über die Lippen.

»Was – was weißt *du* darüber?«

Xenor lächelte zynisch. »Ich mache mir so meine Gedanken. Und meinst du, Vater, dein Problem läßt sich durch Androiden lösen?«

Sein Vater wandte sich ab und wollte auf unsicheren Beinen davonwanken.

Mit einem einzigen Satz war Xenor bei ihm und wirbelte ihn zu sich herum.

»Ich habe dich etwas gefragt!« zischte er.

»Laß mich in Ruhe«, verlangte Chris Anders und wollte sich aus dem Griff lösen.

Xenor spürte die steigende Erregung in sich aufkommen. Er wollte seinen Zorn unterdrücken, weil die Gefahr für ihn bestand, daß die Suppressor-Felder aktiviert wurden. Doch er kam gegen seine Gefühle ganz einfach nicht an, als er in das stupide Gesicht seines Vaters blickte, die aufgeworfenen, nassen Lippen anstarrte, über die eben die Bestätigung für seine Befürchtungen gekommen war. Der Zorn übermannte ihn ganz einfach.

»Ich werde dir etwas verraten, Vater«, keuchte er. »Und merke es dir genau, denn nochmals werde ich nicht mit dir darüber sprechen.«

»Laß mich, Schlange ... Laß mich los ...«

»Nein, nicht bevor ich es dir gesagt habe. Ich habe nämlich etwas zu meinem Schutz unternommen. Hörst du?«

»Ja, ich höre. Du hast etwas zu deinem Schutz unternommen.«

»Genauso ist es. Egal, was du ausheckst, Vater, auf welche Art du dir auch einen gesunden Erben für deine Farm verschaffen möchtest – ich werde es zu vereiteln wissen.«

Die blutunterlaufenen Augen stierten verständnislos ins Leere, aber Xenor glaubte auch, aufflackernde Angst in ihnen zu erkennen.

»Du bist ein Irrer«, murmelte sein Vater schließlich.

»Ja, ich weiß, daß du mich als Wahnsinnigen hinstellen möchtest. Aber ich werde mich dagegen zu wehren wissen. Und weißt du, wie? Weißt du, was ich getan habe? Ich bin zu den Androidenjägern gegangen!«

Chris Anders begann schallend zu lachen. Er torkelte davon. Zwischendurch rief er immer wieder: »Das ist der beste Witz! Xenor ist unter die Androidenjäger gegangen. Hört alle zu – hahaha ... Er ist ein Androidenjäger!«

Xenor biß die Zähne zusammen; es kostete ihn übermenschliche Anstrengung, sich nicht von der Wut übermannen zu lassen. Aber als dann Dolly an seiner Seite auftauchte, da wurde es zuviel für ihn. Denn Dolly mußte alles mit angehört haben, was sein Vater gesagt hatte.

»Ich wollte«, sagte er mit belegter Stimme, »ich wollte es dir schonender beibringen.«

Dann übermannten ihn die Suppressionen und zwangen ihn in die Knie.

Er lag rücklings im Gras und erlebte bei vollem Bewußtsein, wie die Suppressor-Felder alle Regionen seines Gehirns durchwanderten. Er fühlte Feuer und schmeckte Blumen, roch Farben und hörte Gerüche, dann wieder war er blind und ertastete Schwärze, sah seine Hände vor dem Gesicht zucken und hatte das Gefühl, von Worten erdrückt zu werden – ein endloser Redeschwall ergoß sich über ihn, von dem er nichts verstand.

Gesichter waren da. Farblose, schwarzweiße Gesichter. Hände, die sich nach ihm reckten. Schwarzweiße Hände, die ihn emporhoben.

Er war erleichtert, denn die Schwarzweißeindrücke waren ein untrügliches Zeichen dafür, daß sich die Suppressor-Felder allmählich wieder zusammenzogen. Bald würden sich wieder die Farben einstellen.

»Wie fühlst du dich, Xenor?«

Das war Dolly – Dolly in einem schwach erleuchteten Zimmer. Er lag auf dem Bett, sie war über ihn gebeugt. Hinter ihr bewegten sich Schatten.

»Sind wir nicht allein?« fragte er.

Dolly drehte sich um und befahl den Leuten im Hintergrund, den Raum zu verlassen.

»Jetzt sind wir ungestört«, sagte sie.

Er fuhr ihr mit der Hand durch das Haar, ließ den Arm aber wieder sinken.

»Waren es Androiden, die mich hergebracht haben?« wollte er wissen.

Sie nickte.

»Dann muß ich mich waschen.«

Sie zuckte zurück, als hätte er sie geschlagen. Er wußte, wie schmerzvoll seine Worte für sie waren, und es tat ihm selbst weh, so zu ihr zu sprechen. Aber er hatte sich eben entschlossen, die Beziehungen zu ihr abzubrechen. Es war sinnlos, sich noch weiter etwas vorzumachen. Sie standen jeder in einem anderen Lager, und die Androiden waren zwischen ihnen.

»Wo ist das Bad?« fragte er und schwang sich aus dem Bett.

Dolly deutete stumm auf eine Tür. Er verschwand im Badezimmer, wusch sich ausgiebig, und als er wieder in den Wohnraum zurückkam, sah er Dolly mit bebendem Körper auf dem Bett liegen.

»Ich gehe jetzt«, sagte er.

Sie fuhr auf. »Warte, Xenor ... Ich – ich kann das alles noch nicht fassen. Warum tust du, als sei dies ein Abschied für immer? Du willst doch nicht wirklich ...«

»Es ist das beste, Dolly.«

»Aber wir lieben uns doch. Oder etwa nicht?«

»Doch, ich liebe dich.«

»Warum dann diese überstürzte Trennung? Wir können doch über alles reden. Ich bin überzeugt, Xenor, daß wir ganz bestimmt einen Ausweg finden.«

»Nein, Dolly. Ich kann nicht anders, ich muß die Androiden hassen.«

»Ich könnte dich dazu bringen, deine Einstellung zu ändern.«

Er lächelte. »Du benimmst dich wie ein kleines egoistisches Mädchen, das sich nicht damit abfinden will, ein Spielzeug zu verlieren.«

Sie schluchzte erneut auf. »So hast du noch nie mit mir gesprochen.«

»Einmal mußte ich es dir sagen.«

»Und du willst wirklich nicht versuchen, deine Einstellung den Androiden gegenüber zu ändern?«

»Nein, ich hasse sie.«

»Warum nur, Xenor? Du mußt doch dafür Gründe haben.«

»Ich habe meine Gründe.«

»Welche?«

»Frage deinen Vater, er müßte sie kennen. Frage deinen Vater, was er mit meinem vereinbart hat. Er kann dir sagen, warum ich die Androiden hasse. Dann wirst du wissen, daß ich sie nur aus reinem Selbsterhaltungstrieb bekämpfe.«

Er wandte sich abrupt um und ging. Er schritt den Korridor

entlang und kam über die Treppe in die Halle hinunter. Dann durchquerte er den Park und verließ das Anwesen Dr. French Peters durch einen Nebenausgang. Er war sich seines Tuns noch gar nicht recht bewußt geworden, als er sich auf dem freien Feld wiederfand.

Es waren nur wenige Kilometer bis zur Farm seines Vaters, deshalb entschloß er sich, den Weg zu Fuß zurückzulegen. Die Nacht war wolkenlos und lau, das Sternbild des Großen Navigators stand so hell und scharf am Himmel, daß er meinte, es müßte einen Schatten werfen. Während des eineinhalbstündigen Marsches hatte Xenor Zeit genug, über alles nachzudenken. Aber wie sehr er seine Gedanken auch hin und her wendete, er war mit sich selbst immer noch nicht im reinen, als er die Farm erreichte.

Er meldete sich nicht, begrüßte niemanden, war nur todmüde und ging sofort zu Bett.

Am frühen Morgen weckten ihn die Geräusche der erwachenden Farm. Er kleidete sich an, borgte sich den Gleiter seines Vaters und flog nach Versanda ins ISH.

Das Institut für Synthetische Humanoide lag verlassen da. Seine Schritte hallten weit durch die leeren Korridore.

Vor seinem Büro angekommen, kramte er aus seinen Taschen die Schlüssel hervor. Und dabei fiel ihm eine zusammengeknüllte Folie in die Hand. Er entfaltete sie erst, nachdem er hinter seinem Schreibtisch Platz genommen hatte. Es standen nur wenige Worte darauf. Er las:

Ich erstatte Anzeige gegen die Androidin, die bei Charles Constut, 41, Längsstraße 870, beschäftigt ist.

Die Schrift war schwer leserlich, und es hatte den Anschein, als hätte der Schreiber die Nachricht in aller Eile hingeschmiert.

Xenor dachte darüber nach, wer ihm die Folie zugesteckt haben könnte – und wann. Es mußte gestern abend gewesen sein, jemand von Dr. Peters Gästen. Und da der Denunziant seinen Namen nicht unter die Anzeige gesetzt hatte, wollte er unbekannt bleiben.

Nun, Xenor belächelte sich selbst, es gehörte nicht viel Scharfsinn dazu, um erkennen zu können, daß es sich um eine anonyme Anzeige handelte. Er steckte die Folie wieder in die Tasche und nahm sich vor, sie in der Prüfungsstelle vorzuweisen, wenn er dort seinen Dienst antrat.

Er blickte auf die Uhr. Noch eine halbe Stunde bis Bürobeginn. Er hatte also noch Zeit genug, die Unterlagen für seinen Nachfolger in Ordnung zu bringen und seine privaten Habseligkeiten auszusortieren. Er war damit Punkt acht Uhr fertig und schickte sich gerade an, das Büro zu verlassen.

Da ging die Tür auf, und Dolly kam herein. Ihr Gesicht war unnatürlich blaß. Sie blieb an der offenen Tür stehen und wagte es nicht, Xenor in die Augen zu blicken.

»Ach, so ist das«, war alles, was er sagen konnte.

»Ich hatte gestern keine Gelegenheit, dir zu sagen ...« Sie unterbrach sich selbst.

Er hatte sich inzwischen so weit gefaßt, daß es ihm sogar gelang, Gleichgültigkeit vorzutäuschen.

»Nicht der Rede wert. Das Feld ist geräumt. Bitte, nimm Platz.«

Er ging in dem Bewußtsein, daß damit unter seine Beziehungen zu Dolly ein Schlußstrich gezogen worden war.

4.

3. Dezember 2851

Erster Tag in der Prüfungsstelle. Es ging gleich los. Kaum, daß Direktor Raims seine kurze Instruktion beendet hatte, übergab er mich Challer. Auf meinen Einwand, daß ich von Bimonte zu einer Aussprache erwartet wurde, meinte Raims mit einem schiefen Lächeln, das würde er schon in Ordnung bringen. Dann ging es ab ins Schulungszentrum.

Ich faßte Trainingsgeräte, eine Uniform und einen Waffenkoffer und bekam ein Zimmer zugewiesen. Challer sagte mir gleich, daß es in den ersten vierzehn Tagen keinen Ausgang gäbe. Ich war überrascht, denn davon hatte ich bisher nichts gewußt. Aber es machte mir nichts aus. Was hätte ich mit meiner Freizeit anfangen sollen?

Für Vormittag waren zwei Stunden Körperertüchtigung angesetzt. Nachmittags wieder eine Stunde. Zwei Stunden vertrödelten sie mit einem langweiligen Vortrag über Androidengesetze. Danach zwei Stunden Schießübungen. Jetzt bin ich todmüde.

4. Dezember 2851

Mitten in der Nacht gab es Alarm. Natürlich nur eine Übung. Ich weiß nicht, ob ich das körperlich durchhalten werde. Ich kann jetzt schon vor Müdigkeit kaum mehr die Augen offenhalten.

Heutiges Programm: eine Stunde Schießübungen. Zwei Stunden Androidengesetze. Exkursion in die Altstadt Versandas. Es wurden Andeutungen gemacht, daß man das ganze Viertel räumen wolle. Es soll eine Reservation für Androiden werden (falls Raims bei der nächsten Legislative einige Gesetzesnovellen durchbringt. Niemand zweifelt daran). Challer schlug mich, weil ich vergaß, ihn zu grüßen.

6. Dezember 2851

Gestern war mein erster Einsatz. Durfte mit zwei Neulingen an einer Razzia teilnehmen. Challer führte eine Gruppe von fünf Androidenjägern an. Werde chronologisch berichten (für wen? Für mich selbst, wenn ich in späteren Jahren die Erinnerung an diese Zeit wachrufen möchte).

Challer kam ins Zimmer, das ich mit zwei anderen teile. Ich kann sie beide nicht ausstehen. Heißen Dick und Gell. Challer sagte, wir sollten aus den Uniformen schlüpfen und unser

Privatgewand anziehen. Er wartete, bis wir fertig waren, und nahm uns gleich mit. Ohne Kommentar brachte er uns zu einem Gleiter hinaus, mit dem wir in die Vorstadt flogen. Er sagte uns immer noch nicht, worum es ging. Erst als wir bei einem alleinstehenden Gehöft landeten und Challer sich über Funk mit anderen Androidenjägern in Verbindung setzte, vermutete ich eine Razzia. Challer schlich mit uns zu dem Haus. Im Schutze eines Gebüschs klärte er uns auf. Hier sei der Schlupfwinkel einer terroristischen Androidengruppe, sagte er. Jetzt, nach dreiwöchiger Beobachtung, sei genügend Beweismaterial zum Zuschlagen vorhanden. Challer sagte auch, wie wir vorgehen würden: Einer von uns sollte sich als Androiden ausgeben und sich durch Nennung des Kodes Zutritt verschaffen. Die Wahl fiel auf mich.

Mir zitterten die Knie, und ich hatte allen Grund, einen Suppressor-Anfall zu befürchten, aber ich glaube, ich hielt mich ganz tapfer.

»Was soll ich tun, wenn ich drinnen bin?« fragte ich. Challer antwortete: »Dann suchst du dir Deckung und wirfst diese Handgranate.« Er drückte mir das eiförmige Ding in die Hand. Es ging alles glatt, ich konnte mir durch das Kodewort Eintritt verschaffen und sah mich plötzlich mehr als fünfzig Androiden gegenüber. Keiner von ihnen schenkte mir Aufmerksamkeit. Ich hätte die Granate unbemerkt werfen können. Aber ich brachte es nicht über mich. Challer sagte mir nachher, daß er etwas Ähnliches geahnt und deshalb einen seiner Leute mit demselben Auftrag nachgeschickt hätte. Nachdem alles vorüber war und die überlebenden Androiden in Transportgleitern abgeführt wurden, meinte Challer abfällig, daß ich noch viel härter werden müßte, wollte ich mich bei den Androidenjägern behaupten. Das nahm ich mir vor.

7. Dezember 2851

Dick, Gell und ich hatten gestern den ganzen Tag frei. Wegen der Teilnahme an der Razzia. Das Schulungszentrum durften wir nicht verlassen. Dick und Gell zogen mich auf und nannten mich einen Feigling.

Sonst nichts Neues. Schießübungen. Zwei Stunden Selbstverteidigung. Drei Stunden Anti-Androiden-Parolen.

10. Dezember 2851

Habe vorgestern (8. 12.) Challer die Folie gezeigt, die mir einer der Gäste in Dr. French Peters Haus zugesteckt hatte. Er hielt anfangs nicht viel davon, versprach aber, in der Kartei nachzusehen, ob irgend etwas im Zusammenhang mit der genannten Adresse vorliege. Challer hielt Wort. Zwei Stunden später, wir waren gerade mit Karate beschäftigt, kam er in den Turnsaal, nahm mich mit ins Archiv und zeigte mir eine Karteikarte über eine Androidin namens Stella Rogan. Ich habe mir nicht alle verzeichneten Daten gemerkt, aber aus einem Vermerk ging hervor, daß gegen die Androidin schon mehrere Anzeigen wegen Ehebruchs vorlagen. Es hieß, Charles Constut, ihr Arbeitgeber, betrüge mit ihr seine Frau. Ein Foto der Androidin war angeheftet. Es zeigte eine überraschend hübsche Frau.

»Ist das die Androidin?« wollte ich wissen. Challer bestätigte es, und ich sagte scherzend: »Dann kann ich diesen Constut beinahe verstehen.« Ich erwartete eine Zurechtweisung von Challer, aber er lachte nur und meinte, es sei schon recht, wenn ich trotz allem meinen Humor behalten könne. Er vermutete in dem anonymen Denunzianten Charles Constuts Frau. Ich gab ihm recht, und dann fragte er mich, ob ich es nicht herausfinden wolle. Er bot mir sogar an, mich in die 41. Längsstraße zu begleiten.

Gemeinsam gingen wir hin. Das war gestern, dem 9. 12. Zum Glück war der Herr des Hauses nicht anwesend, und wir konnten uns seiner Gattin, Suoli, unter vier Augen widmen. Sie gestand schließlich auch, daß sie die Anzeigen, bisher insgesamt zwölf, geschrieben und mir den Zettel in Dr. Peters Haus zugesteckt hätte, nachdem sie von meinem Vater erfahren hatte, daß ich zu den Androidenjägern gehörte. Sie verlangte von uns, die Androidin sofort zu verhaften, aber Challer riet davon ab. Später sagte er mir, daß Constut eine recht einflußreiche Persönlichkeit in Versanda sei, so daß wir ohne Beweise nichts unternehmen könnten. Deshalb hatte er der krankhaft eifersüchtigen Frau aufgetragen, alle Indizien zusammenzutragen. In einer Woche wollte er sie, zusammen mit mir, wieder besuchen.

»Was halten Sie davon?« fragte ich Challer; im Dienst durfte ich ihn nicht duzen. Er sagte, daß es sich seiner Meinung nach um eine Niete handelte.

Heute, am 10. 12., mußte ich zusammen mit zehn anderen Schülern im Archiv die Fahndungslisten durchgehen. Der Zweck dieser Gedächtnisübung war, sich die Gesichter flüchtiger Androiden einzuprägen. Eine ermüdende Tätigkeit. Ich mußte immer an die Androidin Stella Rogan denken, die ein Verhältnis mit einem Menschen hatte.

11. Dezember 2851

Überall sieht man, daß Weihnachten vor der Tür steht, nur nicht im Schulungszentrum. Dort geht der Drill weiter. Habe schon viel dazugelernt. Ein neues Fach steht auf dem Stundenplan: »Verhörmethoden«. Konnte aber nicht teilnehmen, weil ich mit Strangin auf Patrouille ging. Strangin ist der härteste Bursche, dem ich je begegnet bin.

Versanda ist ein einziger Weihnachtsmarkt, die Straßen und Häuser sind geschmückt, die Vitrinen der Geschäfte festlich beleuchtet. Im Vergnügungspark gibt es sogar richtigen Schnee, den man nicht etwa mit Schneekanonen erzeugt, sondern von nördlicheren Breitengraden ins Äquatorgebiet geholt hat. Weihnachten sei ansteckend, belehrte mich Strangin, und die festliche Sentimentalität schlage sich selbst auf das Gemüt der Peterhaut. Es war das erste Weihnachten, das die Androiden privat erlebten. In der Armee hatte sich die feierliche Stimmung nicht auf die Androiden ausgewirkt, aber jetzt, da sie eine relative Freiheit genossen, mußte man sich auf Exzesse vorbereiten. Die Androidenjäger waren jedenfalls alarmiert.

Strangin hatte den Gleiter auf einem Parkplatz abgestellt, und wir bummelten scheinbar ziellos durch die Geschäftsstraßen. Aber wir waren wachsam. Ich durfte zum erstenmal in der Öffentlichkeit eine Waffe bei mir tragen. »Schießen darfst du nur, wenn du hundertprozentig weißt, einen Androiden vor dir zu haben«, hatte Strangin gewarnt.

»Und wie soll ich einen Androiden von einem Menschen unterscheiden?« Er hatte es mir erklärt. Menschen erkennt man daran, daß sie für nichts echte Begeisterung zeigen; sie geben sich ausgelassen, zeigen aber keine Fröhlichkeit; sie betrachten die ausgestellten Waren mit glanzlosen Augen und kaufen sie mit automatenhafter Selbstverständlichkeit – Menschen sind kalt (Kinder ausgenommen, das mußte selbst Strangin zugeben).

Androiden dagegen haben etwas von der Begeisterungsfähigkeit der Menschenkinder, man erkennt sie sofort an ihren faszinierten Gesichtern, mit denen sie in die Auslagen starren, und an der Feierlichkeit, mit der sie Waren aussuchen und kaufen. Strangin sagte: »Natürlich gibt es viele Androiden, die sich an die Verbote halten, aber diese Androiden interessieren uns nicht.« Unsere Aufgabe war, Androiden aufzuspüren, die sich nicht an die Verbote hielten, die sich zum Beispiel unter die Kunden in den Warenhäusern mischten, sich als Menschen ausgaben und Weihnachtseinkäufe tätigten. Letzteres war ihnen strikt untersagt, denn die Androiden durften weder Geld noch Wertgegenstände besitzen.

Von selbst hätte ich wahrscheinlich keine einzige Peterhaut

entlarvt. Das muß ich zu meiner Schande gestehen. Aber Strangin machte mich in der dritten Etage eines Warenhauses auf einen Androiden aufmerksam. Es handelte sich um einen Mann, an dem ich auf den ersten Blick nichts auszusetzen hatte. Nachdem wir ihn abwechselnd beschattet hatten, stellte sich heraus, daß er stahl. Wir folgten ihm durch alle Stockwerke bis ins Erdgeschoß hinunter, und sein Vorgehen war immer dasselbe. Er schlenderte immer ungefähr eine halbe Stunde durch die Reihen der Verkaufsstände und verschwand dann jeweils auf der Toilette. In der Toilette des Erdgeschosses wurde er von uns gestellt. Die Peterhaut war rasch geständig, nachdem wir aus ihren Taschen über ein Dutzend Spielwaren zutage gefördert hatten.

Der Androide sagte, daß er mit einem anderen zusammenarbeite, der im Warenhaus als Raumpfleger angestellt sei. Strangin setzte sich mit der Direktion in Verbindung und ließ sich den Komplizen des diebischen Androiden vorführen. Bei der Gegenüberstellung gab es dann eine unschöne Szene. Der eine Androide (der Dieb) unternahm einen Fluchtversuch und wurde dabei von Strangin in den Rücken geschossen. Der andere warf sich unter einen landenden Gleiter, als wir ihn abführen wollten.

Wir kehrten ins Schulungszentrum zurück und schrieben einen Bericht über die Vorkommnisse während unserer Patrouille.

12. Dezember 2851

Heute wieder alle möglichen Arten der Schulung. Der gestrige Vorfall hatte ein Nachspiel. Ich erfuhr die Einzelheiten von Challer. Der Besitzer des diebischen Androiden war in der Prüfungsstelle erschienen und wollte gegen Strangin Anzeige erstatten. Damit kommt er sicher nicht durch, trotzdem wird Haskar Raims einige Hebel in Bewegung setzen müssen, damit der Fall nicht an die Öffentlichkeit dringt. Denn es wäre ein gefundenes Fressen für die Abolitionisten, die vor Weihnachten, dem Fest der Liebe, verstärkt in Erscheinung treten. Der Besitzer des Androiden hatte erfahren, daß es sich bei den gestohlenen Gegenständen ausschließlich um Kindersachen handelte. Und er wies ein Weihnachtsmannkostüm vor, das sein Androide angeblich selbst geschneidert hatte. Die androidenfreundlichen Zeitungen hätten eine rührselige Geschichte daraus gemacht. Welche Schlagzeile: ANDROIDE STIEHLT, UM MENSCHENKINDER AM WEIHNACHTSABEND ZU BESCHENKEN!

13., 14., 15. Dezember 2851

Keine besonderen Vorkommnisse, außer daß ich es für mich durchsetzen konnte, von den Vorlesungen über Androidengesetze befreit zu werden und statt dessen zusammen mit Strangin auf Patrouille zu gehen. Wir stellten dreiundzwanzig Androiden, davon fünfzehn weiblichen Geschlechts, die gegen die Verbote verstießen. Diesmal gab es keinen Fluchtversuch. Die Presse schweigt über die Androidenverhaftungen, die auf ganz Carmatun in verstärktem Ausmaß durchgeführt werden. Das ist gut so, denn wenn es kein Aufsehen gibt, können wir Androidenjäger besser operieren. Ich bin optimistisch, was die Lage auf meiner Heimatwelt betrifft. Es wird nicht mehr lange dauern, dann hat die Peterhaut bei uns überhaupt nichts mehr zu bestellen. Strangin behauptet, nächste Woche gehe das erste Raumschiff mit Deportierten ab. Challer versichert, daß für die Weihnachtsfeiertage den Bürgern eine besondere Überraschung bevorstehe. Die Evakuierung der Leute aus der Altstadt solle durchgeführt werden, denn es warten bereits zehntausend Androiden in den Gefängnissen auf ein Obdach in den Slums.

Die Statistik beweist, daß Fälle, wo Menschen von Androiden ersetzt werden, immer rarer werden. Ein Hoffnungsschimmer für mich. Übermorgen, am 17. 12., habe ich zum erstenmal privaten Ausgang. Werde Vater einen Besuch abstatten.

16. Dezember 2851

Besuch bei Constut. Diesmal war der Hausherr da und registrierte argwöhnisch, daß wir (Challer und ich) uns mit seiner Frau in den Salon zurückzogen. Die Androidin war sichtlich nervös. Frau Constut hatte hervorragende Arbeit geleistet. Sie spielte uns einige Tonbänder vor mit Ausschnitten aus recht vertraulichen Unterhaltungen zwischen ihrem Mann und der Androidin. Kein Zweifel, Charles Constut ist ein Anhänger der Peterhaut. Wir bekamen auch einige diskriminierende Fotos, aber schlagkräftige Beweise waren das alles nicht. Challer war skeptisch, meinen Eifer konnte er jedoch nicht zügeln. Ich habe mir mehr denn je vorgenommen, den Fall Stella Rogan zu lösen. Es ist mein Fall!

17. Dezember 2851

Heute war Vereidigung der vierunddreißig Schüler, die die ersten vierzehn Tage der Ausbildung zufriedenstellend überstanden haben.

Brauche nun keine Trainingsuniform mehr zu tragen. Genieße die Immunität der Androidenjäger. Schulung geht jedoch noch einen Monat lang weiter. Muß den Besuch der väterlichen Farm aufschieben, ebenso die Behandlung des Falles Stella Rogan (Challer versprach, sich einstweilen darum zu kümmern). Ich werde morgen mit zehn anderen Schülern und ebenso vielen erfahrenen Androidenjägern zu einem entlegenen Bergdorf geflogen. Unbestätigten Gerüchten nach ist dort eine Peterhaut zum Bürgermeister gewählt worden.

22. Dezember 2851

Vom Einsatz zurück.

Das Bergdorf hieß Augeron. Zweitausend Einwohner, alles Jäger, Erzsucher und solche Leute. Machen kaum Unterschiede zwischen Menschen und Androiden. Na, denen haben wir einige Unterschiede aufgezeigt. Legten dem Gemeinderat insgesamt dreizehn Punkte aus dem Androidengesetz vor. Gaben den Leuten vierundzwanzig Stunden Frist, die Verbote in Kraft treten zu lassen.

Bisher waren die Androiden – alles in allem an die zweihundert – für Arbeiten entlohnt worden. Abgeschafft.

Sie durften alle öffentlichen Gebäude betreten: Schule, Polizei, Rathaus. Abgeschafft.

Sie durften dieselben Lokale besuchen wie die Menschen (Geschäfte, drei Kneipen). Abgeschafft.

Da es nur zweihundert Androiden gab (prozentual viel, aber doch eine geringe Zahl), konnten wir einen neuen Paragraphen einsetzen, obwohl er noch nicht rechtskräftig ist: Androiden müssen einheitliche Kleidung tragen. Dieses Gesetz sollte probeweise – wie so viele andere auch – in Augeron angewendet werden.

Während der vierundzwanzigstündigen Frist riefen wir zu einer Anti-Peterhaut-Versammlung auf. Wir konnten mit dem Erfolg zufrieden sein. Es kamen dreißig Personen, von denen nur vier Störungsversuche unternahmen. Der Saaldienst, gemeint waren wir zehn Schüler, setzte sie kurzerhand an die frische Luft. Und dann, gegen Ende der Versammlung, kam es zu einem Zwischenfall. Einer der geneigten Zuhörer erhob sich und klagte seinen Nebenmann an, eine Peterhaut zu sein. Es handelte sich um den Bürgermeister von Augeron. Der Bürgermeister rechtfertigte sich folgendermaßen:

Er habe fünf Jahre im Krieg gegen die Shooks gedient und war wegen einer Verwundung frühzeitig als General der Reserve entlassen worden. Damals sei er ein Androide gewesen. Doch ein Minenbesitzer von Augeron hatte ihn adoptiert. Er schämte sich nicht, als »Androide das Licht der Welt« erblickt zu haben. Aber durch die Adoption genieße er nun alle Menschenrechte. Als ich das hörte, kochte ich vor Wut. Hier hatte ich nun den ersten Fall, wo ein Androide einen Menschen verdrängt hatte. Eine Peterhaut, die sich auf gemeinste Art und Weise das Vertrauen eines Menschen erschlich, ihn zur Adoption veranlaßte, ihn nach seinem Tode beerbte und auch nicht davor zurückschreckte, ein ganzes Dorf hinters Licht zu führen – denn er hatte sich als MENSCH zum Bürgermeister wählen lassen. Die Empörung gegen die Peterhaut im Versammlungssaal war groß. Es entbrannte eine hitzige Debatte, in deren Verlauf es zu einem Handgemenge kam. Als die Peterhaut gegen einen der Dorfbewohner – gegen einen MENSCHEN – tätlich wurde, blieb mir keine andere Wahl, als zur Waffe zu greifen.

Drei Tage später zogen wir als Sieger aus Augeron ab. Zurück blieben zweitausend menschliche Bewohner, von denen einem Großteil durch unsere Aufklärungskampagne die Augen über das Androidenproblem geöffnet worden waren. Und es blieben rund zweihundert Androiden zurück, die von nun an einheitliche Kleidung trugen, nicht mehr entlohnt wurden, keinerlei Rechte besaßen.

23. Dezember 2851

Ein Tag vor dem Heiligen Abend. Wir bekamen vier freie Tage. Ich habe mir vorgenommen, mich in dieser Zeit meinem Fall Stella Rogan zu widmen. Ich werde diese Androidin zur Strecke bringen.

Begegnete Dolly auf dem Gelände des ISH. Muß zugeben, daß ich geneigt war, ihr wenigstens »frohe Weihnachten« zu wünschen. Aber sie hat mich ignoriert. Ich schreibe das dem Umstand zu, daß sie von meinen Einsätzen als Androidenjäger Wind bekommen hat. Verständlich, daß sie nun verstimmt ist. Ich gehe darüber mit einem Achselzucken hinweg.

Ich werde meine Eintragungen abschließen und das Tagebuch im Spind verwahren. Meine Pläne für die Feiertage: Quartier auf der Farm meines Vaters zu beziehen und den Fall Stella Rogan zum Abschluß zu bringen.

Frohe Weihnachten, Xenor.

5.

Der große Platz vor dem Institut für Synthetische Humanoide war voll von Menschen. Sie trugen Transparente und riefen immer wieder im Chor: »Gleichberechtigung für alle Humanoiden!« Über den Demonstranten kreisten Gleiter und stachelten sie immer wieder zu neuen Protestkundgebungen auf. Behelmte Polizisten versuchten die aufgebrachte Menge zurückzudrängen. Aber das war ein vergebliches Unterfangen. Immer wieder brachen fanatische Demonstranten durch und stürmten die Umzäunung des ISH, versuchten darüberzuklettern.

»Was hat das zu bedeuten?« erkundigte sich Xenor beim Robotpförtner.

»Ich habe Anweisung, das Tor für niemanden zu öffnen«, sagte der Automat.

Xenor wußte, daß es zwecklos war, ihn weiter auszufragen; der Roboter besaß keine eigene Initiative und würde auf nichts reagieren, was außerhalb seiner Programmierung lag. Deshalb wandte er sich an einen der Androidenjäger, die auf dem Gelände des ISH Posten bezogen hatten.

»Eine Demonstration der Abolitionisten«, beantwortete der Androidenjäger seine Frage. »Die Regierung hat die Genehmigung dazu gegeben.«

»Aber diese Ausschreitungen kann doch niemand gutheißen«, meinte Xenor.

»Hast du die Nachrichten nicht gehört?«

»Nein.«

Wortlos griff der Androidenjäger in seine Innentasche und überreichte Xenor eine noch druckfeuchte Zeitung. Dann bezog er wieder hinter einem der Wasserwerfer Stellung. Die fettgedruckte Überschrift sprang Xenor förmlich in die Augen, als er die Zeitung entfaltete.

AndroiDEN SOLLEN IN GETTOS ABGESCHOBEN WERDEN!

Xenor zog sich in den Schatten des Pförtnerhauses zurück und las den darunterstehenden Text. Während er den Inhalt noch nicht einmal verarbeitet hatte, überkam ihn bereits ein unbeschreibliches Triumphgefühl. Jetzt würde er nicht mehr viel von seinem Vater zu befürchten haben. Nun, nachdem Haskar Raims seinen bisher größten Sieg davongetragen hatte, brauchte er nicht mehr um seine Sicherheit zu bangen. Denn endlich war durchgesetzt worden, daß die Peterhaut vom Menschen abzusondern war. Der neue Gesetzeserlaß galt zwar nur für den Planeten Carmatun, aber es stand außer Zweifel, daß die anderen Planeten diese Androidengesetze annehmen würden, wenn sich Haskar Raims' Maßnahmen bewährten. Und sie würden sich bewähren, davon war Xenor überzeugt. Terra würde nichts anderes übrigbleiben, als die Androidengesetze nachträglich zu sanktionieren.

Zwei Punkte waren von besonderer Bedeutung.

Erstens sollten die Androiden eine Registriernummer erhalten; und zwar sollte sie ihnen auf der Stirn eingebrannt werden, damit man sie auf den ersten Blick von Menschen unterscheiden konnte. Zweitens durften die Androiden nur noch in eigens für sie bestimmten Gebieten leben; in Versanda wurden aus diesem Grunde die Slums geräumt, und überall auf dem ganzen Planeten waren bereits Gebiete als Reservationen für die Androiden bestimmt worden. Der einzige Wermutstropfen an dieser Neuregelung war, daß sie erst zu Neujahr in Kraft treten sollte.

Xenor blickte von der Zeitung auf, als er aus den Augenwinkeln eine Bewegung wahrnahm. Es war Challer. Er trug Uniform und war bewaffnet. Er grinste übers ganze Gesicht, als er sagte: »Na, was hältst du davon?«

Xenor lächelte. »Es kommt nicht überraschend für mich, da Sie so etwas Ähnliches bereits angedeutet haben. Aber trotzdem, ich hätte nicht geglaubt, daß Raims seine Ideen so rasch verwirklichen könnte.«

»Jetzt, da du vereidigt bist, kannst du mich wieder duzen«, meinte Challer kameradschaftlich. »Unsere Freundschaft wurde durch den Jäger-Schwur gefestigt.«

Xenor war irgendwie gerührt. Um über seine Verlegenheit hinwegzukommen, deutete er auf die Demonstranten, die das Gitter des ISH bedrängten. »Das sieht ziemlich böse aus«, sagte er.

Challer hatte über Xenors Besorgnis nur ein Lachen übrig. »Sie sollen sich ruhig noch eine Weile austoben. Dann werden wir sie mit den Wasserwerfern und Suppressionsgas zerstreuen. Die werden froh sein, wieder zu ihrem Weihnachtsbaum zurückzukommen.«

»Glaubst du, daß es so einfach sein wird?«

»Warum denn nicht? Nur die wenigsten der Abolitionisten sind gewillt, sich mit ihrer ganzen Kraft für die Peterhaut einzusetzen. Die meisten sind Mitläufer. Wenn es ernst wird, ziehen sie den Schwanz ein. Was ich verstehen kann, denn selbst dem größten Fanatiker muß es früher oder später einleuchten, daß die Peterhaut keine menschlichen Opfer wert ist.«

»Wahrscheinlich wird es sich so verhalten«, stimmte Xenor zu.

»Ganz bestimmt«, versicherte Challer.

»Aber etwas anderes gibt mir zu denken«, sagte Xenor. »Das neue Gesetz wird erst in einer Woche rechtskräftig. Die Androiden sind gewarnt, sie haben Zeit genug, sich in Sicherheit zu bringen.«

»Du hast recht«, gab Challer zu, »daß manche Narren, die

ihre Peterhaut ins Herz geschlossen haben, versuchen werden, ihre Lieblinge abzusetzen. Aber das wird ihnen im Endeffekt nicht viel nützen. Denn für Androiden besteht Ausreiseverbot, sie können Carmatun nicht verlassen. Sie können sich höchstens auf diesem Planeten verkriechen, und dann schnappen wir sie früher oder später. Und außerdem – warum, glaubst du, haben wir in letzter Zeit so viele Androidenverhaftungen vorgenommen? Es war eine vorbeugende Maßnahme. In unseren Auffanglagern sind an die hunderttausend Androiden inhaftiert und nicht zehntausend, wie es in den offiziellen Meldungen heißt.«

»Es ist phantastisch, was die fünfhundert Androidenjäger damit geleistet haben«, sagte Xenor.

Wieder lachte Challer amüsiert auf. »Schau dich um, Xenor«, riet er. »Fünfhundert Mann haben sich allein auf diesem Gelände eingefunden. Und gut zehnmal soviel sind über ganz Carmatun verstreut und jagen Androiden! Haskar Raims hat unsere wirkliche Zahl bisher nur deshalb verschwiegen, um die Bevölkerung nicht einzuschüchtern. Aber von jetzt an hat das Versteckspielen ein Ende. Die Mehrheit des Parlaments steht hinter Raims, und jene, die den Mund allzu weit aufgemacht haben, sollen danach trachten, ihr Schäfchen noch rechtzeitig ins trockene zu bringen.« Challer sah Xenor prüfend an und fügte hinzu: »In diesem Zusammenhang denke ich auch an Doktor French Peter.«

»Ich habe noch nie Sympathien für ihn empfunden«, erklärte Xenor fest.

»Und für seine Tochter?« erkundigte sich Challer lauernd.

»Ich – ich empfinde nichts mehr für sie.«

Challer schien zufrieden. »Dann ist es gut. Es ist für alle gut, die Beziehungen zu den Androidenfreunden abzubrechen. Denn es ist noch nicht abzusehen, welche Kreise Raims' Maßnahmen ziehen werden.«

Xenor dachte an Dolly und versuchte, seine Gefühle zu ihr ehrlich einzuschätzen. Er liebte sie nicht mehr wie früher, aber er wollte trotzdem nicht, daß ihr etwas zustieß. Doch beruhigte er sich damit, daß es sicher nicht zu Gewalttätigkeiten gegen Menschen kommen würde. Nein, ein Bürgerkrieg würde ganz bestimmt vermieden werden, denn die Androiden waren es nicht wert, daß ihretwegen Menschen gegen Menschen kämpften.

»Gibt es keinen Weg nach draußen?« erkundigte sich Xenor. Ihm war soeben etwas eingefallen. Er hatte noch eine selbstgestellte Aufgabe zu erledigen. Von diesem Erfolg hing sehr viel für ihn ab.

»Was willst du draußen?« fragte Challer mißtrauisch; Xenor hatte schon herausgefunden, daß nicht viel dazu gehörte, um den Androidenjäger mißtrauisch zu machen.

Deshalb wog er seine Worte gut ab, bevor er sie aussprach.

»Du erinnerst dich sicher noch an den Fall Stella Rogan. Ich möchte versuchen, ihn zum Abschluß zu bringen.«

»Das wäre unnötige Mühe, denn in einer Woche erledigt sich dieser Fall von allein – wie das ganze Androidenproblem.«

»Aber Charles Constut könnte ihr zur Flucht verhelfen.«

»Sie wird nicht weit kommen. Wir schnappen sie irgendwann schon einmal. Laß dir deshalb keine grauen Haare wachsen.«

»Es würde eine persönliche Niederlage für mich bedeuten, wenn ihr die Flucht gelänge.«

»Hast du dich etwa in diese Androidin verliebt?«

Xenor zuckte bei dieser Frage zusammen. Aber er hatte ein reines Gewissen – er haßte diese Androidin ebenso wie alle anderen –, deshalb konnte er Challers prüfendem Blick standhalten.

»Das ist ein dummer Scherz«, sagte Xenor.

»Warum bist du dann so scharf auf diese Androidin? In der Zeit, die du brauchst, um sie rechtmäßig hinter Gitter zu bringen, könntest du fünfzig andere Androiden zur Strecke bringen. Warum muß es diese Peterhaut sein?«

»Weil ich es mir in den Kopf gesetzt habe«, erklärte Xenor verzweifelt. »Verstehst du mich denn nicht, Challer? Wenn es mir gelingt, die Androidin zu überführen, dann ist das für mich eine Bestätigung meiner Qualitäten als Androidenjäger. Ich brauche den Kopf dieser Peterhaut als Doping. Fünfzig von mir verhaftete Androiden hätten nicht dieselbe Wirkung. Das hier ist mein Fall. Ich muß ihn lösen.«

»Hm«, machte Challer, »ich glaube, ich verstehe dich. Ja, ich kann mich in deine Lage versetzen. Ich werde dich aus dem Institut herausbringen.«

»Danke, Challer«, sagte Xenor erleichtert. »Aber dann wäre da noch etwas!«

»Noch ein Gefallen?«

»Ja, ich möchte, daß du oder ein anderer Androidenjäger mit einem Staatsanwalt oder einem anderen loyalen Gesetzesvertreter in die 41. Längsstraße kommst.«

»Wozu das?«

»Ich möchte, daß Stella Rogans Verhaftung gesetzmäßige Anerkennung bekommt und von Charles Constut nicht mehr angefochten werden kann. Wie wäre es mit heute 20 Uhr?«

»Du scheinst deiner Sache sehr sicher zu sein.«

»Ich glaube einen Weg gefunden zu haben, um Stella Rogans Verhaftung zu rechtfertigen.«

Es war aussichtslos, in der tobenden Menge der Demonstranten den Gleiter suchen zu wollen. Deshalb mietete Xenor ein Taxi und flog damit zur Farm hinaus. Als er das Wohnhaus betrat, kam ihm Dr. French Peter entgegen. Xenor wollte sich abwenden, aber der Schöpfer der Androiden hielt ihn auf.

»Wir dachten schon, du habest dich in Luft aufgelöst, Xenor«, sagte Dr. Peter. Er war ein großer, stattlicher Mann. Jetzt allerdings wirkte er alt und müde.

»Die letzten vierzehn Tage habe ich im Schulungszentrum der Androidenjäger verbracht«, antwortete Xenor widerwillig.

Dr. Peter nickte. »Ich habe davon gehört«, murmelte er gedankenverloren. »Es hätte wohl keinen Sinn, wenn ich versuchte, dich von deinem Entschluß, ein Androidenjäger zu werden, abzubringen.«

»Ich bin bereits ein Androidenjäger!«

»Du wirst noch erkennen, daß du den falschen Weg eingeschlagen hast. Aber hoffentlich ist es dann nicht zu spät.« Ein polterndes Geräusch, das aus dem Innern des Hauses kam, veranlaßte Dr. Peter, sich umzuwenden. »Das ist dein Vater, er tobt.«

»Hat ihn Ihr Besuch so in Wut gebracht?« erkundigte sich Xenor höhnisch.

»Auch das, aber er ist natürlich betrunken. Ich habe versucht, mit ihm über dich zu sprechen – doch war mein Aufenthalt nicht von langer Dauer.« Wieder drehte sich Dr. Peter um, dann beugte er sich zu Xenor und flüsterte verschwörerisch: »Nimm dich vor ihm in acht, Xenor. Er ist ganz durchgedreht und zu allem fähig. Schlage diese Warnung nicht in den Wind. Und noch etwas ... Aber dazu bleibt mir nicht die Zeit. Komme am besten heute abend in meine Villa. Dann werde ich ...«

»Sparen Sie sich weitere Erklärungen«, unterbrach Xenor. »Ich habe mir bereits selbst einiges zusammengereimt und alles Nötige zu meinem Schutz veranlaßt. Aber Sie, Doktor Peter, sollten sich von mir einen Rat geben lassen. Verschwinden Sie von Carmatun, bevor Sie von einer aufgebrachten Meute gelyncht werden.«

Dr. Peter lächelte unsicher. »So weit wird es nicht kommen.«

»Doch – und vielleicht eher, als es irgend jemand ahnt. Verlassen Sie diesen Planeten, um Dollys willen!«

»Na schön, Xenor«, seufzte Dr. Peter, »du willst nicht vernünftig mit dir reden lassen. Aber meine Einladung ist ehrlich gemeint, du kannst mich heute abend besuchen. Es wäre bestimmt für dich von Vorteil.«

Er ging zu dem gepanzerten Gleiter, der im Farmhof stand. Als zwei mit Schnellfeuergewehren bewaffnete Männer aus Verstecken kamen und Dr. Peter begleiteten, mußte Xenor unwillkürlich lächeln. So sorglos, wie der gute Dr. Peter tat, war er doch nicht.

»Einen schönen Gruß an das Fräulein Tochter«, rief Xenor ihm nach. Er glaubte schon, daß Dr. Peter diesen Seitenhieb ignorieren würde. Aber noch bevor er in den Gleiter stieg, an jeder Seite einen Leibwächter, hielt er mitten in der Bewegung inne und rief zurück: »Ich habe Dolly alles über Sie erzählt, Xenor. Es schmerzt mich aufrichtig, daß sie so häßlich reagierte.«

Xenor blickte dem davonfliegenden Gleiter nach. Er hatte durch Dr. Peter nun die Bestätigung dafür erhalten, daß Dolly alles über seine Tätigkeit bei den Androidenjägern wußte. Nun, Xenor konnte sich damit trösten, daß Dr. Peter die Schadenfreude spätestens dann vergehen würde, wenn man die ersten Androiden in die Slums abschob.

Als Xenor ins Haus kam, war Stan Glorio gerade dabei, einen umgestürzten Tisch aufzustellen, daneben lag ein Trümmerberg, bestehend aus einem zerbrochenen Stuhl und einigen zertrümmerten Gebrauchsgegenständen.

»Was ist denn los? Es sieht aus, als hätten hier die Abolitionisten gehaust!« sagte Xenor gutgelaunt.

Stan Glorio war ein alter, gebeugter Mann und das Faktotum der Farm, solange Xenor zurückdenken konnte. Er war nicht aus der Ruhe zu bringen. Als er sich jetzt aufrichtete und in Xenors Richtung blickte, verdrehte er vielsagend die Augen.

»Das war Ihr Vater, Herr«, sagte er in seinem unterwürfigen Tonfall. »War schön geladen – mit Wut – und geriet mit Doktor Peter in Streit. Ich habe ihn auf sein Zimmer gebracht. Jetzt schläft er.«

»Worüber stritten die beiden denn?«

»Ich glaube, es ging um Sie, Herr.«

»Und worum ging es speziell?«

»Ich habe nicht gelauscht, Herr.«

»Aber irgend etwas wirst du doch aufgeschnappt haben.«

»Als ich hereinkam, war schon alles vorbei. Ich hörte Ihren Vater gerade noch rufen: Morgen ist Weihnachten. Und ich werde meinem Herrn Sohn eine Überraschung bescheren. Das war alles. Dann hat er getobt, und ich brachte ihn auf sein Zimmer.«

»Danke, Stan«, sagte Xenor.

Für morgen abend hatte sein Vater also die Überraschung geplant – ausgerechnet für den Heiligen Abend. Zufall oder gemeine Absicht? Xenor wollte nicht länger darüber nachdenken. Er wußte jetzt, wann die so lange erwartete Entscheidung zu erwarten war. Das genügte für den Augenblick. Die Gegenmaßnahmen würde er noch rechtzeitig treffen. Er hatte nichts mehr zu befürchten, denn die allgemeine Entwicklung hatte sich zu seinen Gunsten verändert.

Er konnte sich in Ruhe auf die Geschehnisse des heutigen Abends vorbereiten. Für einen Moment war er unschlüssig. Sollte er nicht doch Dr. Peters Angebot annehmen und ihn in seiner Villa besuchen? Die Vorstellung, mit dem in die Enge getriebenen Androidenschöpfer zu diskutieren, übte einen besonderen Reiz auf ihn aus. Aber doch nur einen Augenblick lang.

Der Fall Stella Rogan war wichtiger für ihn.

6.

20.15 Uhr

»Wir lange wollen Sie noch warten, Herr?« fragte der Taxipilot und drehte sich nach seinem Fahrgast auf dem Rücksitz um.

»So lange, wie es mir paßt!« fauchte Xenor. Seine Nerven waren zum Zerreißen angespannt. Die Drohung einer Suppression schwebte wie ein Damoklesschwert über ihm. Challer war bereits eine Viertelstunde überfällig, und die Ungehaltenheit des Taxipiloten steigerte Xenors Nervosität bis an die Grenzen des Erträglichen.

»Ich bezahle Sie ja schließlich!«

Der Pilot murrte etwas Unverständliches und drehte sich wieder um.

In diesem Moment landete auf der gegenüberliegenden Straßenseite ein Luxusgleiter. Xenor wußte, wem der Gleiter gehörte, denn er war schon selbst damit geflogen.

Haskar Raims persönlich! Der livrierte Pilot öffnete die Tür, und der verwachsene Mann stieg aus.

»Was ... was bekommen Sie?« fragte Xenor mit vor Aufregung zitternder Stimme.

Der Pilot nannte die Summe, hielt die Hand aber vergeblich auf. Als er schließlich die Geduld verlor und sich nach seinem Fahrgast umblickte, lehnte dieser mit entstelltem Gesicht und zuckenden Gliedern im Polstersitz.

»Einen Augenblick, Herr ...!« Der Pilot öffnete den Fond. Er wollte Xenor die Schläfen massieren, so, wie er es im Erste-Hilfe-Kurs gelernt hatte. Aber Xenor schob die hilfreichen Hände beiseite.

Er versuchte zu grinsen. »Hatte eben nur einen Schwarzweißfilm. Aber die Vorstellung läuft bereits wieder in Farbe.«

Er stieg aus dem Taxi.

»Fühlen Sie sich auch wohl, Herr?« erkundigte sich der Pilot besorgt.

»Pudelwohl«, versicherte Xenor und entlohnte den Piloten. Dann ergriff er seine Aktenmappe mit den Unterlagen und ging über die Straße, wo Haskar Raims, Challer und zwei uniformierte Androidenjäger bereits auf ihn warteten.

»Was hatte der Zwischenfall mit dem Piloten eben zu bedeuten, Anders?« erkundigte sich Raims scharf.

»Ich ...«, stotterte Xenor. »Manchmal leide ich an Suppressionen.«

»So wie jetzt eben?«

»Ja – Sir.«

»Während eines anderen Einsatzes könnte Sie das das Leben kosten!«

»Nein, Sir, das glaube ich nicht. Die Ärzte im Schulungszentrum ...«

Haskar Raims winkte ungeduldig ab. »Ärztliche Befunde interessieren mich nicht. Ich verlasse mich lieber auf mein persönliches Urteil. Deshalb bin ich gekommen. Sie haben Gelegenheit, mich davon zu überzeugen, daß es Ihrer Tätigkeit als Androidenjäger nicht abträglich ist, ein geistiger Krüppel zu sein. Welches Haus?«

»Achthundertundsiebzig«, antwortete Xenor und, deutete auf die nächstgelegene Villa. »Dieses Haus.«

»Sichert den Hinterausgang!« befahl Raims den beiden uniformierten Androidenjägern.

Sie rannten zu der schmiedeeisernen Toreinfahrt, zerschossen mit einem kurzen Feuerstoß aus ihren Gewehren das Schloß und traten den Flügel auf. Dann rannten sie den kiesbestreuten Weg zur Villa hinauf und verschwanden dahinter.

Die Schüsse hatten einiges Aufsehen erregt; in den Nachbarhäusern gingen die Fenster auf, Leute kamen auf die Straße gerannt.

»Challer, gehen Sie voran«, sagte Raims, ohne sich um die Schaulustigen zu kümmern. »Sie, Anders, schalten sich erst ein, wenn Challer die Vorarbeit geleistet hat.«

Xenor nickte. Sie betraten das Grundstück und gingen festen Schrittes zur Villa hinauf. Die Tür ging auf, und Charles Constut trat heraus. Hinter ihm drängten sich weitere Gestalten, Damen und Herren in Festkleidung, auf die Veranda.

»Da haben wir ja fast die ganze High-Society Versandas versammelt«, meinte Raims schmunzelnd. »Haben Sie sich gut vorbereitet, Anders?«

»Ja-jawohl, Sir.« Xenor schluckte.

»Hoffentlich. Hoffen Sie es für sich und für uns alle, Anders.«

Sie hatten die Marmortreppe erreicht, die zum Eingang hinaufführte. Haskar Raims machte vor Charles Constut eine spöttische Verbeugung.

»Was hat das zu bedeuten, Raims?« schrie Constut außer sich vor Wut.

Raims zeigte sein schiefes Lächeln. »Nur ein kleiner Routinebesuch. Wir wollen untersuchen, inwieweit eine bei Ihnen angestellte Androidin sich an die Gebote hält. Weiter nichts. Wenn sich ihre Unschuld herausstellt, werden wir uns mit der gebührenden Entschuldigung zurückziehen. Aber jetzt muß ich Sie bitten, uns den Weg freizugeben.«

»Ich werde nichts dergleichen tun!« schrie Constut. Seine Frau erschien an seiner Seite und hakte sich bei ihm unter. Er schüttelte sie ab. »Verschwinden Sie von meinem Grund, Raims, sonst werden Sie es Ihr Leben lang bereuen.«

Raims hob die Augenbrauen. »Sie drohen mir und wollen mich an meiner Pflichtausübung hindern? Glauben Sie wirklich, sich das leisten zu können? Hier sind Zeugen genug, die gehört haben, wie ich Sie höflich darauf aufmerksam machte, daß ich in einer Routineuntersuchung hier bin.«

»Routineuntersuchung!« rief Constut mit sich überschlagender Stimme. »Sie stürmen mit Ihren Leuten meine Villa und stellen es als Bagatelle hin. Ich lasse mir diese Behandlung jedenfalls nicht bieten. Wenn Sie dieses Haus betreten wollen, dann nur über meine Leiche.«

Einige Leute im Hintergrund gaben empörte Rufe von sich.

»Sie überschätzen meine Geduld«, sagte Raims, und auf seinen Wink erschien einer der beiden uniformierten Androidenjäger. Er richtete das Schnellfeuergewehr auf Constut. »Machen Sie jetzt Platz?«

»Nur über meine Leiche«, murmelte Constut.

Raims zuckte die Achseln. »Wenn Ihnen eine Androidin das wert ist? Entsichern!« befahl er dem Androidenjäger.

Das Geräusch des umgelegten Sicherungsflügels hallte laut in der plötzlich entstandenen Stille.

»Zielen!« befahl Raims.

Der Androidenjäger nahm Constut ins Visier.

Zwei Männer lösten sich plötzlich aus der Gruppe, die im Hintergrund gestanden hatte, und drängten Constut zur Seite. Sie redeten beschwörend auf ihn ein. »Er würde es nie wagen«, sagte Constut und wollte die beiden abschütteln. Aber sie ließen ihn nicht los. Schließlich gab Constut jeden Widerstand auf. Er sah mit haßerfüllten Blicken zu, wie der uniformierte Androidenjäger, Haskar Raims, Challer und Xenor durch das Portal seiner Villa in die Halle traten.

Raims wandte sich im Vorübergehen an Constuts Frau, die etwas abseits von den anderen stand. »Wo ist die Androidin?«

Suoli Constut hatte die Lippen fest aufeinandergepreßt. Jetzt öffnete sie den Mund, aber anstatt einer Antwort sagte sie: »Diese Schande, ich ertrage sie nicht ...«

»Über die Folgen Ihrer Handlungsweise hätten Sie sich vorher im klaren sein müssen«, sagte Raims kalt.

Suoli Constut begann zu schluchzen.

Als Xenor hinter den anderen in die Halle trat, stieß er gegen Challer, der abrupt stehengeblieben war. Den Grund für sein überraschendes Anhalten entdeckte Xenor einige Schritte vor ihnen.

»Suchen Sie mich?« Stella Rogan sah ihren Häschern gefaßt entgegen.

Xenor schob Challer zur Seite. »Ja, Stella Rogan«, sagte er, »wir kommen Ihretwegen.«

»Was liegt gegen mich vor?«

»Das werden Sie alles vor Gericht erfahren«, antwortete Xenor. Er wandte sich an Haskar Raims. »Können wir innerhalb der nächsten zwei Stunden ein Schnellgerichtsverfahren einleiten, Sir?«

Der Chef der Androidenjäger war für einen Moment viel zu überrascht, um etwas sagen zu können. Es verschlug ihm ganz einfach die Sprache, als Xenor so plötzlich die Initiative ergriff. Bedächtig nickte er. »Ja«, sagte er schließlich, nichts weiter.

Schnellverfahren gegen Androiden hatten für den Ankläger den Vorteil, daß sich der Angeklagte nicht auf die Hilfe eines Juristen stützen konnte. Er mußte sich selbst verteidigen und war im übrigen auf Gnade und Ungnade einem Einzelrichter ausgeliefert.

Obwohl kaum zwei Stunden seit der Verhaftung Stella Rogans vergangen waren, war der kleine Gerichtssaal zum Bersten gefüllt. Haskar Raims hatte in Windeseile die androidenfeindlichen Zeitungen von dem Prozeß verständigt, konnte aber nicht verhindern, daß auch Reporter von anderen Blättern Wind von der Sache bekommen hatten. Die restlichen Plätze waren von Charles Constuts Gästen belegt und von Androidenjägern, die als Zuschauer gekommen waren und sich die zu erwartende Niederlage der Peterhaut nicht entgehen lassen wollten.

Spannung herrschte im Gerichtssaal.

Der ganze Raum lag im Halbdunkel, nur die Anklagebank wurde von einem starken Scheinwerfer bestrahlt. Das Ganze, erkannte Xenor, ähnelte einem Verhörraum.

Stella Rogan ließ die Verhandlung anfangs ruhig und gefaßt über sich ergehen.

Xenor mußte diese Androidin auf eine gewisse Art bewundern, doch das dauerte nicht lange. Schließlich hatte er sich ausgiebig auf diesen Prozeß vorbereitet und alle seine Vorarbeit darauf ausgerichtet, diesen Prozeß zu erwirken – und er hatte sein Ziel erreicht.

Der Prozeß begann.

»Fassen wir zusammen, Stella Rogan«, sagte Xenor. »Sie versehen nun seit acht Monaten Dienst im Hause Constut. Als Dienstmädchen. Zwischen Ihrem Arbeitgeber, Herrn Charles Constut, und Ihnen herrscht eine gute, vielleicht freundschaftliche Atmosphäre. Das Verhältnis zu dessen Frau, Suoli Constut, ist weniger gut. Es ist bewiesen, daß Sie von Ihrem Arbeitgeber gelegentlich ein Handgeld bekommen haben. Sie haben dies genommen und dafür Luxusgegenstände gekauft, obwohl beides für einen Androiden verboten ist. Sie gaben auch bereitwillig zu, von Herrn Constut gelegentlich Komplimente gehört zu haben. Aber Sie leugnen ab, daß er Ihnen mehr als nur Höflichkeit und Anerkennung entgegengebracht hat. Und Sie wehren sich ganz entschieden gegen die Anschuldigung, zwischen Herrn Constut und Ihnen hätte ein intimes Verhältnis bestanden. Stimmt das?«

»So ist es.«

»Ich frage Sie, Stella Rogan, hatten Sie nie das Gefühl, daß Herr Constut diese oberflächlichen Beziehungen gern vertiefen wollte?«

»Nein, dieses Gefühl hatte ich nie.«

»Und ist Ihnen die Freundlichkeit Herrn Constuts nicht etwas ungewöhnlich vorgekommen?«

»Ich machte mir keine Gedanken darüber.«

»Wurden Sie denn von allen Menschen so zuvorkommend behandelt?«

»Nein, ich bin eine Androidin.«

»Dann sind Sie es also gewohnt, auch schlecht behandelt zu werden.«

»Es ist unser Los, manchmal von Menschen erniedrigt zu werden.«

»Sind Sie darüber verbittert?«

»Nein.«

»Es macht Ihnen also nichts aus, von Menschen erniedrigt zu werden?«

»Als Androidin kann ich mich nicht dagegen wehren.«

»Sie würden es gern tun? – Sich wehren, meine ich.«

»Vielleicht – gelegentlich. Ich habe mir darüber noch keine Gedanken gemacht.«

»Aha! Nun sagten Sie eben, daß es zu Ihrem täglichen Leben gehört, von Menschen gedemütigt zu werden. Und trotzdem erschien Ihnen Herrn Constuts zuvorkommende Behandlung nicht als außergewöhnlich?«

»Ich sagte schon, daß ich nichts dabei fand. Herr Constut ist ein guter Mensch, etwas anderes als Freundlichkeit – auch einem Androiden gegenüber – kann man sich von ihm nicht vorstellen.«

»Aha!« machte Xenor. »Nun frage ich Sie, Stella Rogan, können Sie überhaupt Gefühle entwickeln und sich Gedanken machen?«

»Ja, das glaube ich schon.«

»Glauben Sie, was Denken und emotionelle Empfindungen betrifft, einem Menschen nachzustehen?«

»Ich glaube nicht, daß ich diesbezüglich einem Menschen nachstehe.«

»Sie setzen sich also mit einem Menschen gleich?«

»In dieser Beziehung schon.«

»Sie meinen, was Denken und Gefühle anbelangt, sind Sie dem Menschen gleichgestellt?«

»Ja, das meine ich.«

»Leider, Stella Rogan, muß ich Ihnen widersprechen. Oder wie sonst soll ich es mir erklären, daß Sie zumindest in einem Fall nicht gedacht und keine Gefühle entwickelt haben. Sie dachten sich nichts dabei, daß Herr Constut freundlich zu Ihnen war, obwohl Sie von vielen anderen Menschen gegenteilig behandelt wurden. Und Sie dachten auch nicht über die Möglichkeit nach, Rache an jenen Menschen zu nehmen, die Sie schlecht behandelten, obwohl Sie nicht geleugnet haben, fähig zu sein, sich zu rächen. Außerdem wollen Sie Herrn Constuts Zuneigung nicht gefühlt haben. Ich weiß nun nicht, als was ich Sie einstufen soll, Stella Rogan. Als Intelligenzwesen, das zu Gefühlen fähig ist, oder als einen Roboter. Eine genaue Definition ist für mich äußerst wichtig. Als was wollen Sie also eingestuft werden?«

»Wir Androiden sind denkende Wesen, wir haben eine eigene Persönlichkeit und sind zu Gefühlen fähig«, sagte Stella Rogan stolz.

»Danke. Haben Sie ehrlichen Dank für diese Klarstellung.« Xenor drehte sich mit einer theatralischen Bewegung zum Richtertisch um. »Wir wollen dieser Androidin also einstweilen zubilligen, daß sie in den aufgezeigten Punkten dem Menschen gleichzustellen ist. Will das Hohe Gericht das anerkennen?«

»Mit Vorbehalt – ja.«

Xenor wandte sich wieder an die Androidin. »Nun, Stella Rogan, wenn Sie geistig und emotionell mit menschlichen Maßstäben gemessen werden wollen, dann müssen wir wohl auch in charakterlicher Beziehung menschliche Maßstäbe anlegen. Das ist Ihnen doch klar?«

»Jawohl, darüber bin ich mir klar.«

»Wie würden Sie dann Ihren Charakter bezeichnen? Sind Sie gut wie zum Beispiel Herr Constut oder böse wie jene Menschen, von denen Sie gedemütigt wurden?« Als Xenor das sagte, erklang aus den Reihen der Androidenjäger verhaltenes Lachen. »Oder würden Sie Ihren Charakter als durchschnittlich bezeichnen?«

»Als durchschnittlich«, antwortete Stella vorsichtig.

»Schön. Unter dem Begriff durchschnittlicher Charakter wollen wir hier den Charakter des Durchschnittsmenschen verstehen, der nicht überaus wertvoll ist, aber doch der Norm entspricht, die in der menschlichen Gesellschaft verlangt wird. Sind Sie einverstanden, Stella Rogan?«

»Ja, damit bin ich einverstanden.«

»Sie zeichnen hier ein durchwegs menschliches Bild von sich«, sagte Xenor mit einem zynischen Lächeln. »Oder sagen wir so – Sie versuchen es wenigstens. Aber ich werde dieses

Bild zerstören. Denn ich werde Ihnen und der Welt beweisen, daß Sie nichtmenschlich gehandelt haben. Ich, der Vertreter der Menschheit, werde Sie, die Sie die Androiden vertreten, des Verrats an Ihren Schöpfern überführen.

Ich kann Sie hier nicht intimer Beziehungen zu einem Menschen anklagen, denn Frau Constut war leider nicht in der Lage, ausreichende Beweise dafür zu beschaffen. Aber wie ich die Lage sehe, ist es gar nicht ausschlaggebend, ob Sie intime Beziehungen unterhalten haben oder nicht. Denn Sie haben auf jeden Fall Unheil gestiftet. Allein durch Ihre Existenz haben Sie das Zusammenleben zweier Menschen gestört. Und solche Fälle wie diesen gibt es viele. Es ist ein Mißstand in unserer Gesellschaftsordnung, daß Androiden die Privatsphäre des Menschen stören können, ohne bestraft zu werden. Wir können jeden Tag in den Zeitungen lesen, wie viele Menschen durch die Existenz der Androiden in Leid und Not gestürzt werden. Und das durch Geschöpfe, die wir Menschen selbst erschaffen haben. Können wir nichts dagegen tun? Ist es bereits so weit, daß wir die Kontrolle über diese synthetischen Humanoiden verloren haben? Als die Erschaffung eines millionenstarken Androidenheeres in Angriff genommen wurde, erwartete man sich davon eine Hilfe im Krieg gegen die Shooks. Doch der Krieg ist vorbei. Sollen die Androiden die Totengräber der menschlichen Kultur werden?«

Starker Applaus brandete auf.

Der Richter ermahnte die Anwesenden, Ruhe zu bewahren, und trug Xenor auf, im Sinne der Verhandlung fortzufahren.

»Sind Sie sich einer Schuld bewußt, Stella Rogan?«

»Nein.«

»Haben Sie denn nicht bemerkt – so Sie ein intelligentes Geschöpf mit Urteilsvermögen sind –, daß in der Ehe der Constuts nicht mehr alles klappte, seit Sie bei dem Ehepaar angestellt waren?«

»Ich weiß nicht, wie die Ehe vor meinem Dienstantritt beschaffen war.«

»Aber Sie sahen, als Sie dort angestellt waren, daß die Ehe nicht in Ordnung ist?«

»J-ja, das stimmt.«

»Wurde die Ehe durch Ihre Anwesenheit besser?«

»Sicher nicht.«

»Eher schlechter?«

»Nicht durch meine Anwesenheit.«

»Aber sie wurde immer schlechter!«

»Ja.«

»Und Sie führten es nicht auf Ihren Einfluß zurück, daß Herr Constut immer unausstehlicher zu seiner Frau wurde?«

»Sie wurde ihm gegenüber immer unausstehlicher.«

»Auch schön. Und Sie haben das gemerkt und geduldet?«

»Was hätte ich dagegen tun können?«

»Kündigen.«

»Kündigen?«

»Jawohl, denn als intelligentes Geschöpf mit gesundem Urteilsvermögen mußten Sie erkennen, daß die Spannungen im Hause Constut durch Ihre Anwesenheit heraufbeschworen wurden.«

»Aber ich habe doch nichts getan, was Frau Constut Anlaß zu Klagen geben konnte. Sie ist ganz einfach krankhaft eifersüchtig. Sie sieht in jedem weiblichen Wesen, das ihrem Mann in die Nähe kommt, eine Rivalin.«

»Mir steht es ebensowenig wie Ihnen zu, zu beurteilen, ob Frau Constut krankhaft eifersüchtig ist. Doch nehmen wir das als Ausgangsbasis für die weitere Untersuchung. Nehmen wir an, sie sei krankhaft eifersüchtig. Und Sie erkannten das. Warum haben Sie nicht die Konsequenzen daraus gezogen? Warum haben Sie nicht, da Sie wußten, daß Sie der Grund von Zwist und Streitigkeiten waren, dem Hause Constut den Rükken gekehrt?«

»Ich bin doch eine Androidin«, sagte Stella Rogan verzweifelt. »Wohin hätte ich mich wenden sollen?«

»Von wo sind Sie denn gekommen?« stellte Xenor die Gegenfrage.

»Aus dem Auffanglager«, murmelte Stella Rogan. »Aber dort wollte ich nicht wieder hin. Dort ist es schrecklich. Ich kannte nun die Freiheit – ich wußte, was das Leben sein konnte ... Nein, ich gehe nicht mehr zurück! Eher will ich sterben.«

»Vielleicht würde das die beste Lösung für uns alle sein«, sagte Xenor. Aber er bereute diese Worte augenblicklich. Nicht deswegen, weil von den Zuschauerrängen vereinzelte Mißfallensäußerungen laut wurden, sondern weil in diesem Augenblick eine Art Mitleid für die Androidin in ihm aufstieg. Während dieser kurzen Verhandlung hatte er etwas Seltsames festgestellt: Androiden konnten tatsächlich wie Menschen fühlen. Wenigstens Stella Rogan kannte alle Register der menschlichen Empfindungen.

Es war eine seltsame Entdeckung deshalb, weil er früher die Androiden als Gesamtheit gesehen hatte – als Bedrohung für sich und die Menschheit. Aber später, während seiner Schulungszeit als Androidenjäger und ganz besonders in diesem Prozeß, war er mit Einzelschicksalen der Peterhaut konfrontiert worden. Und obwohl er die Androiden auf seine Art immer noch haßte – ein Haß, der aus der Angst um seine persönliche Sicherheit geboren war –, stellte er sich entschieden gegen eine drastische Lösung des Androidenproblems.

Und plötzlich wußte er, daß er nicht mehr der blindwütige, fanatische Androidenjäger war.

Er verzichtete auf ein Plädoyer.

Der Richter verkündete den Urteilsspruch und die Urteilsbegründung. Das Urteil: Stella Rogan sollte, bis das neue Androidengesetz zu Neujahr in Kraft trat, in eines der Auffanglager überstellt werden. Die ihr probeweise zuerkannten Rechte erloschen somit augenblicklich.

Die Urteilsbegründung: »Sie, Stella Rogan, haben Ihr eigenes Wohlergehen und Ihre Sicherheit dem des Menschen vorangestellt. Dadurch wurden Sie straffällig. Aber ich betrachte Ihre Einweisung in ein Auffanglager nicht als Strafe, sondern als Bewährungsprobe, und Sie sollten es auch so auffassen. Wenn Sie das Leben tatsächlich so lieben, wie Sie gesagt haben, dann seien Sie dem Menschen dafür dankbar, daß er Ihnen dieses wertvolle Gut geschenkt hat. Seien Sie dankbar und demütig und ertragen Sie diese Prüfung geduldig, denn auch wir Menschen nehmen die Prüfungen unseres Schöpfers geduldig hin.«

»Ich habe nicht um das Leben gebeten«, sagte Stella Rogan.

»Das hat der Mensch auch nicht.«

Die Verhandlung war zu Ende. Haskar Raims gratulierte Xenor überschwenglich zu seinem Triumph.

»Durch diesen Prozeß«, sagte Raims, »haben wir eine Handhabe gegen die Androiden, noch bevor das neue Gesetz rechtskräftig wird. Denn nun hat jeder Mensch die Möglichkeit, jeden Androiden zur Anzeige zu bringen, wenn er sich durch dessen Existenz in seiner Privatsphäre gestört fühlt.«

Challer gratulierte Xenor ebenfalls.

»Du solltest deinen Urlaub verschieben, obwohl er verdient ist«, meinte der Androidenjäger. »Denn wir werden jetzt alle Hände voll zu tun haben, wenn erst bekannt wird, daß die Androiden von jetzt an Freiwild sind.«

»Ich werde mich in der Prüfungsstelle melden, sobald ich ein privates Problem aus der Welt geschafft habe«, versprach Xenor.

»Was für ein Problem? Kann ich dir helfen?« erkundigte sich Challer hilfsbereit.

»Es wäre schon möglich, daß ich deine Hilfe brauche«, sagte Xenor. »Eine Peterhaut ist mit im Spiel.«

»Wann brauchst du mich?«

»Wahrscheinlich morgen.«

»Gut. Dann rufe bei Bedarf in der Prüfungsstelle an.«

»Danke, Challer.«

7.

Völlig ausgelaugt kam Xenor auf der Farm an. Aber als er zu Bett ging, war er so aufgeputscht, daß er kein Auge zumachen konnte. Die letzten Ereignisse zogen immer wieder im Geiste an ihm vorüber ... seine (zumeist haarsträubenden und aus der Luft gegriffenen) Argumente ... die bereitwillig antwortende Androidin ... die Urteilsbegründung des Richters – eines Androidenhassers ... Xenor hätte sich nichts vorzuwerfen brauchen. Er hatte ein gutes Werk für die Menschheit getan: Er hatte der Infiltration durch Androiden einen Riegel vorgeschoben. Und damit besaß er auch die Lösung für sein persönliches Problem.

Er brauchte sich keine Vorwürfe zu machen. Und doch konnte er nicht triumphieren. Denn er befürchtete, daß er durch den Prozeß mehr erreicht hatte, als er eigentlich wollte.

Die Androiden waren Freiwild ... der Mob hetzte sie ... Lynchjustiz, Mord, Totschlag würden die Folge sein. Das hatte er nicht gewollt. Nein, nein, nein! Das wollte er nicht.

Schweißgebadet richtete er sich im Bett auf. Es war bereits hell. Das Visiphon summte. Er griff nach der Ein-Taste und drückte sie nieder.

»Endlich!« Xenor hörte den Anrufer erleichtert aufatmen. »Ich habe schon seit einer Stunde versucht, dich zu erreichen. Aber anscheinend hat Chris ein Dauergespräch geführt.«

Erst jetzt erkannte Xenor in dem Anrufer Dr. Peter. »Sie haben mich geweckt«, sagte Xenor unfreundlich.

»Ich denke, deine Sicherheit ist dir wichtiger als dein Schlaf«, meinte Dr. Peter. »Warum hast du mich gestern Abend nicht besucht? Ich habe auf dich gewartet.«

»Ich hatte einen wichtigen Prozeß zu führen«, erklärte Xenor. »Haben Sie noch nichts darüber gehört?«

»Doch«, gab Dr. Peter zu. »Du weißt gar nicht, was für eine Schuld du dadurch auf dich geladen hast.«

»Sie können es mir sagen.«
»Nicht per Visiphon.«
»Ich soll wohl zu Ihnen kommen?«
»Das wollte ich dir vorschlagen.«
Xenor lächelte. »Ich frage mich, warum Sie auf einmal so besorgt um mich sind. Wollen Sie sich mit mir gut stellen, jetzt, da Sie wissen, daß ich Karriere mache?«
»Ich habe nicht die Zeit für Spitzfindigkeiten«, erklärte Dr. Peter. »Wenn ich dich zu mir bitte, dann nicht meinetwegen, sondern weil ich dir helfen möchte. Kommst du also?«
»Ich fürchte mich nicht«, sagte Xenor und unterbrach das Gespräch. Er ließ sich auf das Kissen zurücksinken.
»Ich fürchte mich nicht«, wiederholte er, während er einschlief.

»Herr!«
Das Wort explodierte Buchstabe um Buchstabe.
H – es wurde in tausend rote Fetzen gerissen.
E – es ringelte sich wie eine dreiköpfige Schlange und wurde zerhackt.
R – rot wie Blut zerfloß es.
R – rein wie Milch formte es sich zu einem wunderschönen Frauenantlitz. Eine Androidin.
»Herr!«
Der Laut schüttelte ihn – er drang tief in sein Gehirn und reizte verschiedene Regionen, peitschte sie auf oder legte sie lahm.
»Herr, wachen Sie auf!«
Die drängende Stimme veranlaßte ihn, die Augen zu öffnen. Er blickte in eine gespenstische Welt aus Schwarz und Weiß. Langsam nur stellten sich die Farben ein …
»Ich hatte einen Anfall«, murmelte Xenor. »Aber jetzt bin ich wieder in Ordnung.«
»Ich weiß«, antwortete Stan Glorio und reichte ihm ein

Glas mit einem Erfrischungsgetränk. »Ich habe Sie schreien hören, deshalb kam ich herauf.«

Xenor nahm das Glas dankbar entgegen und leerte es gierig.

»Wo ist der Vater?«

»In der Stadt.«

»Aha«, meinte Xenor. »Wann wird er zurück sein?«

»Gegen Abend«, sagte Stan Glorio. »Ich glaube, er möchte noch einige Besorgungen für den Weihnachtsabend erledigen.«

Xenor lächelte wissend. »Wahrscheinlich kommt er mit der Überraschung für mich zurück. Aber er wird Augen ... Verdammt, warum bin ich denn so müde?«

»Sie brauchen Ruhe, Herr«, sagte der dienstbeflissene Diener seines Vaters. »Deshalb habe ich mir erlaubt, Ihnen ein Schlafmittel zu geben ...«

»Verdammt, Stan ...!«

Ich muß doch wach sein. Ich muß auf den Beinen stehen können, wenn der Androide ins Haus kommt, der mich ablösen soll ... Aber das sprach er nicht mehr aus. Er träumte davon.

»Stille Nacht, heilige Nacht ...«

Die Melodie schlich sich langsam in sein Bewußtsein ein, doch von geheiligter Stille konnte überhaupt keine Rede sein. Er vergrub sein Gesicht in dem Kopfkissen, um dem gellenden Weihnachtslied entrinnen zu können. Es war vergebens.

Schließlich wälzte er sich auf den Rücken und öffnete die bleiernen Lider. Er lag in seinem Bett, in seinem Zimmer. Die Dunkelheit wurde nur von dem leuchtenden Bild des Visiphons erhellt. Ein Kinderchor sang – nein plärrte: »... holder Knabe ...«

Irgend jemand hatte die Weihnachtsübertragung eingeschaltet. Mit wütender Entschlossenheit drehte Xenor dem Kinderchor die Luft ab. Augenblicklich wurde es still.

Xenor erhob sich und schwang die Beine aus dem Bett. Er fühlte sich niedergeschlagen. Und er hatte Durst. Aber er war so erschöpft, daß er nicht aufstand, sondern am Bettrand sitzen blieb und sich die letzten Geschehnisse in Erinnerung rief.

War er wegen des Prozesses gegen Stella Rogan so deprimiert? Die Schwäche war jedenfalls auf das Schlafmittel zurückzuführen, das ihm Stan Glorio verabreicht hatte. Was dem Alten nur eingefallen war!

Es war Nacht – ein klarer, wolkenloser Himmel mit funkelnden Sternen. Es war eine ganz besondere Nacht. Weihnacht. Und auch wegen etwas anderem war diese Nacht eine besondere Nacht.

Xenor blickte sich schlaftrunken in seinem Zimmer um. Sein Gewand lag achtlos vor der Kommode auf dem Boden, durch die offene Kleiderschranktür konnte er seinen Waffenkoffer sehen. Hatte er irgend etwas damit vorgehabt? Warum hatte er das Sortiment von Waffen aus dem Schulungszentrum der Androidenjäger mit nach Hause genommen? Ja, natürlich, wegen der zu erwartenden Auseinandersetzung.

Er gab sich einen Ruck und stand auf. Er schwankte noch ein wenig. Gähnend tastete er sich am Bett entlang zu der Stelle, wo sein Gewand auf dem Boden lag. Das Ankleiden war eine umständliche Prozedur. Als er schließlich vollkommen angezogen vor dem Spiegel stand, sagte zu seinem Spiegelbild: »Hübsch bist du nicht gerade, Androidenschreck.« Und er grinste – so gefiel er sich schon besser.

Er machte noch einige Gymnastikübungen, dann verließ er sein Zimmer, um das Bad aufzusuchen. Der Weg dorthin führte an der Treppe vorbei. Und gerade als er das kurze Stück erreichte, von dem man einen ungehinderten Blick in die tiefer liegende Halle hatte, hörte er die Stimmen. Zuerst erkannte er den Baß seines Vaters. Er verstand nicht, was er sprach, aber aus dem schwankenden Tonfall schloß er, daß sein Vater wieder einmal betrunken war.

Dann erklang Stan Glorios unterwürfige Stimme.

Und kurz darauf erklangen die Stimmen von drei oder vier Unbekannten, die alle auf einmal sprachen.

Xenor war augenblicklich alarmiert. Einem ersten Impuls folgend, wollte er umkehren, in sein Zimmer gehen und sich bewaffnen. Aber dann siegte seine Neugierde. Er wollte wissen, was dort unten gesprochen wurde.

Vorsichtig, ohne auch nur das geringste Geräusch zu verursachen, schlich er die Treppe hinab.

Die Stimmen wurden immer deutlicher.

»... ich nach ihm sehen?« Das war Stan Glorio. »Vielleicht ist er aufgewacht.«

Xenor blieb wie vom Blitz getroffen stehen. Er war bereit, augenblicklich den Rückweg anzutreten.

Aber dann hörte er seinen Vater sagen: »Du hast ihm doch das Schlafmittel verabreicht, Stan.«

»Jawohl«, antwortete Stan Glorio. »Und ich habe auch das Visiphon angestellt, damit er nichts von dem hören kann, was hier unten passiert – falls er doch frühzeitig aufwacht.«

»Ich finde es nicht richtig, ihm das an einem Tag wie diesem anzutun. Schließlich ...«

»Ach was«, unterbrach Chris Anders den Fremden. »Ich konnte seinen Anblick nicht mehr ertragen. Ich bin froh, daß du termingerecht eingetroffen bist und ihn heute noch ablösen kannst.«

Xenor hatte drei weitere Stufen überwunden – jetzt hatte er einen guten Einblick ins Wohnzimmer. Was er sah, ließ ihn wie gebannt stehenbleiben. Er hatte sich auf diesen Augenblick vorbereitet, aber nun, da er eingetreten war, fühlte Xenor sich doch schockiert.

Im Wohnzimmer stand sein Doppelgänger. Ein Androide, der ihn ablösen sollte. Neben ihm standen drei Unbekannte. Ihnen gegenüber saß Chris Anders in einem Lehnstuhl, hinter sich sein Diener für alles, Stan Glorio.

»Meine Herren, wollen Sie nicht hinaufgehen und dem

ganzen Spuk ein Ende bereiten?« schlug Chris Anders vor.

Die drei Unbekannten griffen sich wie auf Kommando unter die Achseln und holten Pistolen hervor.

»Wir sind bereit«, sagte einer von ihnen.

»Einen Augenblick noch«, sagte Xenors Doppelgänger. »Warten Sie noch einige Minuten ...«

Xenor hastete lautlos die Treppe hinauf und verschwand in seinem Zimmer. Es genügte ihm, gehört zu haben, daß ihm noch einige Minuten Zeit blieben.

Mit zitternden Fingern tastete er die Nummer des ISH ein und wählte sich zur Prüfungsstelle durch. Er hatte Glück, die Nummer war nicht besetzt.

Ein uniformierter Androidenjäger meldete sich: »Journaldienst. Wie können wir Ihnen behilflich sein, Sir?«

»Mein Name ist Xenor Anders«, sagte Xenor mit sich überschlagender Stimme. »Ich bin einer von euch.«

»Ja, ich weiß«, sagte der Androidenjäger. »Challer meinte, du würdest anrufen. Soll ich dich mit ihm verbinden?«

»Ja – bitte.«

Es dauerte fast eine Minute, bis das Gespräch über verschiedene Nebenstellen schließlich Challer erreichte.

Das Warten zerrte an Xenors Nerven.

Endlich erschien Challers Konterfei auf dem Bildschirm.

»Wo brennt es, Xenor?« erkundigte er sich ruhig.

»Hier, auf der Farm meines Vaters«, antwortete Xenor hastig. »Unten sind drei bewaffnete Männer, die mir nach dem Leben trachten. Und ein Androide ist ebenfalls dabei – ein Doppelgänger von mir. Er soll mich ersetzen.«

»Sag, träumst du, Xenor?«

»Nein, was ich sage, ist blutiger Ernst.«

»Hm.«

»Du hast versprochen, mir zu helfen, Challer. Jetzt ist es soweit, daß ich deine Hilfe brauche.«

»Schon, aber ich kann nicht von hier fort. Wir sind knapp

davor, eine ganz große Sache zu starten. Und – deine Geschichte klingt unglaubwürdig. Niemand würde es riskieren, in dieser angespannten Zeit einen Menschen durch einen Androiden zu ersetzen.«

»Aber es ist so«, sagte Xenor verzweifelt. »Mir bleiben nur noch wenige Minuten Zeit.«

»Ich kann nicht von hier weg Xenor«, sagte Challer mit Nachdruck. »Du mußt sehen, wie du allein fertig wirst. Ich werde Raims persönlich von den Vorgängen auf eurer Farm verständigen. Er wird Gegenmaßnahmen einleiten. Aber inzwischen mußt du sehen, wie du dich deiner Haut wehren kannst.«

»Ich werde es versuchen, Challer«, sagte Xenor niedergeschlagen. »Wenn ich denen entkomme, wo kann ich dich treffen?«

»Klar entkommst du denen, Xenor«, meinte Challer sorglos. »Zeige ihnen nur, was du bei uns gelernt hast.«

»Nenn einen Treffpunkt«, drängte Xenor.

»Ecke 43. Straße Quer und 10. Längs. Ich werde mich inzwischen mit Raims in Verbindung setzen.«

Xenor unterbrach die Verbindung, denn er hörte vom Gang her ein Geräusch. Wie ein Besessener stürzte er zum Kleiderschrank und griff nach seinem Waffenkoffer. Aus dem Kleiderschrank kam eine Hand und legte sich auf seinen Mund; die kalte Mündung einer Pistole wies auf seine Schläfe.

»Keinen Laut!« zischte eine drohende Stimme.

Zwei Augenpaare glühten ihn an. Xenor hörte, wie hinter ihm die Tür aufgestoßen wurde. Die Hand, die sich ihm auf den Mund gepreßt hatte, drückte ihn jetzt zu Boden, die Pistole schwenkte in Richtung Tür.

Plötzlich brach die Hölle los. Schüsse krachten. Flammenzungen erhellten das Zimmer, Menschen schrien auf ... und innerhalb weniger Sekunden war alles wieder vorbei. In der Tür lagen zwei wimmernde Gestalten, eine dritte lag im Korridor hingestreckt.

Die beiden Unbekannten aus dem Kleiderschrank sprangen aus ihrem Versteck. Der eine von ihnen drückte den Lauf seiner Waffe Xenor in den Nacken.

»Mitkommen! Durch das Fenster!« befahl er.

Xenor kam auf die Beine, und seine Entführer und Retter stießen ihn zum Fenster. Über eine Strickleiter gelangten sie ins Freie. Kaum daß sie den Boden erreicht hatten, senkte sich lautlos ein Gleiter herab, Die beiden Unbekannten schoben Xenor in den Fond, folgten und nahmen ihn in ihre Mitte. Dann startete der Gleiter wieder ebenso lautlos, wie er gelandet war.

Als der Gleiter eine Schleife drehte, konnte Xenor sehen, wie eine Gestalt auf dem Farmhof erschien und mit einem Strahlengewehr nach ihnen schoß. Es war sein Vater. Er verfehlte sein Ziel.

Xenor besah sich seine beiden Entführer und den Piloten genau. Er hatte sie noch nie in seinem Leben gesehen. Die beiden Pistolen ignorierend, mit denen sie ihn immer noch in Schach hielten, sagte er: »Das war Rettung in letzter Sekunde.«

Die beiden Männer gaben keine Antwort und starrten weiterhin unbeteiligt aus den Seitenfenstern.

»Wohin bringen Sie mich?«

Wieder keine Antwort.

»Hat Haskar Raims Sie geschickt?«

Der Mann, der rechts von ihm saß, blickte ihn an und lächelte spöttisch.

»Also war es nicht Raims«, meinte Xenor. Dann schlug er sich gegen die Stirn. »Natürlich kann Raims Sie nicht geschickt haben! Ich habe erst vor wenigen Minuten mit Challer gesprochen. Nein, so schnell sind nicht einmal Androidenjäger zur Stelle.«

Jetzt wandte sich auch der Mann links von ihm von der

Landschaft ab und sah ihn an. »Sollen wir ihm seine Illusionen zerstören?« fragte er seinen Kameraden.

»Warum nicht, er wird die Wahrheit ohnehin bald erfahren. Wir können ihm genausogut auch jetzt schon die Augen öffnen.«

Der links von ihm sitzende Mann sagte zu Xenor: »Wir sind keine Androidenjäger. Kämen wir nämlich von Haskar Raims, hätten wir Sie getötet.«

Xenor wurde blaß. »Und das soll ich Ihnen glauben?«

Der andere Mann zuckte die Achseln. »Sie brauchen es nicht zu glauben.«

»Warum sollte Raims mich töten lassen wollen?«

»Er betrachtet Sie als Verräter.«

Xenor wollte das nicht glauben. Er lachte, aber es klang nicht sehr überzeugend.

»Sie werden sich damit abfinden müssen, daß die Androidenjäger von nun an Ihre Feinde sind«, sagte der Pilot über die Schulter.

»Und ihr seid wohl meine Freunde«, spöttelte Xenor.

»Wir handeln im Auftrag von jemand, der es gut mit Ihnen meint.«

Xenor brauchte nicht erst zu fragen, wer dieser »Jemand« war. Denn der Gleiter sank tiefer und landete auf dem Rasen vor Dr. Peters Villa. Xenor bezweifelte stark, daß ausgerechnet Dr. Peter es gut mit ihm meinte. Vielmehr glaubte er, daß diese scheinbare Rettung nur ein Teil eines teuflischen Planes war, um ihn, Xenor, endgültig auszuschalten.

Der Gleiter setzte auf dem Gras auf, und der Mann zu seiner Linken stieg aus. Xenor folgte ihm, sein anderer Bewacher schloß auf.

In diesem Moment erschien im Eingang der Villa ein blutüberströmter Mann.

»Überfall!« schrie er mit röchelnder Stimme. »Sie haben Doktor Peter entführt. Es waren ... Androidenjäger.«

Dann brach er zusammen.

Xenors beide Bewacher, durch diesen Zwischenfall unaufmerksam geworden, ließen ihre Waffen sinken. Auf diese Chance hatte Xenor gewartet. Er trat dem einen mit dem Fuß in den Magen, während er gleichzeitig nach dem Kehlkopf des anderen schlug. Dann bückte er sich schnell nach einer der beiden zu Boden gefallenen Waffen und richtete sie auf seine benommenen Widersacher.

»Geh zu denen rüber!« befahl Xenor.

Der überraschte Pilot wich zurück, bis er gegen seine beiden Kameraden stieß.

»Dreht euch um!« verlangte Xenor. Und noch während sich die drei Männer anschickten, seinem Befehl nachzukommen, bestieg Xenor den Gleiter. Er nahm den Platz hinter dem Steuerknüppel ein und setzte augenblicklich den Motor in Gang. Gleich darauf startete er mit höchster Beschleunigung. Als er eine Minute später hoch über Dr. Peters Wohnsitz in Richtung Versanda flog, stellte er erleichtert fest, daß sich keine Verfolger an seine Fersen hefteten.

8.

Der Treffpunkt, den er mit Challer vereinbart hatte, lag am Rande der Slums, in einem unbewohnten Viertel. Ecke 43. Quer und 10. Längs war eine aufgelassene Fabrik, in der früher einmal die Gehäuse für Raumschiffsantriebe gegossen worden waren. Es standen dort drei langgezogene Gebäude und einige kleinere Hütten um einen riesigen Lagerplatz, auf dem die nunmehr nutzlosen Gußkörper aufeinandergetürmt waren; daraus ragte das zwanzig Meter hohe Gerüst eines Laufkrans hervor.

Xenor überflog mit dem gestohlenen Gleiter das Fabrikgebäude einmal, um sich einen Überblick zu verschaffen. Er hatte noch gut die Worte seiner Entführer in Erinnerung:

Kämen wir von Haskar Raims, hätten wir Sie getötet. Obwohl Xenor sich recht skeptisch zu dieser Äußerung stellte, wollte er doch kein Risiko eingehen.

Das Fabrikgelände wäre wie geschaffen für eine Falle. Wenn es Challer tatsächlich auf ihn abgesehen hätte, könnte er an einem der unzähligen Fenster der Gebäude lauern oder in einem der leeren Motorengehäuse oder ...

Xenor meinte, in der Führerkabine des Laufkrans eine Bewegung entdeckt zu haben. Wenn sich Challer dort verborgen hatte, dann konnte er das ganze Fabrikgelände überblicken.

Xenor landete den Gleiter auf dem Platz hinter einem niedrigen Kontrollgebäude neben dem Laufkran, der von der Führerkabine nicht eingesehen werden konnte. Er ging in einem Torbogen in Deckung und überprüfte die Waffe, die er seinen Gegnern abgenommen hatte. Im Magazin befanden sich noch etwa dreißig Mikropatronen; sie sollten ihm zur Verteidigung genügen, falls es zu einer Auseinandersetzung kam.

An die Wand gepreßt, die eine Hand als Sprachrohr an den Mund gelegt, rief er: »Challer! Ich bin es, Xenor!«

Dann lauschte er, erhielt aber keine Antwort. Als er vorsichtig aus seinem Versteck zu der Führerkabine des Laufkrans hinaufspähte, sah er, wie ein dunkler Haarschopf hinter den Deckplatten verschwand. Nun bestand kein Zweifel mehr für ihn, daß sich der Androidenjäger dort oben verbarg.

»Ich weiß, daß du dich in der Führerkabine des Kranes verborgen hältst«, rief Xenor. »Komm herunter, Challer, damit ich mit dir sprechen kann.«

Nur das Echo seines Rufes wurde von den Wänden der Fabrik zurückgeworfen.

»Oder ich komme zu dir hinauf!« rief Xenor.

Bevor das Echo noch verklungen war, sprang er aus dem Schutz des Kontrollgebäudes hinter die mannsgroßen Gußkörper und rannte im Zickzack auf den nächsten Stützpfeiler des Laufkrans zu. Er stand nun fast senkrecht unter der Führerkabine und befand sich somit nicht in Challers Schußwinkel. Trotzdem ließ er den Kran keine Sekunde aus den Augen, während er die Eisenleiter des Pfeilers hinaufkletterte. Er erreichte die Laufschiene, ohne daß sich der Androidenjäger irgendwie bemerkbar gemacht hätte.

Die Führerkabine war nun keine zehn Meter mehr von Xenor entfernt. Jetzt kam der schwierigste Teil seines Unternehmens, denn er mußte diese zehn Meter praktisch ohne Deckung zurücklegen.

Er duckte sich, suchte mit der einen Hand am Geländer Halt und hielt mit der anderen die Pistole im Anschlag. So näherte er sich langsam dem Kran. Er kam bis auf fünf Meter an die Kabine heran, als plötzlich in dem glaslosen Rahmen eine Hand auftauchte, sich festklammerte und schließlich wieder kraftlos zurücksank.

»Bist du verwundet, Challer?« erkundigte sich Xenor, alle Vorsicht vergessend.

Ein Lachen ertönte. Aber es kam nicht aus der Krankabine, sondern von unten, aus der Richtung des Kontrollgebäudes, hinter dem Xenor noch vor wenigen Minuten Schutz gesucht hatte. Er wirbelte herum und blickte hinunter, aber er konnte niemanden sehen. Xenor fühlte sich plötzlich hilflos in einer Falle gefangen. Er wußte im Augenblick nur soviel: Die Gefahr kam nicht aus der Krankabine, sondern aus dem Kontrollgebäude, wo sich sein wahrer Gegner verborgen hielt.

Aber wer war dann der Mann auf dem Kran?

Er war nur noch drei Meter entfernt.

»Challer, bist du es?« fragte er.

Wieder ertönte das gespenstische Lachen, dann sagte eine Stimme, die er auf Anhieb erkannte: »Nein, Xenor, ich bin hier unten.«

Und als Xenor hinunterblickte, sah er Challer, wie er lässig an einem Fenster des Kontrollgebäudes lehnte und die Waffe spielerisch in seine Richtung hob. Gleich darauf ging ein

Schuß los und traf keinen halben Meter hinter Xenor das Geländer. »Warum schießt du auf mich, Challer?« erkundigte er sich mit rauher Stimme.

»Ich könnte dich jetzt leicht töten«, sagte Challer. »Aber ich bin ein Sportsmann, ich will dir einen letzten Wunsch erfüllen. Es war doch schon immer dein Wunsch, dich mit Doktor Peter auszusprechen, stimmt's? Diese Gelegenheit hast du jetzt.«

Ein zweiter Schuß löste sich aus Challers Waffe und verfehlte Xenor nur um wenige Zentimeter.

»Das nächstemal ziele ich«, drohte der Androidenjäger und brachte die Waffe in Anschlag.

Ohne zu denken, sprang Xenor nach vorn und brachte sich hinter den Kranaufbauten in Deckung. Knapp neben seinem Kopf schlug ein Schuß ein und sirrte als Querschläger davon.

»Du verfällst einem großen Irrtum, Challer«, schrie er aus Leibeskräften, »wenn du glaubst, ich hätte die Verabredung mit Doktor Peter getroffen. *Er* war es, der ...«

Xenor hörte den nächsten Schuß detonieren und rollte sich seitlich ab. Er konnte seinen Fall nicht mehr mit den Händen abstoppen und stürzte mit dem Gesicht voran in die Krankabine. Aber der Aufprall verursachte ihm keinen Schmerz, denn er fiel auf etwas Weiches. Als er sich aufstützte, sah er, was seinen Fall abgefangen hatte. Es war Dr. French Peter, der in seltsamer Verrenkung auf dem Boden der Kabine lag.

»Bist du jetzt zufrieden, Xenor?« hörte er Challer rufen.

Dr. Peter war tot.

»Willst du wissen, warum wir ihn beseitigt haben?«

Xenor mußte sich abwenden, sonst wäre ihm übel geworden. Egal, welchen Grund die Androidenjäger nennen würden, Xenor konnte nicht verstehen, warum sie Dr. Peter getötet hatten. Er sah darin ebensowenig Sinn wie in der Jagd auf ihn.

»Warum haben sie das nur getan?« murmelte Xenor erschüttert.

»Wenn du es wissen willst, dann mußt du ihn schon selbst fragen«, rief Challer von unten. »Ihr werdet euch nämlich bald wiedersehen. In der Hölle!«

Unterbewußt vernahm Xenor, wie surrend ein Elektromotor ansprang. Gleich darauf setzte sich der Kran in Bewegung. Zuerst langsam, dann immer schneller werdend, rollte er über die Laufschienen – dem dreißig Meter entfernten Prellbock entgegen.

»Es ist ein Irrtum, Challer!« schrie Xenor verzweifelt. Er starrte auf den Prellbock, dem der Kran mit steigender Geschwindigkeit entgegenrollte.

»Wir irren uns nie, mein Junge«, rief Challer zurück. »Du wolltest mit Doktor Peter gemeinsame Sache machen. Er hatte einen guten Grund dafür, daß er sich so intensiv für dich interessierte.«

»Nein, Challer, das ist nicht wahr!« Xenor konnte sich gerade noch festklammern, dann kam der Aufprall. Er war nicht besonders stark, weil es der Kran auf dieser kurzen Strecke auf keine hohe Geschwindigkeit gebracht hatte. Aber kaum hatte Xenor das Gleichgewicht wiedergefunden, rollte der Kran bereits wieder zurück – und in der anderen Richtung war der Prellbock dreihundert Meter entfernt.

»Wie gefällt dir das?« erkundigte sich Challer von unten. »Meine Bastelei hat sich gelohnt! Es war doch eine gute Idee, den Kran wieder funktionsfähig zu machen und mit einer Fernsteuerung zu versehen, findest du nicht?«

Ja, dachte Xenor verzweifelt, *ganz großartig.* Er beugte sich aus der Führerkabine.

»Wenn du mit dir reden ließest, Challer, könnte ich dir alles erklären!«

Als Antwort schickte ihm Challer einen kurzen Feuerstoß aus seiner Waffe entgegen. Xenor zog sich schleunigst zurück.

»Es ist nur schade, daß dieser Spaß bald ein Ende haben

wird«, ließ sich Challer wieder hören. »Denn die Prellböcke sind, wie ich fürchte, nicht mehr besonders massiv, und mehr als drei gewaltige Stöße halten sie sicher nicht aus ... Na ja, schaun wir mal!«

Der Kran hatte bereits etwa hundert Meter zurückgelegt und eine beachtliche Geschwindigkeit erreicht.

Unbeirrt rollte er auf die nur noch hundertundfünfzig Meter entfernten Prellböcke zu.

Trotzdem gab Xenor noch nicht auf. Er hatte sich in gehockter Haltung zum Bedienungspult begeben, um dort aus der Deckung heraus wahllos Hebel zu ziehen, Knöpfe zu drücken – und mit dem letzten Bedienungshebel fand er eine Möglichkeit, die Geschwindigkeit des Kranes etwas herabzumindern und den Aufprall abzuschwächen. Es war jener Hebel, mit dem man den Lastenmagnet am Ende der Trosse senken und heben und über die ganze Breite des Kranes bewegen konnte.

Xenor ließ den Magnet auf die Gußkörper herunterfallen. Kaum zeigte ein ohrenbetäubender Krach an, daß der Magnet Halt gefunden hatte, spannte er das armdicke Seil, indem er den Weitertransport blockierte.

Durch die augenblickliche Bremswirkung wurde Xenor gegen die Wand geschleudert. Aber er hatte damit gerechnet und ließ den Hebel nicht los. Trotzdem konnte er nur einen Teilerfolg verzeichnen, denn der kräftige Motor trieb den Kran auch mit der tonnenschweren Last im Schlepptau voran; nur die Geschwindigkeit hatte sich verringert.

Der Schweiß brach Xenor aus allen Poren, als er sah, wie der Prellbock immer näher kam. Nur noch zwanzig Meter. Er versuchte, sich auf den Augenblick des Aufpralls zu konzentrieren, sprach sich Mut zu und redete sich ein, daß alles nur halb so schlimm sein würde.

Ruhig Blut, nur ruhig Blut! Aber seine Panik wuchs. Das Getöse, mit dem der Gußkörper im Schlepptau des Kranes über die anderen Motorengehäuse schleifte, ließ ihn fast wahnsinnig werden ... Der Anblick des nur noch fünf – vier – drei Meter entfernten Prellbocks raubte ihm die einsuggerierte Hoffnung, brachte ihn vollends aus der Fassung ...

Er erhielt einen heftigen Stoß und sah das Instrumentenpult vor sich. Instinktiv riß er die Arme empor und hielt sie schützend vor das Gesicht. Er schrie auf, als sich hartes Metall gegen seinen Brustkorb drückte und ihm die Luft aus den Lungen preßte. Er meinte ersticken zu müssen, rang in Todesängsten nach Luft, und nachdem er gierig eingeatmet hatte, schien eine Explosion in seinem Körper stattzufinden. Es war, als sei jede einzelne Rippe gebrochen – jede Bewegung verursachte ihm unaussprechliche Schmerzen; er durfte nur in kurzen Zügen atmen, obwohl seine Lungen nach großen Mengen Sauerstoff verlangten.

Vollkommen apathisch und bewegungslos saß er am Boden der Kabine.

»Lebst du noch, Xenor?« Ein widerliches Lachen folgte von irgendwo aus der Ferne.

»Ja, ich lebe noch«, stieß Xenor grimmig durch die Zähne; ein zuckender Schmerz gemahnte ihn daran, daß er sich nicht zu schnell bewegen durfte.

Und dann hörte er wieder den Motor aufheulen und gleich darauf ein Ächzen, als sich die Räder in Bewegung setzten; dem folgte das monotone Rattern, als die Räder über die Schienen rollten: immer schneller, immer schneller werdend. Das gab für ihn den Ausschlag.

Er biß die Zähne zusammen und erhob sich. Ihm wurde schwarz vor Augen, und gleich darauf explodierten bunte Kreise. Aber seine Hand tastete sich zu dem Lastenhebel. Er holte die Trosse ein, bis der Magnet mit dem Gußkörper frei durch die Luft schwebte.

Xenor kniff die Augen zusammen und schätzte die Entfernung zu dem Kontrollgebäude ab, von wo aus Challer ihn traktierte. Zweihundert Meter. Vielleicht zwanzig Meter mehr oder weniger. Er stützte sich auf, dann ließ er die Trosse mit dem tonnenschweren Gewicht durch einen Hebeldruck nach links rollen. Nur einen Meter weit, dann bog er den Lastenhebel nach rechts. Die Trosse rollte mit ihrem Gewicht in diese Richtung. Aber nur einen Meter, dann bewirkte er durch einen Hebeldruck, daß sie zur anderen Seite rollte. Wieder einen Meter nach links. Dieses Spiel wiederholte sich immer wieder – während der Kran anrollte und sich unerbittlich seinem Ziel näherte.

Aber Xenors Ziel lag schon näher. Es war das Kontrollgebäude.

Durch das ständige Hin- und Herrollen der Trosse begann der Gußkörper zu pendeln. Einmal nach links, einmal nach rechts. Das Schwingen war nun schon so stark, daß Xenor die Trosse einen Weg von zwei Metern zurücklegen ließ, um die Pendelbewegung nicht zu drosseln.

Das Kontrollgebäude war nur noch fünfzig Meter entfernt.

Xenor hoffte, daß Challer seine Absicht nicht zu früh merken würde.

Noch vierzig Meter. Xenor wünschte jetzt beinahe, der Kran möge seine Geschwindigkeit weiter erhöhen. Denn das würde ihn schneller an Challers Versteck heranbringen. Der schwere Gußkörper schwang bereits so stark, daß er an seinem höchsten Punkt schon fast an den Kran schlug.

Zwanzig Meter.

Xenor hielt den Lastenhebel fest umklammert. Der Gußkörper schwang nach links und wieder nach rechts.

Zehn Meter. Der Gußkörper schwang wieder nach links – hoch hinauf – und wieder nach rechts. Doch als der tiefste Punkt erreicht war, ließ Xenor der Trosse freien Lauf. Der Gußkörper, nun nicht mehr durch das Seil in seine halbkreisförmige Bahn gezwungen, flog in einem flachen Bogen auf das Kontrollgebäude zu. Wie ein Titanengeschoß prallte das schwere Gehäuse gegen die Wand und riß sie nieder. In diesem Moment spannte Xenor das Seil wieder an und stemmte sich mit den Beinen dagegen.

Die Bremswirkung des als Anker dienenden Gußkörpers war diesmal viel stärker, und bevor der Kran noch den Prellbock erreicht hatte, kam er zum Stillstand. Xenor führte dies darauf zurück, daß Challer nicht mehr in der Lage war, den Kranmotor zu kontrollieren.

Er wartete noch einige Minuten, bevor er über die Eisenleiter eines Stützpfeilers abstieg und sich davon überzeugte, daß Challer von der eingestürzten Mauer begraben worden war.

Xenor hatte sich in jenen Teil der Slums zurückgezogen, die noch nicht evakuiert waren, und im Keller einer Mietskaserne Unterschlupf bezogen Dort wollte er sich die Nacht über verbergen. Es war die längste Nacht seines Lebens. Denn obwohl er vollkommen erschöpft war, fand er keinen Schlaf.

Oben im Haus wohnten die Ärmsten der Armen. Aber sie konnten beisammensitzen und das Fest der Liebe feiern. Xenor konnte ihre Weihnachtslieder hören. Er hätte viel darum gegeben, wenn er in ihrer Runde hätte sitzen können, aber er war ein Gejagter und mußte um sein Leben rennen.

Trotz der vielen Gedanken, die ihn beschäftigten, schlief Xenor irgendwann ein.

Er erwachte durch Geräusche, die von der Straße hereindrangen. Als er aus dem Kellerfenster blickte, sah er die Räumungskommandos. Lautsprecherwagen verkündeten die sofortige Evakuierung, aufgescheuchte Menschen standen diskutierend beisammen, Lastengleiter landeten, um die schäbige Habe der Slumbewohner aufzunehmen und fortzuschaffen.

Xenor handelte in weiser Voraussicht, als er einige Kellerabteile aufbrach, um nach Lebensmittelvorräten zu suchen. Er fand in einem Abteil schließlich Kartoffeln und füllte sich die Taschen damit. Dann öffnete er einen Kanaldeckel und verschwand in dem darunterliegenden Schacht. Kaum hatte er den Deckel über sich geschlossen, als Schritte über die Treppe in den Keller kamen.

Xenor wagte sich lange Zeit nicht aus seinem Versteck. Es war stockdunkel hier unten im Kanal, und Xenor unterhielt ein kleines Feuer aus angeschwemmten Abfällen. Darin briet er auch die Kartoffeln, die seine einzige Nahrung darstellten. Er schätzte, daß mehr als zwei Tage vergangen waren, als er seine Vorräte verbraucht hatte. Erst die bohrende Leere in seinem Magen ließ ihn in den Keller zurückkehren.

Es herrschte eine erdrückende Stille, die nur von dem gelegentlichen Rascheln der Ratten unterbrochen wurde. Als Xenor durch das Kellerfenster auf die Straße hinausblickte, bot sich ihm ein trostloses Bild – keine Menschenseele war weit und breit zu sehen. Aber es hatte auch sein Gutes, daß dieser Teil der Slums evakuiert worden war. Er konnte sich jetzt in das Haus hinaufwagen. Oben angekommen, durchsuchte er alle Wohnungen und fand genug Speisereste, um seinen Hunger zu stillen. Dann schlief er den ganzen Tag in einem zurückgelassenen Bett und wagte sich erst in der Nacht auf die Straße.

Im Schatten der Häuser durchstreifte er die Slums, begegnete aber keinem Menschen. Erst nach einem Kilometer entdeckte er das erste Lebenszeichen. Er kam zu einer Straßensperre, an der behelmte Polizisten Posten standen. Starke Scheinwerfer bestrahlten einen zwanzig Meter breiten Streifen, in dem Arbeitsroboter zusammen mit Androiden in Sträflingskleidern einen elektrischen Zaun errichteten.

Xenor erkannte die Humanoiden sofort als Androiden, denn auf ihren Stirnen leuchteten bereits Registriernummern. Es war also schon soweit, daß man die Androiden zu kennzeichnen begann. Xenor vermutete, daß diese überstürzte Entwicklung auf den Prozeß zurückzuführen war, den er so erfolgreich gegen die Androidin Stella Rogan geführt hatte. Es war also ihm zu verdanken daß die Androidenjäger so schnell zuschlagen konnten. Und sie dankten es ihm damit, daß sie eine Treibjagd auf ihn veranstalteten.

Er streifte weiter durch die Slums, bis er in ein Gebiet kam, das noch nicht geräumt worden war. Aus einiger Entfernung konnte Xenor die Leute beobachten, wie sie in großen Gruppen durch die Straßen zogen und lärmten und tanzten und sangen, Fackeln schwangen, Feuerwerkskörper explodieren ließen – als wollten sie dadurch eine dunkle Vergangenheit austreiben und den Einzug einer strahlenden Zukunft feiern. Für sie bedeutete das neue Jahr tatsächlich einen neuen, besseren Lebensabschnitt, denn sie würden in eine moderne Satellitenstadt am Rande Versandas umgesiedelt werden. Für viele andere aber, für Hunderttausende Androiden, bedeutete das neue Jahr den Beginn der Gefangenschaft.

Gewissensbisse, Xenor?

Nein! Er schüttelte seine Zweifel ab. Nein, er war nur verbittert, weil er zwischen den beiden Lagern stand. Er gehörte nun weder zu denen, die im Wohlstand leben durften, noch zu jenen, für die dieses Getto errichtet wurde. Er lebte in der Vorhölle, gejagt von seinen eigenen Artgenossen und geächtet von den Androiden. Er durfte nicht hoffen, daß die Androiden Mitleid mit ihm haben würden, denn für sie würde jeder Mensch hassenswert sein.

Xenor verließ seinen Beobachtungsposten und zog sich in die menschenleeren Slums zurück. Die ganze Nacht über durchwanderte er die Straßen auf der Suche nach Nahrung und nützlichen Gebrauchsgegenständen.

In einem Lebensmittelgeschäft fand er eine ganze Kiste mit Konserven, und in einem angrenzenden Altwarenladen entdeckte er eine funktionierende Taschenlampe und einige Anzüge. Aber seine größte Entdeckung war ein Bildsprechgerät, von dem der Anschluß noch nicht gesperrt war. Er brauchte bis in die frühen Morgenstunden, um das Visiphon aus dem Altwarenladen in die darüberliegende Wohnung zu verlegen.

Es war ein Einzelraum, den sich Xenor als Unterschlupf einrichtete.

Er holte sich das Telefonbuch, eine der vierundsechzig Konserven mit gefüllten Paprikaschoten und setzte sich damit an eine Kiste, die ihm als Tisch diente. Während er seine schmackhafte Mahlzeit verzehrte, suchte er sich die Adressen von einem Dutzend Strafverteidigern heraus. Dann rief er sie der Reihe nach an. Er nannte keinem von ihnen seinen Namen und hatte den Bildsender abgeschaltet. Da er auch nur undeutliche Angaben über sein Problem machte, war es nicht verwunderlich, daß erst der achte Anwalt mit ihm einen Besuchstermin ausmachte.

»Ich komme also am Spätnachmittag zu Ihnen ins Büro«, schloß Xenor das Gespräch.

Er hatte aus anderen Wohnungen ein Bettgestell und Matratzen zusammengetragen und neben dem Fenster aufgestellt. Er stellte das Visiphon auf einen Regionalsender ein, setzte sich auf das Bett und beobachtete die Straße. Vor sich auf das Fensterbrett legte er die beiden Pistolen, die er dem einen von Dr. Peters Männern und Challer abgenommen hatte, und wartete auf die Nachrichtensendung.

Schon nach wenigen Minuten war das Showprogramm zu Ende, und die Nachrichtensprecherin schaltete sich ein. Hinter ihr an der Wand hing eine Kalenderuhr. Man schrieb den 29. Dezember 2851, es war 10 Uhr. Er hatte demnach also länger in seinem Kellerversteck zugebracht, als er anfangs angenommen hatte.

Ihm fielen vor Müdigkeit beinahe die Augen zu, aber er zwang sich, wach zu bleiben, um die Nachrichten zu hören. Er konzentrierte sich auf die Worte der Sprecherin.

»Terra. Der Terranische Senat hat sich zu einer Sondersitzung zusammengefunden, um die neueste Entwicklung in der Androidenfrage zu erörtern. Aus gut unterrichteten Kreisen wird laut, daß unser Präsident, Reginald Hower, eine Eingabe Carmatuns vorlegen und verlangen wird, daß die Androidengesetze durch Terra genehmigt und für alle anderen Welten sanktioniert werden.

Dojegoon. Die Androidenmission in Berlag, der Hauptstadt Dojegoons, hat die Terranische Flotte erneut um Hilfe gebeten. Bekanntlich stürmte eine fanatische Horde vor zwei Tagen die Mission und verlangte die Freigabe aller dort stationierten Androiden. Es kam zu einem blutigen Feuergefecht, bei dem Androiden auf Menschen schossen. Daraufhin wurden die Unmutskundgebungen des Volkes gegen die androidenfreundliche Regierung so stark, daß das gesamte Kabinett zurücktrat und Neuwahlen ausrief. Es wird erwartet, daß sich die neue Regierung aus Anti-Abolitionisten zusammensetzt, so daß auch auf Dojegoon eine Lösung der Androidenfrage zu erwarten ist.

Carmatun. In Versanda geht die Evakuierung der Slums in aller Ruhe vor sich. Nach den vorangegangenen Unruhen, die durch die Ermordung Doktor French Peters entstanden, konnte die Ordnung wiederhergestellt werden. Der Ausnahmezustand ist aufgehoben. Doch ist das ISH, das Institut für Synthetische Humanoide, von starken Regierungseinheiten belagert, die eng mit den Prüfungskommissaren des ISH zusammenarbeiten. Wie bereits gemeldet, wurde die Stätte der Androidenproduktion ein Raub der Flammen. Die Vermutung, daß der Brand, dem alle Anlagen zur Erzeugung von Androiden zum Opfer fielen, von fanatischen Androidenhassern gelegt worden war, konnte noch nicht bewiesen werden. Die Untersuchungen laufen noch.

Ebenso haben die Untersuchungen im Falle Doktor Peter noch zu keinem Ergebnis geführt. Doktor Peter, der maßgeblich an der Erschaffung der Androiden beteiligt war, gründete, nachdem er die Rechte seiner Schützlinge durch die humanistischen Gesetzesreformen immer mehr schwinden sah, eine Untergrundbewegung, die sich zumeist aus berüchtigten Abolitionisten zusammensetzte. Es wird vermutet, daß sein Mörder in den Reihen seiner eigenen Männer zu suchen ist.

Seine Tochter, Dolores Peter, übergab den Untersuchungsbehörden eine Liste der Männer, die an den nächtlichen Zusammenkünften teilgenommen hatten. Sie tat dies, weil sie den Tod ihres Vaters gerächt sehen will und um ihn zu rehabilitieren, weil er selbst nun nicht mehr die Möglichkeit hat, sich einem ordentlichen Gericht zu stellen.

In diesem Zusammenhang wird ein Mann gesucht, dessen Fingerabdrücke am Tatort gefunden wurden. Er wird steckbrieflich gesucht …

… gemeingefährlich … bewaffnet … Mörder … Name ist Xenor Anders … Xenor Anders.

… der sich wahrscheinlich in den Slums verborgen hält. Das waren die Nachrichten.«

Xenor richtete sich steil im Bett auf und blickte verwirrt um sich. Er sah das Bild der Nachrichtensprecherin gerade noch verblassen. Irgend etwas hatte ihn daran gestört. Aber er wußte momentan nicht, was es war. Erst als er aus dem Fenster blickte, bemerkte er, daß sich auch das Straßenbild verändert hatte. Die Straße war immer noch menschenleer, die Kneipen und Geschäfte verlassen. Aber … jetzt wußte Xenor auf einmal, was ihn störte. Die Lichtverhältnisse waren ganz anders als zu dem Zeitpunkt, als er das Visiphon eingeschaltet hatte. Und ihm fiel jetzt auch ein, welche Veränderung er auf dem Bildschirm festgestellt hatte.

Die Uhr hinter der Sprecherin zeigte nicht mehr 10 Uhr an, sondern 16.15 Uhr. Er war also eingeschlafen. Und beinahe hätte er seine Verabredung mit dem Strafverteidiger verschlafen.

Wie war noch gerade sein Name? Ach ja, jetzt fiel er ihm wieder ein. Jakob Gusen.

Xenor strich seinen Anzug zurecht (den er in dem Altwarenladen gefunden hatte), steckte beide Pistolen ein und schickte sich an, seinen Unterschlupf zu verlassen. An der Tür blieb er grübelnd stehen.

Gab es nicht noch etwas, an das er sich hätte erinnern sollen?

Irgend etwas, das in engem Zusammenhang mit ihm stand. Etwas, das lebenswichtig für ihn war. Dunkel glaubte er sich zu entsinnen, daß sein Name in einem verhängnisvollen Zusammenhang mit etwas genannt worden war. Von wem? In welchem Zusammenhang?

Er konnte sich nicht daran erinnern und schrieb dieses Unvermögen dem Umstand zu, daß er nur schlecht geträumt hatte.

Er machte sich auf den Weg zu dem Anwalt. Es war nicht besonders schwierig für ihn, die Kontrollen ungesehen zu umgehen, um in die bewohnten Slums zu gelangen. Von dort fuhr er mit einem Taxigleiter ins Büroviertel von Versanda.

9.

Jakob Gusens Büro lag in einem der modernen Pyramidenhochhäuser im Zentrum der Stadt. Xenor fuhr die zwanzig Etagen mit dem Lift hinauf und läutete an der Tür des Strafverteidigers.

Die Sprechanlage klickte, und eine Automatenstimme sagte: »Das Büro von Doktor Jakob Gusen hat bereits geschlossen. Wenn Sie bitte Ihre Wünsche vortragen, werden sie auf Band aufgenommen. Vergessen Sie aber bitte nicht, laut und deutlich zu sprechen und Ihren genauen Namen und die Wohnadresse zu nennen. Ihnen stehen zwei Minuten Sprechzeit zur Verfügung. Von jetzt an.«

Xenor kümmerte sich nicht um das, was die Automatenstimme gesagt hatte, sondern drückte unablässig den Klingelknopf. Zwei Minuten waren noch nicht vorbei, als es wieder in der Sprechanlage klickte.

»Haben Sie denn nicht gehört, daß das Büro geschlossen hat?« kam es ungehalten aus dem Lautsprecher. Diesmal handelte es sich um keine Automatenstimme, das hörte Xenor am Klang.

»Ich bin angemeldet«, sagte er schnell.

»In meinem Terminkalender befindet sich aber keine Eintragung.«

»Ich habe mit Doktor Gusen persönlich einen Termin vereinbart. Er sagte, ich könne am späten Nachmittag zu ihm kommen.«

Die Sprecherin zögerte, dann fragte sie: »Wie ist Ihr Name?«

»Anders ... Anderson«, antwortete Xenor, der sich im letzten Moment besann, daß es vielleicht besser wäre, einen falschen Namen zu nennen.

»Einen Augenblick, bitte.« Er brauchte wirklich nicht länger als »einen Augenblick« zu warten, dann ertönte der Türsummer, und er konnte eintreten.

Er kam in ein geräumiges Vorzimmer, in dem einige Stühle und eine Kleiderablage standen. Noch während er sich umsah, öffnete sich eine gegenüberliegende Tür mit der Aufschrift ANMELDUNG, und eine junge Frau mit einem eleganten, leichten Laptop in der Hand kam heraus.

»Entschuldigen Sie, daß Sie von der Automatik so lange aufgehalten wurden«, sagte sie mit dem unverbindlichen Charme einer Sekretärin. »Aber ich wußte nicht, daß Sie bei Doktor Gusen angemeldet sind.«

Er winkte ab. »Schon gut.«

Sie hatte ihn von unten bis oben gemustert, und plötzlich gefror das Lächeln auf ihren Lippen.

»Stimmt etwas nicht?« erkundigte sich Xenor. Er sah an sich hinunter und wurde sich seiner schäbigen Kleidung bewußt, die so gar nicht zu dieser modernen Umgebung passen wollte. Er wurde unwillkürlich rot.

Die Sekretärin hatte sich inzwischen bereits gefaßt und sagte: »Doktor Gusen ist zwar noch ... Ja, er ist mit einem anderen dringenden Fall beschäftigt. Aber sobald er damit fertig ist, wird er Sie empfangen. Wollen Sie inzwischen Platz nehmen?«

»Danke.«

Er setzte sich.

»Warten Sie hier. Ich komme gleich wieder«, rief die Sekretärin und verschwand eilig.

Xenor schüttelte verwirrt den Kopf über ihr seltsames Verhalten. Im Geiste legte er sich dann seine Geschichte zurecht, wie er sie dem Anwalt vorlegen würde.

Er war noch nicht weit in seinen Überlegungen gekommen, als die Sekretärin wieder in das Vorzimmer kam.

Sie blieb in der Tür stehen.

»Leider«, begann sie und mußte sich räuspern, um ihre Stimme zu festigen, »wird es noch eine Weile dauern, bevor Doktor Gusen Sie empfangen kann. Aber er bittet Sie, einstweilen in seinem Büro Platz zu nehmen. Das heißt, wenn Sie wollen ...«

»Aber gern.«

Xenor folgte ihr in die Anmeldung, ein Büro mit einem riesigen Panoramafenster. Eine zweite Frau saß hinter einem Bildschirm und war in ihre Arbeit vertieft; sie blickte überhaupt nicht auf, als Xenor eintrat.

»Hier hinein, bitte.«

Die Sekretärin hielt ihm eine Tür in ein weiteres Büro auf, das sich von dem anderen schon allein durch seinen Luxus und eine großzügige Innenarchitektur unterschied. Außerdem verriet der in der Luft hängende Geruch von Tabak, daß es sich um die Domäne eines Mannes handelte, der altterranische Bräuche pflegte und sich dieses Hobby auch leisten konnte.

»Ihr Chef nagt bestimmt nicht am Hungertuch«, sagte Xenor anerkennend.

»Er ist einer der tüchtigsten Strafverteidiger von Versanda«, antwortete sie und ging zu einem in der Wand eingelassenen Pult.

»Dann habe ich ja eine gute Wahl getroffen«, meinte Xenor. »Und für Ihren Chef dürfte es sich ebenfalls auszahlen, mich zu verteidigen. Wenn er es geschickt anstellt, wird die

Aufmerksamkeit der Bevölkerung auf diesen Fall gelenkt, und Doktor Gusen steht im Mittelpunkt.«

Sie nickte wortlos und deutete auf einen Phonographen vor sich auf dem Pult. »Sie können in Ihrem eigenen Interesse eine Beschleunigung herbeiführen, wenn Sie alle wesentlichen Punkte Ihres Falles diktieren. Nach einer persönlichen Aussprache mit Ihnen könnten diese Unterlagen eine wertvolle Gedächtnisstütze für Doktor Gusen sein.«

»Ich werde den Phonographen benützen«, versprach Xenor.

»Kann ich Sie jetzt allein lassen?«

»Sicher.«

Sie war schon an der Tür, da rief ihr Xenor nach: »Ich habe Ihren Chef wohl aus seinem Büro verdrängt?«

»Wieso ...?«

»Nun, der Geruch seiner Zigarre hängt noch sehr satt in der Luft. Es scheint fast so, als hätte er sein Büro fluchtartig für mich geräumt.«

Die Sekretärin rieb sich nervös die Hände. »Das ... das stimmt nicht«, stotterte sie. »Er hat sich mit seinem anderen Klienten nur in seine Privaträume zurückgezogen, damit Sie ungestört sind.«

»Aha«, machte Xenor, Verständnis vortäuschend. Aber trotzdem fand er, daß die Praktiken in diesem Anwaltsbüro von den üblichen einigermaßen abwichen.

Ohne sich aber weitere Gedanken darüber zu machen, setzte er sich an den Phonographen und erzählte seine Geschichte ins Mikrofon.

17.30 Uhr

Xenor konnte sich nicht richtig auf seine Aufgabe konzentrieren. Er war nervös und ungeduldig. Als ein Schatten über das Panoramafenster glitt, zuckte er zusammen. Aber als er hinblickte, stellte sich heraus, daß es sich nur um die Liftgondel eines Fensterputzer-Roboters handelte. Die Gondel hielt an, und der Robot begann Dr. Gusens Bürofenster zu reinigen.

Es war nur ein bedeutungsloser Zwischenfall, aber er veranlaßte Xenor dazu, das Mikrophon beiseite zu legen und den Phonographen abzuschalten. Er konnte sich ganz einfach nicht konzentrieren und begann, ruhelos im Büro auf und ab zu wandern.

Dr. Gusen hatte ihn bereits fast eine halbe Stunde warten lassen. Xenor ging zu der Tür mit der Aufschrift PRIVAT und lauschte. Natürlich war kein Geräusch zu hören, denn in einem Anwaltsbüro konnte man annehmen, daß alle Türen schalldicht waren. Daraufhin durchquerte Xenor den Raum und drückte die Klinke zur Anmeldung.

Die Tür ließ sich nicht öffnen. Kein Zweifel, sie war verschlossen. Er rüttelte an der Klinke und wartete dann. Nichts geschah. Zorn überkam ihn – daß man ihn hier eingeschlossen hatte, stand außer Zweifel. Dahinter mußte mehr stekken. Er ging wieder zu der Tür, die in Jakob Gusens Privaträume führte.

Auch sie gab nicht nach.

Xenor wußte augenblicklich, daß er schnell handeln mußte, wenn er nicht eine unangenehme Überraschung erleben wollte. Er war sich noch nicht im klaren, was das alles zu bedeuten hatte, aber etwas Gutes verhieß es ganz bestimmt nicht. Er ging zum Panoramafenster und öffnete einen Flügel, den der Robot bereits gereinigt hatte, dann kletterte er in die Liftgondel hinaus. Während er sich an dem Robot vorbeizwängte, bemühte er sich, nicht in die Tiefe zu blicken. Die Gondel schaukelte ein wenig im Wind, und Xenor kostete es einige Mühe, auf dem unebenen Boden, der nicht für Menschen gedacht war, das andere Ende zu erreichen; er mußte sich am Fenstersims festhalten, weil es kein Geländer gab.

Die Gondel war gerade so lang, daß er das Fenster zur Anmeldung erreichen konnte. Da dieses nur angelehnt war, konnte er es leicht nach innen drücken. Während er sich am Rahmen hinaufzog, mußte er sich ständig einreden, daß kein Grund zur Aufregung bestand. Das war lebenswichtig für ihn, denn gesteigerte Erregung würde die Suppressor-Felder aktivieren ...

Er hatte es geschafft, er stand im Büro der Anmeldung – der Sekretärin gegenüber.

Sie war angekleidet und stand beim Ausgang, zu keiner Bewegung fähig.

»Sieh an, Sie wollen gehen?« fragte Xenor. »Warum haben Sie mich eingeschlossen?«

Sie öffnete den Mund, aber kein Ton kam heraus, schließlich schüttelte sie nur den Kopf.

»Doch, Sie haben mich eingeschlossen«, sagte Xenor scharf.

»Nicht absichtlich«, versicherte sie mit zittriger Stimme. »Es ist meine Gewohnheit, alle Türen abzuschließen, wenn ich gehe. Und da meine Arbeitszeit um war, habe ich es auch heute getan. Sie hatte ich ganz vergessen. Tut mir sehr leid!«

»Hat Doktor Gusen mich ebenfalls vergessen?«

»Nein – er wird Sie noch empfangen«, versicherte die Sekretärin. Sie wandte sich zur Tür. »Jetzt muß ich aber gehen.«

»Halt!« fuhr Xenor sie an. »Sperren Sie die Eingangstür ab – von innen – und kommen Sie zu mir. Sie werden sich vor meinen Augen mit Doktor Gusen in Verbindung setzen und ihm sagen, daß ich ihn sprechen möchte. Und zwar augenblicklich!«

Die Frau versperrte die Tür und kam eingeschüchtert auf ihn zu.

Er nahm sie mit einem raschen Griff am Arm und zog sie zu der Bildsprechanlage.

»Drücken Sie die Ruftaste nieder!«

Zitternd gehorchte sie. Als sich das Bild auf dem Schirm klärte und ein verdunkeltes Zimmer zeigte, in dem ein weißhaariger Mann zigarrenrauchend vor einem offenen Kamin saß, sagte sie mit tonloser Stimme: »Doktor Gusen – Herr Anders möchte nicht mehr warten. Er wünscht Sie sofort zu sprechen.«

Der Mann am Kamin fuhr zusammen. Ohne sich umzuwenden, entgegnete er: »Halten Sie ihn hin. Er muß sich noch gedulden.«

Xenor schob die verängstigte Frau zur Seite. »Mit meiner Geduld ist es vorbei«, zischte er. »Kommen Sie sofort.«

Dr. Gusen fuhr von seinem Platz auf und kam zum Bildsprechgerät. Die Hand, welche die Zigarre hielt, zitterte fast unmerklich.

»Was unterstehen Sie sich, Herr Anderson!« rief er mit einer um Autorität bemühten Stimme.

»Beenden wir das Versteckspiel«, sagte Xenor. »Ihre Sekretärin hat sich verraten. Sie kennen meinen wirklichen Namen. Fürchten Sie sich deshalb vor mir? Aber wie dem auch sei, ich komme als Klient zu Ihnen, weil ich Ihre Unterstützung brauche.«

Dr. Gusen war nun so nahe, daß nur sein Gesicht auf dem Bildschirm zu sehen war. »Sie benehmen sich nicht, wie ich es von meinen Klienten erwarte. Sie benehmen sich wie ein Einbrecher. Deshalb lehne ich Ihren Fall von vornherein ab.«

Mit einer blitzschnellen Bewegung holte Xenor eine seiner beiden Waffen hervor und hielt sie so, daß der Anwalt sie sehen konnte.

»Würden Sie mir Gewaltanwendung zutrauen?« fragte Xenor und richtete die Waffe auf die Frau..

»Ja, ich würde Ihnen alles zutrauen«, sagte der Anwalt und resignierte. »Gut, ich füge mich.« Xenor schloß die Bürotür auf und schob die Frau vor sich her in den Raum. Von der anderen Seite kam Dr. Gusen herein.

»Lassen Sie Quintilia los!« verlangte er, und nachdem Xenor dem nachgekommen war, fragte er: »Was erhoffen Sie sich durch Gewaltanwendung, Anders? Glauben Sie, ich würde Ihnen unter Druck eher helfen?«

Xenor schaute ihn fassungslos an. »Ich kam her, um von Ihnen Rat und Hilfe zu erbitten«, sagte er. »Aber Sie ließen mich warten, obwohl Sie gar nicht vorhatten, mich zu empfangen. Sie haben diese Situation provoziert!«

In den Augen des Anwalts zeigte sich ein lauernder Ausdruck.

»Ich habe mich falsch verhalten, das stimmt. Ich muß mich dafür entschuldigen. Und das tue ich hiermit. Wollen Sie nun immer noch meine Hilfe in Anspruch nehmen?«

Xenor zögerte, er traute dem Angebot Dr. Gusens nicht. »Das hängt davon ab, was Sie bisher gegen mich unternommen haben.«

Lächelnd versicherte Dr. Gusen: »Es ist nichts, was sich bei einer Verhandlung schädlich für Sie auswirken könnte. Wenn Sie sich mir anvertrauen wollen, dann verlange ich von Ihnen, daß Sie sich stellen.«

»Mich stellen?« wiederholte Xenor. »Was wirft man mir vor?«

»Zuerst einmal, daß Sie ein Mörder sind – ein Doppelmörder. Sie sollen Doktor Peter getötet haben. Wußten Sie das nicht? Nein? Das klingt nicht gerade glaubhaft, aber – lassen wir das. Und dann gibt es natürlich noch diesen anderen Punkt. Doch fällt es gegen die anderen Vorwürfe nicht ins Gewicht.«

»Welcher andere Punkt?«

Bevor Xenor noch eine Antwort erhielt, kam von der Eingangstür ein Krachen; es hörte sich an, als ob jemand dagegen anrannte.

»Sie haben mich denunziert, Gusen!« stellte Xenor wütend fest.

Der Anwalt breitete die Arme in einer hilfesuchenden Geste aus.

»Ich sagte schon, daß ich meinen voreiligen Entschluß bereue. Aber Ihnen erwächst daraus kein Schaden, Anders. Im Gegenteil, es nützt Ihnen nur, wenn Sie sich stellen.«

»Wen haben Sie verständigt? Die Polizei?«

Die Tür krachte in ihren Angeln.

»Reden Sie schon, Mann. Es geht jetzt auch um Ihr Leben. Die Polizei?«

Der Anwalt schüttelte den Kopf.

»Die Androidenjäger also«, stellte Anders fest. Er richtete die Waffe gegen den Anwalt. »Gehen Sie da hinüber. In die Schußlinie. Los!«

»Anders, das können Sie nicht tun ...«

»Mund halten und rüber! Ihre Quintilia auch.«

»Nein, Anders, nicht sie! Sie hat nichts damit zu tun.«

Aus den Augenwinkeln sah Xenor, wie sich die Liftgondel mit dem Robot ins untere Stockwerk senkte.

»Zur Tür!« herrschte er den Anwalt an und gab zwei Schüsse gegen die Decke ab. Der alte Mann tat ihm nun fast leid in seiner Angst. Aber er konnte auf dessen Gefühle keine Rücksicht nehmen, denn Dr. Gusen stellte seine einzige Überlebenschance dar. Er hoffte, daß die Androidenjäger durch die Anwesenheit des Anwalts und seiner Sekretärin in ihrer Aktion gestört würden.

Xenor zog sich ans Fenster zurück und kletterte hinaus, die Waffe immer noch auf seine beiden Geiseln gerichtet. Unter sich erblickte er die Liftgondel.

Er bereitete sich gerade darauf vor, hinunterzuspringen, als die Eingangstür nachgab und trampelnde Schritte laut wurden. Eine rauhe Stimme rief: »Zu Boden!«

Mit einer unerwartet schnellen Reaktion warf sich der Anwalt nieder und zog dabei die Frau mit sich. Wo er eben noch gestanden hatte, erschien der breite Körper eines Androidenjägers.

Strangin!

Xenor schoß augenblicklich und sah, wie sich der Androidenjäger um seine eigene Achse drehte und sich dabei den Oberarm hielt.

Xenor ließ seinen Halt los, griff nach der Führungsschiene der Liftgondel und ließ sich daran hinuntergleiten.

Kaum hatte er auf der Plattform Fuß gefaßt, zertrümmerte er mit der Waffe das nächstliegende Bürofenster. Er hörte Schreie, doch er schenkte ihnen keine Beachtung. Er nahm seine Umgebung überhaupt nicht bewußt auf, sondern untersuchte sie nur nach zwei Gesichtspunkten: ob Gefahr bestand oder nicht.

In dem Büro, das unter dem des Anwalts lag, waren nur aufgescheuchte und verschreckte Menschen. Keine Gefahr also. Er sprang durch das splitternde Fensterglas und rannte durch die Büroräume auf den Korridor hinaus; eine Frau, die ihm im Weg stand, stieß er zur Seite.

Da war der Lift. Er wich ihm aus, denn er bedeutete Gefahr. Den Lift konnte man abstellen, und dann hätte Xenor in der Falle gesessen. Er richtete sich nach dem Licht des Notausgangs und stürmte eine schmale, schlecht beleuchtete Treppe hinunter.

Plötzlich vernahm er ein Geräusch, das sich wie das Keuchen eines Menschen anhörte – und gleich darauf sah er es vor sich aufblitzen. Das Treppenhaus wurde von einer Explosionskette erschüttert. Xenor warf sich zur Seite und schoß seinerseits eine Salve ab. Vor sich sah er eine Gestalt taumeln. Er selbst wurde durch einen starken Schlag gegen den Oberschenkel von den Beinen gerissen, fiel nach vorn, überschlug sich und traf auf seinen stöhnenden Gegner.

Xenor schlug unkontrolliert um sich, raffte sich auf und hetzte weiter die Treppe hinunter.

»Ich habe ihn!« hörte er den verwundeten Androidenjäger hinter sich schreien. »Hierher! Schnell! Er ist hier!«

3. Etage.

Xenors rechtes Bein war wie lahm, aber nicht gefühllos. Jedesmal wenn er auftrat, durchzuckte ein feuriger Schmerz seinen Körper. Er mußte humpeln, und dadurch verlor er wertvolle Sekunden.

2. Etage.

Keine Gefahr. Vielleicht konnte er in der allgemeinen Verwirrung der Androidenjäger sein Ziel erreichen. Das war seine einzige Chance. Er mußte in die Kellergewölbe gelangen.

Erdgeschoß ... Keller.

Sterne explodierten vor seinen Augen. Plötzlich wurde die Welt schwarzweiß. Er biß die Zähne zusammen, um die aufkommenden Suppressionen zu unterdrücken. Vor ihm begann sich plötzlich eine Wand zu bewegen. Es stank erbärmlich. Von irgendwoher drang das Tropfen von Wasser zu ihm.

Xenor fiel der Länge nach hin und kroch auf allen vieren weiter.

Schließlich richtete er sich auf, taumelte und stieß mit dem Kopf gegen eine Betonwand.

Er fühlte Schmerz. Er konnte ihn sehen.

Schmerz. SCHMERZ. SCHMERZ Und er roch ihn jetzt sogar. Seine chemischen Sinne gingen den gesamten Bogen der Grundgerüche durch, und er wurde zwischen Ekel und Wonnegefühlen hin und her gerissen. Aber es blieb ein unangenehmer Nachgeschmack. Es war eine faulige Welt! Und sie schmeckte:

Salzig ...

Süß ...

Sauer ...

Bitter.

Absolut bitter.

Jetzt konnte er wieder sehen.

Schwarzweiß. Auch sein Gehör stellte sich wieder ein. Er hörte Wasser rauschen. Es kam von ganz nahe. Da! Vor ihm war der Deckel eines Kanals. Es war ein schwerer, eiserner Deckel. Es kostete Xenor die letzten Kraftreserven, den Dekkel anzuheben, beiseite zu schieben, durch den entstandenen Spalt zu klettern – hinter sich hörte er die Rufe seiner Verfolger –, den Deckel wieder über die Öffnung zu schieben und ... Er fiel. Er hatte nicht mehr die Kraft, sich an den Eisensprossen festzuhalten.

Er schlug auf dem Wasser auf und verrenkte sich dabei den Arm. Das Abflußwasser war nicht tief, vielleicht einen halben Meter. Xenor watete hindurch, zum Rand des Kanals. Als er trockenen Boden erreicht hatte, verhielt er und lauschte. Er hörte seine Verfolger nicht.

Die Suppressionen waren vorbei. Er merkte es an dem pochenden Schmerz, der in sein Bein zurückkehrte. Es blieb dunkel, und er konnte sich nur vorwärts bewegen, indem er sich an der Kanalwand entlangtastete.

Sie war glitschig.

Sein Arm schmerzte, sein verwundetes Bein schmerzte. Er hatte höllischen Durst. Die Pistole wurde schwer in seiner Hand; er tröstete sich damit, daß er noch eine zweite Waffe besaß, und ließ sie ganz einfach fallen.

Weiter! Er mußte weiter. Er durfte nicht zusammenbrechen.

Von oben fiel ein Lichtstrahl auf ihn. Ein feiner, dünner Lichtstrahl. Xenor blickte hinauf, sah Schatten über das Kanalgitter gleiten, hörte Schritte und Stimmen von Menschen.

Das waren nicht die Slums – nie und nimmer waren das die Slums! Das dort oben war jener Teil von Versanda, der seinen Jägern gehörte. Sperrgebiet für ihn. Er mußte in die Slums. Wenn er irgendwo auf diesem gottverlassenen Planeten in Sicherheit war, dann in den Slums.

Dorthin mußte er.

Xenor hatte die Kanalschächte nicht gezählt, die in die bewohnten Gebiete Versandas mündeten, aber es mußten mindestens zwanzig gewesen sein, an denen er vorbeigekommen war, vielleicht auch mehr, vierzig oder fünfzig. Ihm war, als habe er auf seinem Weg durch die Kanalisation ganz Carmatun umrundet.

Und schließlich hatte er einen Schacht erreicht, über dem es still war.

Die Slums! Als er ins Freie kletterte, wußte er sofort, daß er am Ziel war. Er befand sich in Sicherheit. Neben dem offenen Kanalschacht brach er zusammen.

Die Neujahrsglocken weckten ihn.

Raketen explodierten, der Himmel über Versanda brannte in allen Regenbogenfarben. Die Menschheit feierte den Beginn des Jahres 2852. Xenor dachte daran, daß der Beginn des Jahres 2852 eine besondere Bedeutung hatte. Irgend etwas sollte doch Schlag null Uhr geschehen.

Aber was ...?

Und dann kamen sie.

Xenor erblickte den ersten ganz unten am Ende der Straße. Er durchschritt das Tor aufrecht, mit hoch erhobenem Haupt. Aber kaum betrat er die Slums, fiel er in sich zusammen. Von seiner Stirn leuchtete eine Registriernummer. Ein Irrtum war ausgeschlossen – die Androiden kamen in ihre Reservation.

Einer hatte den Anfang gemacht, jetzt drängten sie in Scharen durch das Tor im Elektrozaun.

Erschrocken wurde sich Xenor bewußt, daß er nicht hier auf der Straße bleiben durfte. Er war ein Mensch! Wenn ihn die Androiden sahen, würden sie ihn töten.

Er erhob sich taumelnd, schob den Deckel über den Kanal und flüchtete sich humpelnd in eine enge Seitenstraße. Er mußte sein Versteck erreichen, bevor ein Androide vor ihm Quartier darin bezog. Er orientierte sich kurz an einem markanten Punkt, den er sich von früher gemerkt hatte, und erkannte zu seiner Erleichterung, daß er nur wenige hundert Meter zurückzulegen hatte.

Es war dann nicht mehr schwer, sein Versteck über dem Altwarenladen wiederzufinden. Er sperrte sich darin ein, warf sich aufs Bett und war sofort eingeschlafen.

Am nächsten Tag hatte er Fieber.

Er war schwer krank. Sein verwundetes Bein schwoll an. Er

konnte keine Nahrung mehr zu sich nehmen. Er fühlte das Ende nahen. Trotzdem wagte er sich nicht aus seinem Versteck.

Manchmal wurde an seiner Tür gerüttelt, wenn ein Androide auf Quartiersuche daran vorbeikam. Xenor wurde jedesmal vor Angst halb wahnsinnig. Aber er öffnete nicht, und die Androiden gingen weiter.

Eines Tages kam dann jemand, der hartnäckig war und die Tür ganz einfach eintrat ...

10.

In der Tür stand Strangin mit entsicherter Waffe. Hinter ihm drängte ein anderer Androidenjäger nach.

»Haben wir dich nun endlich, Xenor«, sagte Strangin.

Xenor sprang im Bett auf. Er hatte keine Möglichkeit, an seine Pistole zu kommen, sie lag unter dem Kopfkissen. Außerdem war er viel zu verwirrt, um an eine Gegenwehr zu denken.

»Möchtest du noch etwas zu deiner Androidenhure sagen, bevor wir dich mitnehmen?« erkundigte sich Strangin und deutete auf die Frau. »Nicht? Dann kleide dich an, Bastard!«

Xenor erfaßte die Situation immer noch nicht ganz. Er war vollkommen in seine Erinnerungen versunken gewesen, als plötzlich die Tür eingetreten wurde. *Duplizität der Ereignisse!* mußte er denken. *Welch seltsamer Zufall.* Eben, als er Barbara erzählen wollte, wie er im Fieber dagelegen hatte und wehrlos zusehen mußte, wie jemand die Tür zu seinem Versteck eintrat – da wiederholte sich dieser Vorgang. Damals war Barbara hereingekommen und hatte ihn vor den anderen Androiden verborgen und gesund gepflegt. Diesmal waren ihm die Eindringlinge allerdings weniger gut gesinnt. Es waren seine Feinde, seine Jäger.

Xenor sah zu der Androidin. Auf ihrer Stirn leuchtete die Registriernummer.

1-1-0-9-2-2.

»Ich weiß nicht, ob ich dir dafür dankbar sein soll, daß du mir damals das Leben gerettet hast«, sagte er ohne Vorwurf. »Aber ich möchte wissen, wofür du mich gesund gepflegt hast, wenn du mich nun verrätst.«

1-1-0-9-2-2 schwieg.

Strangin lachte, er genoß die Situation sichtlich.

»Du kannst es ihm ruhig sagen«, forderte er die Androidin auf. »Bin gespannt, was für Augen er macht. Los, sag es ihm!«

1-1-0-9-2-2 setzte sich und blickte ins Leere. Dann sprach sie: »Bevor ich hier eingeliefert wurde, besaß ich einen anderen Namen und ein anderes Aussehen, und ich hatte eine gute Anstellung in einem menschlichen Haushalt. Dann kam ein Androidenjäger namens Xenor Anders und klagte mich an. Ich wurde verurteilt für etwas, das ich nie getan habe. Man nahm mir den Namen Stella Rogan, gab mir eine Registriernummer und schob mich in das Getto ab. Man hat mir auch viele Erinnerungen genommen. Aber trotz der Gehirnwäsche vergaß ich deinen Namen nie – Xenor.«

Strangin lachte lauthals.

»Bist du jetzt fertig, Xenor?«

»Ja, ich bin bereit.«

Er erhob sich und ging zu Strangin. Auf halbem Wege blickte er sich nach 1-1-0-9-2-2 um. Er sagte: »Ich hoffe, du wirst mit deiner Rache glücklicher, als ich es nach deiner Verurteilung war.«

Er ging vor Strangin den Korridor entlang, die Treppe hinunter und auf die Straße hinaus. Dort mußten sie sich einen Weg durch die gaffenden Androiden zum Gleiter bahnen. Strangin nahm neben Xenor auf dem Rücksitz Platz.

Der Gleiter hob ab.

Als sie über die Slums dahinflogen, meinte Strangin: »Willst du gar nicht wissen, wohin wir dich bringen?«

»Ich nehme an, du bringst mich an einen Ort, wo du mich ohne Zeugen beseitigen kannst«, entgegnete Xenor ausdruckslos.

Strangin schüttelte bedauernd den Kopf. »Das läßt sich leider nicht machen, obwohl mir sehr danach wäre. Aber Haskar Raims hat ausdrücklich verlangt, dich lebend zu fangen. Er möchte sich mit dir unterhalten.«

Haskar Raims' Büro wirkte auf den ersten Blick nicht anders als alle Büros im ISH; erst bei genauerer Betrachtung wurden einem die kleineren Unterschiede bewußt – das Hyperfrequenzgerät, der in den Boden eingelassene Tresor neuester Bauart und einige Ungereimtheiten in der Einrichtung, die auf Alarmanlagen schließen ließen. Diese Dinge bemerkte man aber erst, wenn man Zeit hatte, sich umzusehen.

Xenor hatte Zeit.

Strangin hatte ihn hergebracht und allein gelassen. Jetzt wartete er bereits über eine Viertelstunde, ohne daß jemand zu ihm gekommen wäre. Er vermutete, daß man ihn unbemerkt beobachten wollte. Deshalb unternahm er nichts, was ihn irgendwie hätte belasten können. Ein Fluchtversuch wäre zwecklos gewesen.

Eine Weile hatte Xenor nur dagesessen, jetzt stand er am Fenster und blickte auf das Gelände des ISH hinunter. Es hatten einige Veränderungen stattgefunden. Wo früher die Androidenproduktion und die Lagerhallen für die Androiden gewesen waren, befand sich nun ein freier Platz. Dort wurden die Androiden wie Vieh zusammengepfercht und warteten darauf, registriert und in die Gettos abgeschoben zu werden.

Xenor war immer noch kein Freund der Androiden, aber um vieles objektiver geworden. Und deshalb verdammte er die Methode, mit der man das Androidenproblem aus der Welt schaffen wollte.

Xenor wandte sich vom Fenster ab und – sah sich Haskar

Raims gegenüber. Der verwachsene Mann war vollkommen lautlos in das Büro getreten.

»Haben Sie sich auf dem Gelände umgesehen?« erkundigte er sich.

»Mir graut«, sagte Xenor impulsiv. Haskar Raims ging zu seinem Schreibtisch und setzte sich; Xenor bot er keinen Platz an.

»Das ist nur ein Übergangsstadium«, sagte er. »Mit der Zeit werden Szenen wie diese der Vergangenheit angehören. Alle Androiden werden registriert sein und in ihren Reservationen leben. Wir haben uns Terra gegenüber zu einem Kompromiß bereit erklärt und schenken den Androiden das Leben. Das ist mehr, als ihnen zusteht.«

»Ich weiß nicht ...« Xenor blickte den Anführer der Androidenjäger an. »Haben Sie mich kommen lassen, um mir das zu sagen?«

»Das und noch einiges mehr«, bestätigte Raims. Er erhob sich von seinem Platz und stelzte durch das Büro.

»Strangin sagte mir, daß Sie von den Geschehnissen der letzten Zeit keine Ahnung haben, weil eine Androidin Sie auf Eis gelegt hat. Eine Androidin übrigens, die wir beide recht gut in Erinnerung haben. Wußten Sie das?«

Als Xenor keine Antwort gab, fuhr Raims fort: »Nun, so ganz ahnungslos dürften Sie doch nicht sein, vermute ich. Sie müßten sich zumindest denken können, daß meine Männer hinter Ihnen her waren, weil Sie Challer getötet haben. Und daß Strangin Sie haßt, weil Sie ihn angeschossen haben, bedarf wohl auch keiner Erwähnung.«

»Und warum hassen Sie mich?« fragte Xenor.

»Ich? Warum ich Sie hasse?« Raims tat erstaunt. »Hasse ich Sie denn überhaupt?«

»Aber Sie haben befohlen, mich zu fangen. Und die Mühe für ein Gespräch mit mir machen Sie sich bestimmt auch nicht aus einer Laune heraus.«

»Da haben Sie recht. Aber daraus zu schließen, ich könnte Sie hassen, ist abwegig. Ich habe persönlich nichts gegen Sie. Sie zu fangen war nur eine Prestigeangelegenheit. Es schadete dem Ansehen der Androidenjäger, daß Sie, als gemeingefährlich, skrupellos und brutal eingestuft, frei herumliefen. Nun, das Kapitel Xenor Anders ist für uns abgeschlossen – fast abgeschlossen zumindest. Es bedarf nur noch des Schlußpunkts. Und den gedenke ich jetzt zu setzen.«

Xenor ahnte, daß Raims nun auf den eigentlichen Grund der Unterhaltung kommen würde. Deshalb schwieg er. Er dachte nicht daran, sich zu rechtfertigen. Es wäre ohnehin zwecklos gewesen. Nichts hätte an Raims' feststehendem Entschluß etwas ändern können; keine Argumente, keine Appelle, kein Bitten und Flehen. Ja, wahrscheinlich erwartete Raims sogar, daß Xenor um Gnade winseln würde. Aber diesen Gefallen tat ihm Xenor nicht.

Er tat überhaupt nichts.

»Wissen Sie, was mich besonders verärgert hat?« sagte Raims und fuhr fort, ohne eine Entgegnung abzuwarten: »Daß Doktor Peter mich mit Ihnen an der Nase herumgeführt hat. Und ich werde es Ihrem Vater nie verzeihen können, daß auch er mich nicht eingeweiht hat. Aber ich werde es ihm heimzahlen. Auf meine Art.«

Raims' Gesicht war eine wutverzerrte Fratze.

»Sie können hereinkommen!« schrie er. Dann ging er mit langen Schritten zu seinem Schreibtisch und ließ sich in den Sessel fallen.

Die Tür ging auf, und Xenors Vater trat ein. Hinter ihm erschien der Androide – Xenors Doppelgänger.

Xenor spürte, wie ihn die Selbstbeherrschung verließ. Er wich zurück bis zur Wand, begleitet von Raims' sarkastischem Gelächter.

»Habe ich Sie nun doch noch soweit. Ja, so ist es schon besser. So wollte ich Sie haben.«

»Vater ...«, murmelte Xenor. Mehr kam nicht über seine

Lippen. Er sah, wie der Farmer zusammenzuckte und den Blick senkte.

»Können Sie uns diese Szene nicht ersparen?« wandte sich Chris Anders mit brüchiger Stimme an Raims.

»Nein!« schrie Raims und schlug mit der Faust auf den Tisch. »Es handelt sich hier um eine Formalität, die sich nicht umgehen läßt. Zufällig ergibt es sich auch, daß ich diese Situation auskoste.«

»Das können Sie nicht mit uns machen«, sagte der Farmer in einem Versuch, autoritär zu wirken. Aber der scheiterte kläglich.

»Ich kann es, und ich werde es!« bellte Raims. »Das ist die Revanche dafür, daß Sie sich lange Zeit hinter meinem Rükken über mich lustig gemacht haben.«

»Das ist nicht wahr ...«

»Ach nein?« machte Raims wütend. »Warum haben Sie zusammen mit diesem Doktor Peter versucht, aller Welt weiszumachen, Ihr Sohn sei aus dem Krieg gegen die Shooks wohlbehalten zurückgekommen?«

»Das war Doktor Peters Idee ...«

»Aber Sie haben sie gutgeheißen. Und wahrscheinlich wäre nie jemand dahintergekommen, wenn Ihr als vermißt gemeldeter Sohn nicht dann doch noch zurückkommen wäre. Wir können dem Himmel für diesen Zufall danken, daß der richtige Xenor Anders nicht im Krieg gefallen ist. Denn sonst hätte dieser Androide dort« – er deutete auf Xenor – »bis zu seinem Tode ein freies Leben führen können.«

Chris Anders schüttelte den Kopf. »Bestimmt nicht, Raims. Das hätte ich nicht ertragen. Mir waren die paar Monate schon zuviel. Das war auch der Grund, warum ich zu trinken begann. Ich ... ich hätte es nicht länger ertragen.«

»Warum sind Sie dann nicht zu mir gekommen?«

»Habe ich Sie nicht aufgesucht, um Ihren Rat einzuholen?«

»Ja«, fauchte Raims, »das haben Sie. Aber erst, nachdem Ihr richtiger Sohn zurückgekommen war. Da wußten Sie plötzlich weder ein noch aus und haben sich an mich gewandt. Aber da war es schon zu spät.«

Chris Anders atmete schwer. »Jetzt ist nichts mehr zu ändern. Lassen Sie uns die Formalitäten hinter uns bringen, damit diese leidige Angelegenheit endlich vorbei ist.«

»Für Sie wird diese Angelegenheit nie vorbei sein, Chris Anders«, sagte Raims hart. »Solange Sie leben, werden Sie daran denken, daß es einen Androiden gibt, den Sie als Ihren Sohn ausgegeben haben. Und Sie werden zeit Ihres Lebens befürchten müssen, daß er eines Tages zurückkommt und die Stelle Ihres Sohnes einnimmt.«

Chris Anders wurde blaß. Mit bebender Stimme sagte er: »Sie sind ein Satan, Raims. Wer weiß das nicht! Aber diese Teufelei können Sie sich nicht leisten.«

Raims lachte. »Nein? Hier, unterschreiben Sie die Formulare. Damit bestätigen Sie, daß der Androide mit der Registriernummer zwei-zwei-drei-eins-drei-zwei in den Besitz des Staates übergeht, ohne daß Sie dafür entschädigt werden. Hiermit verlieren Sie alle Rechte an dieser Peterhaut.«

»Und wenn ich nicht unterschreibe?«

»Dann ändert sich nichts.«

Chris Anders leistete die Unterschriften.

»So, das wäre erledigt«, seufzte Raims. »Jetzt werde ich Ihnen sagen, was ich mit Ihrem Androiden vorhabe. An sich ist es in einem solchen Falle üblich, der Peterhaut ein anderes Aussehen zu geben und ihr Teile der Erinnerung zu nehmen. Aber diesmal möchte ich eine Ausnahme machen. Zwei-zwei-drei-eins-drei-zwei wird nicht verändert. Er bekommt seine Nummer und wird, so, wie er ist, in die Slums abgeschoben. Was sagen Sie dazu?«

Der Farmer fixierte sein Gegenüber in sprachloser Wut. Dann wandte er sich abrupt ab.

Xenor hatte die Geschehnisse wie in Trance verfolgt. Jetzt, als er seinen Vater mit seinem Doppelgänger zur Tür hinausgehen sah, kam wieder schlagartig Leben in ihn. Er stieß sich von der Wand ab, doch seine Beine gaben nach, und er fiel der Länge nach auf den Boden.

Er blickte flehend auf und begegnete dem Blick seines Doppelgängers.

»Sage du, daß das … alles nicht wahr ist«, bat er. »Ich bin doch ein Mensch. Ich fühle so, ich denke so – nicht wie ein Androide!«

Von der Tür her sagte sein Doppelgänger: »Glaubst du, dadurch unterscheiden sich Androiden von den Menschen?«

Dann ging er.

Raims beugte sich über Xenor. »Du hast gehört, was der Mensch gesagt hat. Egal, wie du fühlst und was du denkst, du bist nur eine Nummer. Ich werde dir zeigen, wie man den Unterschied zwischen dir und einem Menschen feststellen kann.«

Xenor sah das häßliche Gesicht über sich verschwimmen. Hände, die zerflossen und wie aufgepeitschtes Wasser wallten, ergriffen ihn in der Körpermitte. Und gleich darauf roch Xenor, wie Stoff zerriß.

»Da, schau her!« Sein Kopf wurde an den Haaren gepackt und emporgehoben. »Schau her und suche deinen Nabel. Du hast keinen. Ein untrügliches Zeichen dafür, daß du ein Androide bist.«

Die Suppressionen wurden immer stärker. Xenor konnte kaum mehr zusammenhängend denken. Was wollte Raims von ihm? Gab es nicht auch Menschen ohne Nabel? Sollte eine solche kleine, unscheinbare Markierung mitbestimmend für sein Schicksal sein?

Lächerlich. Er sah das Wort förmlich vor sich und hörte, wie absurd es war:

L-Ä-C-H-E-R-L-I-C-H.

»Ich bin ein Mensch …«

»Nein, eine Nummer!« Die Worte drangen ins Gehirn und explodierten dort. Sie schienen keinen Sinn zu ergeben. Und trotzdem kamen immer wieder neue Worte.

»An deinem Fühlen, in deinem Denken wird sich nichts ändern. Du bleibst du. Nichts als eine Nummer auf der Stirn und ein nabelloser Bauch wird dich von einem Menschen unterscheiden. Diese Unterschiede sind nicht nennenswert, wenn man sie aus deiner Warte betrachtet. Aber für einen Menschen ist das genug, um sich angewidert von dir abzuwenden.«

2-2-3-1-3-2 ergab sich den erlösenden Suppressor-Feldern.

Der Lastengleiter senkte sich und landete vor dem großen Tor.

»Endstation!« rief einer der Androidenjäger.

Die Androiden sprangen einer nach dem andern von der Ladefläche auf die Straße hinunter.

»Zu einer Zweierreihe formieren!«

Die Androiden gehorchten.

»Abzählen!«

»Eins.«

»Zwei.«

»Drei.«

Als die Reihe an 2-2-3-1-3-2 kam, rief er: »Siebenundzwanzig.«

Schließlich waren alle Androiden durchgezählt, und der letzte rief: »Dreiundsechzig.«

Der Androidenjäger unterzeichnete eine Liste und überreichte sie dann einem Torposten.

»Stimmt«, sagte dieser und setzte ebenfalls seine Unterschrift unter das Formular. »Wann kommt ihr wieder?«

»Ich mache für heute Schluß«, antwortete der Androidenjäger. »Wieso, könnt ihr euch über Nachschub beklagen?«

Der Torposten lachte. »Nein, eher das Gegenteil.«

»Platzsorgen?«

»Kann man wohl sagen.«

Das Tor wurde geöffnet.

»Im Gleichschritt – marsch!«

»Wie bei einer Parade«, sagte der Torposten schmunzelnd.

Der Androidenjäger wartete, bis das Tor hinter der Kolonne geschlossen war, dann tippte er an die Mütze und bestieg den Gleiter. Sekunden später hob er vom Boden ab und flog in Richtung ISH davon.

Die Gruppe der Neuankömmlinge wurde immer kleiner. Die Androiden zweigten nach links und rechts ab und zerstreuten sich.

»Wo kann man Quartier finden?« fragte einer einen Alteingesessenen, der gaffend am Elektrozaun stand.

»Nirgends.«

»Wo gibt es Essen?«

»Das sagen sie nie vorher. Mal hier, mal dort. Manchmal versorgen sie uns aus der Luft. Aber immer ist es zuwenig.«

»Kann man nichts organisieren?«

»Doch. Aber es ist besser, wenn man sich das Essen abgewöhnt. Einige haben es schon geschafft.«

»Wie haben sie das gemacht?«

»Sie sind gestorben.«

2-2-3-1-3-2 hörte das Gespräch mit an. Jetzt ging er weiter.

Als er eine Frau mit einem Kind im Arm am Straßenrand sah, steuerte er auf sie zu.

»Ein Menschenkind?« fragte er.

Die Frau – 1-8-7-6-1-2 – preßte das in Fetzen gewickelte Baby fest an sich.

»Es gehört mir.«

»Auch darin unterscheiden wir uns also nicht vom Menschen.«

1-8-7-6-1-2 sah ihn irritiert an. Sie blickte sich verstohlen um und fragte dann: »Haben Sie was bei sich?«

»Was meinen Sie?«

»Zigaretten, Essen, oder irgend etwas. Vielleicht Spielzeug?«

»Nein, nichts dergleichen.«

»Schade, ich hätte Ihnen etwas dafür gezeigt.«

2-2-3-1-3-2 zuckte bedauernd die Achseln und wollte weitergehen.

»Ich zeige es Ihnen auch ohne Gegenleistung«, rief ihm 1-8-7-6-1-2 nach.

Er folgte ihr in ein Haus und ging mit ihr in eine Wohnung. Es war ein schmutziger Raum, in dem drei Betten und vier Matratzenlager standen. Sie legte das Baby auf das Bett und wickelte es aus.

»Da!«

2-2-3-1-3-2 sah, daß das Baby einen Nabel hatte.

»Und ich habe es selbst geboren!«

Überall, wohin er blickte, war Schmutz – und waren Androiden, abgemagert bis auf die Haut. Er erkannte die Gegend kaum wieder. Aber das Schild über dem Altwarenladen hing noch da und zeigte ihm den Weg.

Als er vor der vertrauten Tür im ersten Stock stand, hatte er die Hand schon nach der Klinke ausgestreckt, zögerte dann aber, sie niederzudrücken. Statt dessen klopfte er an.

»Es ist offen«, hörte er die Stimme von 1-1-0-9-2-2 sagen.

Er trat ein. Der Raum war überfüllt mit allen möglichen Habseligkeiten. Und es standen fünf Betten darin. Aber 1-1-0-9-2-2 war allein. Sie stand am Fenster.

»Ich habe meine Untermieter fortgeschickt«, sagte sie. »Du kannst dich ungestört mit mir befassen.«

Er stand unbeweglich an der Tür.

»Du kannst mich töten«, sagte sie.

»Deshalb bin ich nicht hier.«

»Sondern?«

»Ich dachte – es wäre vielleicht noch Platz für mich. Aber jetzt sehe ich ...«

»Auf einen mehr oder weniger kommt es nicht mehr an.«

»Danke.«

Sie trat vom Fenster weg und ging zu einer Seitenwand. Sie schob einen Schrank zur Seite und holte aus einem Versteck eine Konservendose hervor. Sie warf sie ihm zu.

»Ich habe gewußt, daß du kommen wirst. Iß, du hast bestimmt Hunger.«

Er stellte die Konservendose vor sich aufs Bett und betrachtete sie. Es war eine Konserve mit gefüllten Paprikaschoten und mochte aus seinem Vorrat stammen.

»Stellt sie nicht eine Kostbarkeit für dich dar?«

»Ja. Mehr, als du ahnen kannst.«

»Dann iß du sie. Ich habe keinen Hunger.«

Er schaute weg, als sie den Inhalt der Dose verzehrte. Aber trotz ihres Heißhungers ließ sie die Hälfte für ihn übrig. Er hatte im Augenblick tatsächlich keinen Appetit, aber er nahm ihr Geschenk dankbar an. Es besiegelte ihre Zusammengehörigkeit.

»Erinnerst du dich, daß du einmal gesagt hast, du wärest zufrieden, wenn du hier leben könntest? Bist du es?« fragte 1-1-0-9-2-2.

»Nein, und ich werde es nie sein können«, sagte 2-2-3-1-3-2.

Die Menschenmacher

1.

2-2-3-1-3-2 küßte seine Gefährtin zum Abschied flüchtig auf die Wange, dann ging er zu der rußigen Öffnung in der Längswand des verdunkelten Zimmers.

»Seid vorsichtig, Xenor«, rief ihm 1-1-0-9-2-2 nach.

»Keine Bange, Barbara, ich werde schon gut auf ihn aufpassen«, sagte der zweite Mann. Er war blond und breitschultrig, von seiner Stirn leuchtete die Registriernummer 2-8-7-0-5-2.

Gleich darauf verschwanden die beiden Männer im Kamin und kletterten darin in den Keller hinunter. Dort wurden sie von einem dritten Androiden erwartet, der vor einem offenen Kanalschacht stand.

»Ich dachte schon, ihr kämt überhaupt nicht mehr«, empfing er die beiden.

Der blonde Androide sagte: »Du weißt ja, wie das ist. Wenn Xenor erst einmal mit Barbara zusammen ist, bekommst du ihn schwer los.«

»Keine Albernheiten, Smack«, fauchte Xenor gereizt. Er wandte sich an den Androiden am Kanalschacht. »Ist die Versammlung schon vollzählig?«

»Ja«, antwortete der Androide mit der Registriernummer 2-4-4-8-3-2. »Alle Mitglieder der OWAG sind gekommen – und eine ganze Menge Neue. Das Wasserreservoir ist zum Bersten voll, und Migal hat mit seinen Haßtiraden gegen die Menschheit bereits für hochexplosive Stimmung gesorgt. Aber wenn wir uns beeilen, können wir das Ärgste verhindern.«

»Hoffentlich, Limbek, hoffentlich«, sagte Xenor.

Eine menschenleere Straße in Versanda, der Hauptstadt Car-

matuns. Eine vermummte Gestalt kletterte aus einem offenen Kanalschacht, rannte quer über die Straße und schlug mit einer an der Spitze umgebogenen Eisenstange das Schaufenster eines Supermarkts ein. Die Alarmanlage begann zu schrillen. Der Vermummte raffte alle Lebensmittel in seiner Reichweite zusammen und verstaute sie in einem Sack. Kaum zwei Minuten später wollte er sich zurückziehen. Plötzlich krachten Schüsse. Aus einer nahe gelegenen Villa flüchteten zwei Männer; der eine mußte den anderen stützen. Der Vermummte erkannte an den leuchtenden Stirnen der beiden Flüchtenden, daß es sich um Androiden handelte. Er rief sie zu sich, und zu dritt verschwanden sie in der Kanalisation, noch bevor die Androidenjäger zur Stelle waren ...

Daran mußte Xenor denken, als er nun wieder einmal durch einen Schacht in die Kanalisation hinunterkletterte. Diese Szene hatte sich vor drei Monaten abgespielt. Er war der Vermummte gewesen, der die Scheibe des Supermarkts eingeschlagen hatte, um für die hungernden Androiden in den Slums Lebensmittel zu beschaffen. Bei den beiden Flüchtenden hatte es sich um Limbek und Smack gehandelt. Von da an bildeten sie eine verschworene Gemeinschaft und kämpften aus dem Untergrund für die Gleichberechtigung der Androiden. Als noch weitere Androiden zu ihnen stießen, gründeten sie die OWAG – die *Organisation zur Wiedereinführung der Androidengesetze.*

Als Xenor mit den Füßen Grund erreichte, holte er die Taschenlampe aus dem Gürtel und leuchtete in der Kanal hinein. Smack, der blonde Androide, landete mit einem Sprung auf dem Schacht neben Xenor.

»Hier stinkt es wie in einer Kloake«, sagte er naserümpfend.

Von oben erklang das Geräusch des zufallenden Kanaldeckels, dann kam Limbek heruntergeklettert. Als die Sohlen seiner Kniestiefel die Oberfläche der Abwässer berührten, zögerte er.

»Mach schon«, drängte Xenor.

Limbek sprang.

»Ich habe mir überlegt«, meinte er, »ob es nicht klüger wäre, dieser Massenversammlung überhaupt fernzubleiben. Das kann doch nicht gutgehen.«

»Eben deshalb müssen wir hin«, sagte Xenor und watete durch die Abwässer. »Wir müssen sie vor den Gefahren warnen, die ein Fanatiker wie Migal heraufbeschwören kann.«

Zwölf Männer in einem abgeschlossenen Raum. Sie repräsentierten die Untergrundbewegung OWAG. Sie planten einen Überfall auf eine Apotheke im Menschenviertel. Natürlich auf eine Apotheke im Menschenviertel, denn im Getto der Androiden gab es keine Apotheken. Aber es wurden Medikamente benötigt. Nach dem gelungenen Raubzug stießen die zwölf Maskierten in der Kanalisation auf eine andere Androidengruppe. Deren Anführer war ebenfalls maskiert und gab sich als Migal aus. Seine Registriernummer nannte er nicht. Es wurde beschlossen, die beiden Gruppen zu vereinen. Von nun an war die OWAG doppelt stark. Aber zweierlei wurde dadurch eingebüßt: erstens das gegenseitige blinde Vertrauen – das zeigte sich darin, daß man sich nur noch maskiert traf und sich unter Decknamen kannte. Zweitens wurde die OWAG durch den radikalen Migal immer mehr zur Terroristenbande und nicht, wie es Xenor und seine Vertrauten geplant hatten, zu einer Organisation, die den unterdrückten Androiden zu ihrem Recht verhelfen sollte. Migal gewann immer mehr an Einfluß und machte sinnlose Plünderung, Brandschatzung, Mord und Totschlag zur Tagesordnung. Die OWAG bekam einen großen Zustrom von rachelüsternen Androiden, aber es gab auch viele Opfer zu beklagen. Xenors Gruppe von Vertrauten schmolz immer mehr zusammen, bis nur noch er, Smack und Limbek übrigblieben ...

Xenor erkletterte einen Steg, der im Trockenen lag, und half seinen beiden Begleitern hinauf. Dann marschierte er im Schein seiner Taschenlampe weiter.

Hinter ihm sagte Limbek keuchend: »Ich wurde vor achteinhalb Jahren geboren, aber ich fühle mich wie ein alter Mann. Kann sich jemand darauf einen Reim machen?«

»Du wurdest nicht geboren«, berichtete Xenor.

»Scherzbold«, sagte Limbek.

Sie setzten ihren Weg schweigend fort. Xenor mußte sich fragen, was er tun würde, wenn Limbek und Smack in diesen mörderischen Kampf ums Dasein ebenfalls fielen. Sollte er dann aufgeben? Niemals! Er fühlte sich stark genug, um eine neue Organisation aufzubauen. Selbst wenn die OWAG in dieser Form nicht mehr lange bestünde, so gab es noch genügend Mittelsleute, die ihm weiterhelfen würden. Er hatte einige gute Beziehungen zu Menschen, die die Androiden in ihrem Bestreben nach Gleichberechtigung unterstützten. Diese Gönner hielten sich im Hintergrund, und egal, was passierte – sie wären davon nicht betroffen. Sie würden jede Krise überstehen und weiterhin für die Rechte der Androiden kämpfen. Selbst wenn er, Xenor, den Androidenjägern in die Hände fiel, konnte das den Hintermännern der OWAG nichts anhaben, denn er kannte von keinem einzigen den Namen. Sein Verbindungsmann zu diesen Männern hieß »Doc« und lebte bei den Androiden in den Slums.

»Wir sind hier«, ließ sich Smack vernehmen.

Xenor, der an der Eisenleiter, die zu einem höher gelegenen Seitenkanal führte, vorbeigegangen war, kehrte um.

»Bist du so abwesend?« erkundigte sich Limbek.

Xenor gab keine Antwort. Er kletterte die Eisenleiter hinauf und kroch in den Seitenkanal. Dieser war auf zwanzig Metern Länge so eng, daß man nur auf allen vieren kriechend vorankam, und mündete endlich in eine nicht zur Kanalisation gehörende Höhle. Sie war früher der Treffpunkt der OWAG gewesen, als ihre Mitglieder noch eine verschworene Gemeinschaft gewesen waren.

Xenor hängte die Taschenlampe an eine dafür vorgesehene Halterung. Limbek hatte inzwischen eine Betonwand zur Seite geschoben, und Smack holte die Ausrüstungsgegenstände aus der dahinterliegenden Nische.

Xenor setzte zuerst den Tarnhelm auf, schnallte das Halfter mit der kleinen Pistole um den Unterarm seiner rechten Hand und nahm sich zuletzt eines der drei handlichen Sprechfunkgeräte.

»Willst du dich nicht mit Doc in Verbindung setzen?« fragte Limbek, der bereits hinter den Suppressor-Feldern seines Tarnhelms verschwunden war; sein Gesicht und die Schulterpartie waren von einer irrlichternden Aura umgeben.

Xenor ließ seinen Blick in die Richtung gleiten, in der er Limbeks Augen vermutete. »Warum sollte ich?«

»Vielleicht hat er dir etwas zu sagen.«

»Ich weiß, was er mir zu sagen hat.«

»Ich weiß es auch – und ich möchte mich seiner Warnung anschließen.«

»Du kannst dich zurückziehen, wenn dir mein Vorhaben als zu gefährlich erscheint.«

Eine Weile herrschte Schweigen, dann sagte Limbek: »Diesmal mache ich noch mit. Ich werde dich unterstützen. Aber wenn du dir weiterhin von Migal den Kurs vorschreiben läßt, bleibe ich nicht mehr länger in der OWAG.«

»Ich werde Migal in die Schranken weisen«, versicherte Xenor. »Gehen wir.«

Das ist nicht mehr die Organisation, die ich ins Leben gerufen habe, dachte Xenor beim Anblick der brüllenden Massen. *Es ist eine wilde, blutrünstige Horde.*

»Da kommt euer Alpha mit seinen Recken!« schrie Migal und deutete auf die drei Männer, deren Gesichter hinter den Spiegelungen ihrer Gehirnsuppressionen verborgen waren.

Das aufgelassene Wasserreservoir war mehr als dreihundert Meter lang und fast ebenso breit, aber es gab kaum einen freien Platz darin. Xenor erschrak bei dem Anblick der dicht aneinandergedrängten Androiden. Wie hoch mochte ihre Zahl sein? Tausend? Nein, es mußten mehr als dreimal soviel sein.

Was war nur aus jener Organisation geworden, die er vor drei Monaten ins Leben gerufen hatte! Erst vor wenigen Wochen noch waren sie zwölf Mann gewesen, die sehr wohl ihr Ziel gekannt hatten, die wußten, welche Taktik sie anwenden mußten, um diesem hochgesteckten Ziel näher zu kommen. Es war eine straffe, disziplinierte Organisation gewesen, mit guten Beziehungen zu androidenfreundlichen Menschen mit Einfluß. Aber dieses Heer von Fanatikern ließ sich nicht mehr kontrollieren; wenn sie einmal einen Ausweg in ihrem Menschenhaß fänden, würde nicht einmal mehr Migal sie in der Gewalt haben. Aber allem Anschein nach wollte er das nicht einmal. Es genügte ihm, wenn der Mob seinem Wort gehorchte. Und sein Wort war Rache. Die Folgen eines bewaffneten Aufstands gegen die Menschheit bedachte er nicht.

»Wir müssen der Gewalt mit Gewalt begegnen«, war einer seiner Lieblingsaussprüche.

Jetzt stand er inmitten seiner Handlanger auf dem improvisierten Podium und stachelte den Mob gegen Xenor auf, trug ebenfalls einen Tarnhelm, dessen Suppressor-Spiegelungen seine Identität verbargen. Die blutroten Farbexplosionen in Gesichtshöhe sagten alles über seine Gefühlsstimmung aus.

»Da! Da habt ihr ihn, euren tapferen Alpha, von dem ihr euch Befreiung erhofft«, schrie Migal.

Die Menge bäumte sich auf, Fäuste wurden geschüttelt, einige Androiden in den vordersten Reihen machten Anstalten, das Podium zu erklettern. Sie wurden von Migals Handlangern zurückgedrängt.

Migal machte eine kraftvolle Handbewegung, und die Menge verstummte wie auf Kommando.

»Wollen wir doch einmal anhören, welchen weisen Spruch des Tages uns Alpha heute anzubieten hat«, sagte Migal und machte auf dem Absatz eine Vierteldrehung, so daß er in Xenors Richtung stand. »Was hast du uns heute vorzuschlagen, großer Alpha?« fragte er so laut, daß es alle hören konnten. »Sollen wir vielleicht niederknien und beten? Aber nein, das wirst du nicht von uns verlangen. Denn Gott ist nur für die Menschen da. Unser Schöpfer aber ist der Mensch. Und bei dem finden wir keine Gnade. Du wirst doch nicht verlangen, daß wir vor dem Homo sapiens niederknien und um Anerkennung, Gleichberechtigung und Vergebung bitten? Das wirst du doch nicht tun, Alpha! Denn du weißt, daß der Mensch diese Sprache nicht versteht, denn es ist nicht die seine. Seine Sprache ist die der Gewalt. Deshalb werden wir auch so zu ihm sprechen, mit lauter Stimme, mit so gewaltiger Stimme, daß er erzittern wird. Und vielleicht wird dann der Mensch winseln und flehen, und wir werden ihn nicht verstehen!«

Die dreitausend Androiden zollten seinen Worten lautstark Anerkennung. Der Stimmorkan verstummte erst wieder, nachdem Migal eine schneidende Handbewegung machte.

»Wir haben unsere Meinung gesagt«, rief er, »jetzt soll Alpha die seine kundtun.«

Smack schob sich an Xenor heran und raunte ihm zu: »Wir haben hier nichts zu bestellen. Kehren wir um, bevor es zu spät ...«

»Lassen Sie ihn«, kam Docs Stimme aus Limbeks Sprechgerät. »Wir werden jetzt erleben, wie er sich die Hörner abstößt. Alpha will es nicht anders.«

»Unterbrich die Verbindung!« schrie Xenor.

Aber Limbek schüttelte nur den Kopf.

Xenor biß sich auf die Lippen. Er spürte, wie es in seinen Schläfen pochte, und ahnte, daß sich die Aura von Suppressor-Feldern durch die aufsteigende Wut verändern würde. Er konnte nichts dagegen tun. Doc hatte ihn zwar von seinen Anfällen geheilt, so daß er nicht mehr machtlos gegen die

Suppressionen war. Aber ganz unter Kontrolle hatte er sie noch immer nicht.

»Hat es Alpha die Sprache verschlagen, oder ist er mit seiner Weisheit nur einfach am Ende?« erkundigte sich Migal höhnisch.

»Keines von beidem«, sagte jetzt Xenor fest und räusperte sich. »Ich habe einiges zu sagen. Zuerst einmal, daß die Regierung angeordnet hat, drei große Massengräber auszuheben.«

Das war nur ein Bluff, aber Xenor verschaffte sich dadurch Gehör bei den dreitausend Androiden.

Es wurde totenstill.

»Wenn ihr diese Massengräber füllen wollt«, fuhr Xenor fort, »dann tut nur das, was Migal von euch verlangt. Erhebt euch gegen unsere Unterdrücker, richtet die Waffen auf sie und überschüttet sie mit eurem Haß. Die Androidenjäger lauern nur darauf. Sie suchen nur nach einem Vorwand, um uns endgültig von der Bildfläche verschwinden lassen zu können. Im Augenblick haben wir noch die Sympathien Terras und einiger Kolonialwelten. In ihren Augen sind wir die Schwachen, die Gepeinigten, und wir erregen ihr Mitleid. Es werden auf vielen Welten Versuche unternommen, uns zu helfen.

Aber wie sieht es aus, wenn wir mit Gewalt gegen die Menschen vorgehen? Unsere stillen Helfer auf Terra und den Pionierwelten sind auch Menschen. Und wie wird ihnen zumute sein, wenn wir zu den Waffen greifen und in den Krieg gegen die Menschheit ziehen? Dann stehen wir als blutrünstige Bestien da, man wird uns wie ehedem als Gefahr für den Fortbestand der menschlichen Zivilisation ansehen – und alle, auch jene, die gewillt sind, uns zu helfen, werden sich gegen uns wenden. Das ist dann unser endgültiger Untergang.«

Xenor mußte eine Pause machen und eine Reihe von Zwischenrufen über sich ergehen lassen, bevor er weitersprechen konnte. Aber er kam zu der Ansicht, daß die Zahl der Schreier abgenommen hatte, viele der Androiden waren durch seinen Appell nachdenklich gestimmt worden. Das war immerhin ein Teilerfolg.

Mit einem Seitenblick auf Migal, dessen Suppressor-Feld sich beruhigt hatte und nur gelegentlich rot aufflammte, ging er zum zweiten Teil seines Aufrufs über.

»Wir stehen vor großen Erfolgen«, rief er leidenschaftlich. »Ich habe Verbindung zu einigen Menschen in einflußreichen Stellen, die unsere Forderungen mit all ihrer Kraft unterstützen wollen. Ihr alle wißt, daß eine terranische Prüfungskommission auf Carmatun eingetroffen ist, die unsere Probleme an Ort und Stelle untersuchen wird. Wenn wir, anstatt uns wie eine Horde wilder Tiere zu benehmen, mit vernünftigen Argumenten an diese Delegation herantreten, können wir gewiß sein, interessierte Zuhörer für unseren Ruf nach Menschenrechten zu finden. Es hat sich auch bereits ein Weg gezeigt, mit dieser Delegation in Verbindung zu treten. Und selbst wenn es den Androidenjägern gelingt, uns den Weg zu den terranischen Kommissaren zu verwehren, brauchen wir uns nicht zu Verzweiflungstaten hinreißen zu lassen. Denn auf dem Raumhafen von Versanda steht ein Raumschiff für uns bereit, das eine Abordnung von uns nach Terra bringen wird. Und dort sollte es uns unbedingt möglich sein, bei den höchsten Regierungsstellen auf unsere Probleme aufmerksam zu machen.«

Als Xenor geendet hatte, wurden wieder Mißfallenskundgebungen laut, aber sie waren noch schwächer als vorhin. Trotzdem wußte Xenor, daß er noch weit von einem Sieg über Migal entfernt war. Die Androiden hatten in den vergangenen Monaten zuviel zu leiden, zu viele Entbehrungen und Erniedrigungen hinnehmen müssen. Migals Aufforderung zur blutigen Revolte war wie heißes Öl für das Feuer ihres schwelenden Hasses.

Der radikale Androidenführer trat nach vorn und stellte sich an Xenors Seite.

»Wir haben gehört, was uns Alpha anzubieten hat«, rief er leidenschaftslos. »Aber welchen Gehalt haben seine Worte? Es sind nur leere Versprechungen, die darin gipfeln, daß wir irgendwann in ferner Zukunft darauf hoffen können, von den Menschen anerkannt zu werden. Aber nur Dumme glauben daran, daß sie diesen Tag erleben werden. Wir sind Realisten, wir wissen, daß wir nur durch Taten etwas erreichen können. Und deshalb werden wir Taten sprechen lassen.«

Jubelnder Applaus brandete auf.

»Dem Burschen kommt ihr nicht bei«, drang Docs Stimme aus dem Sprechfunkgerät.

»Seien Sie still«, zischte Xenor.

»Nein«, beharrte Doc. »Ich werde nicht tatenlos zusehen, wie Sie sich die Finger noch mehr verbrennen. Flüchten Sie, Alpha, hier haben Sie nichts zu bestellen.«

Xenor erwiderte nichts, er konzentrierte sich wieder auf Migal, der die Menge mit einer Handbewegung zum Schweigen gebracht hatte und nun wieder das Wort ergriff.

»Alpha wollte den Eindruck erwecken, daß ihr unter meiner Führung dem Untergang geweiht seid. Er deutete an, daß ich euch unvorbereitet in einen Feldzug gegen die Menschheit schicke. Wir werden uns nicht erheben und blindwütig gegen die Bastionen der Menschen anrennen. Nein, wir werden planen und uns vorbereiten. Wir werden Waffenlager und Lebensmitteldepots plündern, und wir werden Verbindung zu anderen Gettos aufnehmen. Und erst wenn alle unsere Brüder vereint sind, wenn wir uns gestärkt und bewaffnet haben – erst dann werden wir aufstehen wie ein Mann!«

»Tod den Menschen!« brüllte die Menge. Die dreitausend Androiden im Wasserreservoir gerieten in Bewegung. Sie trampelten mit den Füßen, daß der Beton erzitterte, sie reckten die Fäuste, rissen sich die Stirnbänder von den Köpfen, mit denen sie ihre Registriernummer verdeckt hatten, und schwenkten sie durch die Luft.

Migal mußte diesmal einige Minuten warten, bevor er weitersprechen konnte.

»Schon in dieser Nacht werden wir der Menschheit die erste Niederlage beibringen. Einige kleinere Gruppen werden in das Gebiet der Menschen eindringen und dort Geschäfte plündern und Gebäude in Brand stecken. Aber dabei handelt es sich nur um Manöver, die von unserem Hauptanschlag ablenken sollen. Während die Androidenjäger mit diesen Zwischenfällen beschäftigt sind, wird der Hauptteil von uns an zwei Stellen aus dem Getto ausbrechen. Unser Ziel wird das Institut für Synthetische Humanoide sein. Dort befinden sich noch einige hundert unserer Art, die noch nicht registriert wurden. Sie wollen wir befreien, damit sie sich später unter die Menschen mischen können, um für uns zu arbeiten. Auf diese Weise werden wir viel schneller zu dem von uns gewünschten Erfolg kommen. Oder ist jemand unter euch, der Alphas langwierige und recht zweifelhafte Methoden befürwortet?«

Kaum einer der dreitausend Androiden schien Xenors friedfertiges Vorgehen gutzuheißen, und die wenigen seiner Anhänger mußten sich ruhig verhalten, um sich nicht der Wut des Mobs auszusetzen.

»Sie haben verloren, Alpha«, raunte Docs Stimme aus dem Sprechfunkgerät. »Ziehen Sie sich schleunigst zurück.«

»Laß uns verschwinden«, drängte auch Limbek, »bevor uns Migal lynchen läßt.«

»Haltet euch bereit«, sagte Xenor nur.

»Worauf wartest du denn noch?« wollte Smack wissen.

»Wenn wir den Rückweg antreten, dann soll es nicht wie eine Flucht aussehen«, sagte Xenor.

»Ich fürchte, für einen ehrenvollen Abgang ist es schon zu spät«, meinte Limbek.

Damit hatte er recht. Denn nachdem Migal die Versammelten auf seiner Seite wußte, strebte er seinen zweiten Sieg an. Den Sieg über seinen Rivalen »Alpha«.

Migal baute sich vor Xenor auf.

»Blicke zu unseren Brüdern hinunter«, forderte er, »dann weißt du, was Einigkeit bedeutet. Sieh sie dir an! Alle haben sie ihre Tarnungen abgenommen. Jeder von ihnen zeigt offen seine Nummer. Und warum? Weil wir einander vertrauen.«

Xenor wußte, was nun kommen würde, und um Migals Angriffe zu entschärfen, drehte er den Spieß um.

»Wenn du solchen Wert auf gegenseitiges Vertrauen legst«, sagte Xenor schnell, »warum trägst du dann noch einen Tarnhelm?«

Migal lachte. »Ich werde mich nicht länger hinter den Suppressor-Feldern verbergen – diese Männer und ich, wir bilden eine Einheit, wir haben die gleichen Wünsche, die gleichen Ziele. Und wie steht es mit dir, Alpha?«

»Wie kann ich als Androide anderes wünschen als die Gleichberechtigung«, sagte Xenor fest.

»Du sagst, daß du die gleichen Ziele hast, wie alle hier?« meinte Migal lauernd. »Dann beweise es. Zeige uns, daß du zu uns gehörst, beweise, daß du keine Geheimnisse vor uns hast. Wenn du uns vertraust und wir dir vertrauen sollen, dann lüfte deinen Tarnhelm. Laß uns sehen, wer du bist, Alpha.«

Xenor zögerte keinen Moment. »Gut, Migal. Ich werde meine Identität gleichzeitig mit dir preisgeben.«

»In Ordnung.«

Xenors Hände verschwanden hinter den Farbenspiegelungen seines Suppressor-Feldes. Migal tat das gleiche.

»Nein! Tun Sie das nicht, Alpha!« Es war Docs Stimme, die donnernd die Stille zerbrach. »Haltet ihn zurück!«

Diese Aufforderung galt Smack und Limbek, aber es hätte ihrer gar nicht bedurft. Denn beide waren an Xenors Seite getreten, als sie seine Absicht erkannt hatten, und bogen ihm die Arme zurück.

»Bist du wahnsinnig!« zischte Smack.

Limbek sagte: »Migal wartet doch nur darauf, daß du dich zu erkennen gibst. Er hätte dann leichtes Spiel, dich beseitigen zu lassen.«

Migals Handlanger schoben sich drohend näher.

»Warum weigerst du dich, Alpha? Vielleicht ist er keiner von uns, sondern ein Agent der Menschen!«

Die Androiden unterhalb des Podests drängten nach vorn. Zwei von ihnen waren heraufgeklettert und stellten sich hinter Migal.

»Wir werden uns seinen Helm holen«, versprach der eine.

Smack und Limbek hatten Xenor losgelassen. In ihren Händen lagen plötzlich handtellergroße Behälter. Fast gleichzeitig zogen die beiden Androiden den Verschluß ab und warfen die Dosen gegen die näher kommende Menge. Suppressorgas zischte aus den Ventilen, nebelte die Angreifer ein, legte sich auf ihre Gehirne, lähmte ihre Sinne und brachte sie durcheinander. Sie rochen Farben, sahen den Schall und hörten die optischen Eindrücke ... sie schrien und schlugen um sich, brachen zusammen und wälzten sich unter Alpträumen stöhnend auf dem Boden ...

Als die Wirkung des Suppressorgases nachließ, fehlte von Xenor, Smack und Limbek bereits jede Spur.

2.

Xenor hatte Doc durch Smack kennengelernt. Damals, als er Smack und Limbek vor den Androidenjägern gerettet hatte, war Smack von einer Kugel ins Bein getroffen worden. »Bringt mich zu Doc«, hatte er verlangt und ihnen den Weg beschrieben.

Docs Lebensgeschichte war einmalig – falls man bei einem Androiden überhaupt von einer Lebensgeschichte sprechen konnte. Denn ein Androide wurde nicht geboren, verlebte keine Kindheit, sondern stand plötzlich als Erwachsener mitten im Leben. Was sich ein Mensch an Erfahrung und Wissen in langen Jahren aneignen mußte, wurde dem Androiden während der Erschaffung eingegeben. Auf diese Art war es leicht möglich, bestimmte benötigte Typen mit speziellen Fachgebieten zu schaffen. Da das zu einer Zeit geschah, als die Menschheit gegen die Shooks Krieg führte, lag es nahe, hauptsächlich Soldaten und Ärzte zu züchten.

Soldaten – wahrscheinlich war der Hang zu einer gewalttätigen Lösung ihrer Probleme bei den Androiden in ihrer ehemaligen Bestimmung zu suchen. Man hatte sie einer Gehirnwäsche unterzogen, das war richtig, aber die Erbanlage eines Kriegers konnte man nicht vollkommen löschen.

Doc hatte im Krieg zu den Sanitätern gehört. Nachdem die Shooks weitergezogen waren und die Menschheit nicht mehr behelligten, verkaufte die Regierung die Androiden an Private. Doc wurde von einem Arzt in Versanda als Gehilfe erworben. Ein Jahr danach kam es zu den ersten Ausschreitungen gegen die Androiden, die schließlich zu den Anti-Androidengesetzen führten. Doc hätte die Möglichkeit gehabt, auf eine andere Welt zu flüchten. Aber er war immer noch zu sehr Arzt; früher hatte er den verwundeten Menschen geholfen, jetzt sah er seine Pflicht darin, den leidenden Androiden in den Gettos beizustehen. Noch bevor er verhaftet und registriert werden konnte, setzte er sich in die Slums von Versanda ab. Dort richtete er eine geheime Sanitätsstation ein.

Im Augenblick lag Docs Ordination im Hinterzimmer einer ehemaligen Bar.

Xenor klopfte in vereinbartem Rhythmus an die Tür und wurde von Docs Gehilfen eingelassen.

»Hallo, 2-2-3-1-3-2«, begrüßte der Gehilfe Xenor.

»Hallo, 2-9-9-5-1-2.«

Der Barraum war als Wartezimmer eingerichtet. Etwa dreißig Patienten saßen an den Tischen.

Xenor zog sich in eine dunkle Ecke des Wartezimmers

zurück. Erst als er überzeugt war, daß man ihm keine Beachtung mehr schenkte, schlüpfte er durch eine verborgene Tür.

Smack und Limbek warteten bereits in dem dahinterliegenden Raum.

»Doc kommt gleich«, sagte Smack.

»Er hat vor, dir das Fell über die Ohren zu ziehen«, sagte Limbek und grinste humorlos.

Xenor nickte nur. Er glaubte immer noch nicht daran, daß es ein Fehler gewesen war, zur Versammlung im Wasserreservoir zu gehen.

Die Tür zur Ordination öffnete sich, und Doc trat herein. Er war groß und hager, hatte ein markantes Gesicht und wirres, graues Haar. Er nahm den Stirnreflektor ab – und jetzt zeigte sich, daß seine Stirn glatt war. Sie wurde von keiner Registriernummer verunstaltet.

»Meine Herren«, grüßte er mit einem leichten Kopfnicken. Sein Mund war etwas spöttisch verzogen.

»Ist jetzt nicht noch mehr Schaden angerichtet, nachdem ich es nicht verhindern konnte, daß Migal die Führung der OWAG an sich riß?« fragte Xenor.

»Nein«, erwiderte Doc. »Denn Migal ist nicht die OWAG. Auch Sie drei repräsentieren die OWAG nur zu einem geringen Teil. Die wichtigsten unserer Männer befinden sich unter den Menschen. Aber immerhin – hätte Migal Sie getötet, wäre das ein arger Rückschlag für uns gewesen.«

Xenor warf ihm einen giftigen Blick zu. »Sie scheinen zu vergessen, daß ich es war, der die OWAG ins Leben gerufen hat. Und ich bin nicht gewillt, mir von irgendwelchen obskuren Hintermännern jeden Schritt diktieren zu lassen.«

»Sie sind im Irrtum«, sagte Doc milde. »Wann geht es endlich in Ihren Dickschädel hinein, daß die OWAG schon lange kein Werkzeug mehr für Ihren läppischen Privatkleinkrieg gegen die Menschheit ist. Sie haben der Organisation den Namen gegeben, aber die Entscheidungen müssen wir noch den menschlichen Hintermännern überlassen, denn sie haben einen besseren Überblick. Sie haben nicht umsonst den Befehl, die Finger von Migal zu lassen.«

Limbek räusperte sich. »Xenor hat seine Lektion erhalten. Da alles glimpflich abgelaufen ist, könnten wir da nicht ...«

»Ja, sicher«, sagte Doc. »Vergessen wir die Angelegenheit.«

Plötzlich lächelte er.

»Sie waren vorhin wohl ziemlich in Rage?« erkundigte er sich bei Xenor.

»Ja, ziemlich«, gab Xenor widerwillig zu.

»Etwas von Suppressor-Feldern gespürt?«

Xenor schüttelte den Kopf.

»Na, das freut mich. Es zeigt, daß meine Behandlung Erfolg gehabt hat.«

»Ich bin weniger zufrieden«, murrte Xenor. Er sah Doc voll in die Augen. »Sie haben einmal angedeutet, daß man selbst die vierzig Prozent starken Suppressor-Felder abbauen könnte. Wann tun Sie das endlich?«

»Nie, und ich habe Ihnen auch schon den Grund dafür gesagt.« Docs Stimme klang scharf. »Sie wissen, daß vierzig Prozent der Durchschnitt beim Menschen sind. Würde ich diese Quote bei Ihnen auf die Hälfte reduzieren, wären Sie schlechthin ein Genie. Und wie würden die Menschen auf einen Androiden reagieren, der geistig weit über ihnen steht? Für unsere Art würde alles nur noch schlimmer werden. Nein, Xenor – fangen Sie davon bitte nicht mehr an.«

»Gehen wir zur Tagesordnung über«, drängte Limbek. »In einer Stunde ist Lebensmittelverteilung, und wenn mich die Androidenjäger diesmal wieder nicht auf ihre Filme bannen, werden sie zwangsläufig mißtrauisch. Woher nimmt dieser 2-4-4-8-3-2 bloß seine Nahrung? werden sie sich fragen. Und das möchte ich vermeiden.«

»Natürlich«, stimmte Doc zu. »Ich werde mich kurz fassen. Für Sie beide habe ich diesmal ohnedies keinen Auftrag. Es liegt nur etwas für Xenor vor. Wann könnten Sie für einen Ausflug ins Menschengebiet bereit sein?«

Xenor schreckte überrascht hoch. »Ins Menschengebiet? Ich schätze, daß ich in fünf bis sechs Stunden dafür zur Verfügung stehen könnte.«

»Das wäre erst nach Einbruch der Dunkelheit. Geht es nicht früher?«

»Das hängt davon ab. Ich muß mich ebenfalls bei der Lebensmittelverteilung einfinden. Außerdem ist da noch eine Kontrolle bei mir fällig. Ich darf sie auf keinen Fall versäumen.«

Doc seufzte. »Tja, wenn höhere Mächte im Spiel sind, kann man nichts machen. Jedenfalls befindet sich meine Ordination in fünf Stunden nicht mehr an diesem Platz. Sie müssen die neue Adresse über Funk bei mir erfragen.«

»Sind sie Ihnen auf den Fersen, Doc?« erkundigte sich Smack.

»Nicht dicht, aber immerhin ... Ich darf kein Risiko eingehen. Nicht vor diesem Coup.«

»Worum handelt es sich?« fragt Xenor.

»Sie alle kennen den Namen Doktor Peter?« wandte sich Doc an die drei Männer.

Sie bejahten. Smack erklärte: »Er wird als unser Schöpfer bezeichnet.«

Doc nickte. »Er hat bis zu seinem Tode sehr viel für uns getan. Seine Tochter glaubte damals, daß ein Androide ihren Vater getötet hätte, doch jetzt besitzt sie einen Beweis dafür, daß ihn die Androidenjäger auf dem Gewissen haben ...«

»Doc«, unterbrach Xenor ihn mit brüchiger Stimme. »Sie wollen doch damit nicht sagen, daß ich zu Dolly Peter gehen soll. Sie haßt mich!«

»Nicht mehr, seitdem sie weiß, daß nicht Sie ihren Vater getötet haben.«

»Aber sie haßt mich aus einem ganz anderen Grund«, erklärte Xenor. »Sie war in mich verliebt, wir wollten heiraten ... dann erfuhr sie, daß ich ein Androide bin und ...«

Doc winkte ab. »Dolores Peter arbeitet jetzt mit uns zusammen. Sie brauchen sich vor dieser Begegnung nicht zu fürchten. Ich werde Sie begleiten. Ich erwarte Sie in fünf bis sechs Stunden.«

Die Androiden hingen wie Trauben an den fünf Verpflegungsgleitern. Xenor bahnte sich rücksichtslos einen Weg durch die dichte Masse von schwitzenden Leibern. Sein Tun war ihm äußerst zuwider. Er hätte sich gerne bei der Frau entschuldigt, die er grob zur Seite stieß. Er hätte den Jungen, der sich nach einer Brotkrume bückte und dem er dabei auf die Finger stieg, am liebsten auf den Arm genommen und nach vorn zum Versorgungswagen getragen. Aber das konnte er sich aus Sicherheitsgründen nicht leisten. Es wäre eine Handlung gewesen, die stark vom üblichen Verhalten der hungernden Androiden abwich. Man wäre auf Xenor aufmerksam geworden, und das hätte die Existenz der OWAG gefährden können. Den Kameras der Androidenjäger entging nichts.

Als Xenor den Verpflegungsgleiter erreichte, riß er kurzerhand einem anderen Androiden den Laib Brot aus der Hand. Xenor stellte sich dabei so, daß seine Registriernummer voll von einem Kameraobjektiv erfaßt wurde. Dann tat er, als versuche er, seine Beute in Sicherheit zu bringen. Doch selbst wenn er es gewollt hätte, wäre es ihm nicht gelungen. Von allen Seiten reckten sich zitternde Hände, faßten nach dem Brot und rissen große Stücke davon ab. Wenige Minuten später war alles bis auf ein faustgroßes Stück aufgezehrt. Xenors Faust umklammerte das Stück, während er sich zurückzog.

Auf halbem Weg stieß er wieder mit dem Jungen zusammen, dem er vorhin auf die Finger getreten war. Er steckte ihm das Brot zu und machte, daß er weiterkam, erreichte die freie Straße und ging in Richtung Südtor.

Dort stand eine fünfzig Meter lange Schlange von Androiden beim Kontrollgebäude an. Kaum hatte sich Xenor eingereiht, stieß eine Gruppe von fünfzig Personen hinzu.

Es ging rasch, die Androidenschlange kam kaum zum Stehen.

»Die haben wohl heute keinen großen Bedarf an Peterhaut«, sagte der Androide vor Xenor.

Eine Frau drehte sich um und flehte: »Sagen Sie so etwas bitte nicht.«

»Warum nicht? Wußten Sie nicht, daß wir von den Jägern Peterhaut genannt werden?«

»Ja ... aber ich möchte es nicht hören.« Die Frau fröstelte.

Es waren nur noch fünf Leute vor Xenor, als eine Stokkung eintrat. Xenor wußte, was das zu bedeuten hatte. Alle wußten es. Aber es ging ihm besonders nahe, daß es die Frau betraf.

Der Androidenjäger an der Kontrolle fragte: »Nummer?«

»1-7-4-5-1-2.«

»Warum mußt du zur Kontrolle?«

»Ich ...«

»Warum?«

»Ich habe während einer Periode zweimal Verpflegung gefaßt.«

»Hast wohl einen besonders großen Magen, was?«

»Nein.«

»Herr!«

»Nein, Herr.«

»Warum hast du dann zweimal zugegriffen?«

»Wegen meines Kindes, Herr.«

»Du willst ein Kind haben? Du – Peterhaut?«

»Ja, Herr.«

»Androiden kriegen keine Kinder.«

»Doch, Herr, ich ...«

»Du widersprichst? Lies mal das hier.« Er wies auf ein Plakat.

Die Androidin las mit zittriger Stimme: »Androiden sind synthetische Geschöpfe. Kreaturen des Menschen. Androiden können keine Kinder zeugen.«

»Aha, da haben wir es«, sagte der Androidenjäger. »Warum hast du mich angelogen?«

»Ich habe nicht gelogen, Herr.«

»Dann lügt wohl ein anderer, was? Vielleicht jener, der diesen Spruch geschrieben hat. Weißt du, daß dies kein Geringerer als Haskar Raims ist? Haskar Raims, der Beschützer und Bewacher der Androiden, hat diese Zeilen verfaßt. Und du nennst ihn einen Lügner?«

»Nein, Herr, ich ...«

»Komm zur Seite!«

»Herr, mein Kind ist ohne Aufsicht ...«

»Komm zur Seite! Der nächste. Nummer?«

Kurz darauf stand Xenor vor dem Kontrollschalter.

»Nummer?«

»2-2-3-1-3-2, Herr.«

»Warum mußt du zur Kontrolle?«

»Menschenfeindlich, Herr.«

Der Androidenjäger ging eine Liste mit Registriernummern von Androiden durch.

»Aha«, machte er, und sein Zeigefinger ruhte auf einer Nummer. »Der bist du. Komm zur Seite.«

Xenor konnte sich vor Schreck nicht von der Stelle rühren. *Aus,* dachte er. Denn er wußte, was der kurze Befehl »Komm zur Seite« zu bedeuten hatte. Abtransport, Einweisung in ein Bergwerk oder noch Schlimmeres. Doc hatte sogar davon gesprochen, daß für manche Androiden bei den medizinischen Versuchslabors Endstation war ...

»Hörst du schlecht?« fauchte der Androidenjäger.

Einer Marionette gleich schritt Xenor zu der Abgrenzung, hinter der die Frau und drei Männer standen. Die Frau schluchzte. Xenor blickte sich suchend um und entdeckte vier bewaffnete Androidenjäger, die mit ihren Schnellfeuergewehren die Umgebung absicherten. An Flucht war nicht zu denken.

»So treffen sich alte Freunde wieder!«

Xenor blickte auf. Vor ihm, außerhalb der Umzäunung, stand Strangin. Er lächelte kalt zu Xenor herüber, unter seinen Arm hielt er eine Schockpeitsche. Er hatte sich seit der Zeit, als Xenor mit ihm zusammengearbeitet hatte, nicht verändert. Nur war seine Jägeruniform jetzt mit zwei Reihen glitzernder Orden verziert.

»Freust du dich denn nicht, mich wiederzusehen?« fragte Strangin.

»Unter diesen Umständen nicht ... Herr.«

»Aber, aber. Wir stehen doch jeder auf der Seite, die uns zusteht. Ich jedenfalls bin froh, daß es sich einrichten läßt, dich wiederzusehen. Was hast du denn gedacht, als man dich zur Seite rief? Nein, sag es nicht, es ist bestimmt etwas Haarsträubendes. Sicher bist du überrascht, daß alles nur für eine Zusammenkunft zwischen uns beiden arrangiert wurde.«

»Die Überraschung ist Ihnen geglückt, Herr.«

»Ja, das glaube ich. Nun, machen wir es kurz. Ich wollte dir nur sagen, daß du nichts anstellen sollst.«

»Ich bin froh, am Leben sein zu dürfen, Herr!«

»Sarkastisch, sarkastisch! Weiter möchte ich dir sagen, daß ich Challers Tod noch nicht vergessen habe. Er war ein guter Freund. Du hast ihn getötet. Wenn mir etwas über dich zu Ohren kommt, dann werde ich wieder mit dir sprechen. Verstehst du?«

»Ja, Herr.«

Strangin lachte. »Mach kein solches Gesicht! Wenn du nichts auf dem Kerbholz hast, brauchst du nichts zu befürchten. In gewisser Weise bin ich immer noch dein Freund. Und das will ich dir beweisen.«

Strangin schien auf eine Entgegnung zu warten, aber als Xenor nichts sagte, erklärte er: »Schau dir diese vier Kreaturen an, die da bei dir sind. Du malst dir in deiner Phantasie doch sicher aus, was Schreckliches mit ihnen geschehen wird. Sieh sie dir an und sag mir, wer dir von ihnen am sympathischsten ist. Ich will den Betreffenden freilassen.«

Xenor blickte nur kurz zu den vier Gestalten – er bereute diesen kurzen Blick. Ihre flehenden Augen, in denen die plötzlich aufkeimende Hoffnung stand, krampften ihm sein Herz zusammen. Wem sollte er den Vorzug geben? Der Frau, auf die ein hilfloses Kind wartete? Wäre das gerecht? Aber die anderen drei hingen ebenso am Leben.

»Wem also willst du die Freiheit schenken?« erkundigte sich Strangin lauernd.

Xenor begegnete den kalten Augen des Androidenjägers und sagte: »Ich bitte Sie – lassen Sie alle vier frei.«

Strangin verzog den Mund. »Du hast vielleicht Humor! Einen, habe ich gesagt.«

Xenor schüttelte entschlossen den Kopf. »Dann lieber keinen.«

»Was?« Strangin staunte. »Du überläßt alle vier einem ungewissen Schicksal, obwohl ich dir die Möglichkeit gebe, einem das Leben zu retten?«

»Ja, Herr.«

»Das ist dein Ernst?«

Xenor sagte mit Nachdruck: »Entweder Sie lassen alle vier frei oder keinen.«

»Es ist dein Ernst«, sagte Strangin verblüfft. »Ich muß sagen, daß mich das beeindruckt. Du bist weise wie Salomon. Ich freue mich auf eine Auseinandersetzung mit dir.«

»Das glaube ich, Herr«, sagte Xenor scheinbar ruhig. Aber innerlich war er angespannt, als er fragte: »Kann ich die vier Personen nun mit mir nehmen?«

Strangin lachte grölend. »Ja, nimm sie mit, sie gehören dir. Verschwinde mit ihnen!«

»... und ich habe geglaubt, jetzt würden mich die Suppressionen übermannen. So angegriffen hat mich diese Situation«, beendete Xenor seine Erzählung.

»Strangin«, murmelte Doc gedankenverloren, während er

aus einer Schale mit Nährflüssigkeit einen Streifen Zellgewebes herausnahm und Xenor auf die Stirn preßte. »Er ist der Gefährlichste von allen.«

Xenor verzog das Gesicht, als Doc seine Augenbrauen zusammenzog, bis sie einen durchlaufenden Strich bildeten, und einen neuen Zellstreifen darüberspannte.

»Gleich bin ich fertig«, murmelte Doc. »Jetzt nur noch die Backenknochen und einen schwarzen Film über die Zähne, dann erkennt Sie niemand wieder.«

Die Haut unter dem Zellgewebe begann zu jucken, und Xenor war versucht, Grimassen zu schneiden, um dem Juckreiz beizukommen.

»Jetzt dürfen Sie sich fünf Minuten nicht bewegen«, sagte Doc und verschwand.

Nach einer endlos scheinenden Zeit kam er mit zwei Jägeruniformen zurück. Er blickte auf die Uhr und schlüpfte in die eine Uniform. Als er vollständig angekleidet war, sagte er: »Jetzt können Sie Ihr Kostüm anziehen. Und dann blicken Sie einmal in den Spiegel.«

Xenor zog sich in Windeseile die Jägeruniform an. Sie paßte wie angegossen. Dann überprüfte er die Waffe. Das Magazin war gefüllt, vier weitere steckten im Gürtel.

Als er in den Spiegel sah, meinte er, ein Fremder blicke ihm daraus entgegen. Sein neues Gesicht bestand aus einer stark zurückfliehenden Stirn; die kleinen, kalten Augen lagen tief in den Höhlen, die Backenknochen und das Kinn waren stark ausgeprägt. Wenn er den Mund öffnete, zeigten sich zwei Reihen angefaulter Zähne. Kurzum: das Gesicht eines Androidenjägers, dem man besser aus dem Weg ging. Und das taten die Androiden auch, als er an der Seite von Doc auf die Straße trat; sie wichen ihnen in weitem Bogen aus.

Doc und Xenor passierten die Kontrolle beim Nordtor ohne Schwierigkeiten. Sie betraten das Hoheitsgebiet der Menschen.

Mit einem Taxigleiter flogen sie zu Dr. Peters Villa hinaus.

Das ganze Gebiet wurde von Staatspolizisten streng bewacht, am Tor zu dem riesigen Park standen Gardepolizisten. Auch sie ließen die beiden Männer in den Jägeruniformen anstandslos passieren. Trotzdem hatte Xenor ein flaues Gefühl im Magen, als sie durch den Park auf die hell erleuchtete Villa zuschritten. Er bemerkte, daß von den Spitzen zweier Fahnenmasten die Flagge Terras und die Carmatuns flatterten.

»Was hat das zu bedeuten?« erkundigte sich Xenor.

Doc sah ihn verwundert an. »Wußten Sie denn nicht, daß die terranische Prüfungskommission hier einquartiert ist?«

»Nein, das wußte ich nicht.«

Docs Blick wurde abschätzend. »Was ist mit Ihnen? Fühlen Sie sich nicht wohl?«

»Es ist nichts«, behauptete Xenor.

Er konnte nicht gut zugeben, daß ihm vor dem Wiedersehen mit Dolly bange war.

3.

Die Begegnung fiel weniger peinlich aus, als Xenor befürchtet hatte.

Dolly erwartete die Männer bereits in ihrem Zimmer. Sie öffnete ihnen selbst die Tür, nickte Doc freundlich zu und – starrte Xenor wie ein Gespenst an.

»Ist das ...?« Sie mußte sich räuspern. »Ich meine, haben Sie Xenor so verändert? Du bist doch ...?«

»Ja, ich bin«, sagte Xenor nur.

Er folgte Doc in den Raum, in dem er sich früher wie zu Hause gefühlt hatte.

Dolly lehnte jetzt an der Tür. Xenor fühlte ihren Blick auf sich ruhen. Aber er wagte nicht, diesem Blick zu begegnen. Statt dessen sah er sich in dem geschmackvoll eingerichteten

Zimmer um. Nichts hatte sich verändert, es war alles noch so, wie er es in Erinnerung hatte.

Jetzt erst entdeckte Xenor den Mann, der, halb von den Vorhängen verborgen, am Fenster stand. Er hielt ein Glas in der Hand und beobachtete ihn und Doc. Er machte den Eindruck eines Wissenschaftlers, dachte Xenor.

»Xenor.« Dollys Stimme ließ ihn zusammenzucken. »Ich habe dir einiges zu sagen. Vor allem, daß es mir schrecklich leid tut, wie ich dich damals verstoßen habe. Aber – ich war wie von Sinnen, als man mir erklärte, mein Verlobter sei ein Androide ...«

Xenor winkte mit einem schwachen Lächeln ab.

»Ich trage dir nichts nach«, sagte er. Er konnte sich in ihre Lage versetzen.

Sie war von ihrem Vater dazu erzogen worden, die Androiden wie Menschen zu behandeln. Das tat sie auch. Aber es war doch etwas anderes, die Androiden als Gesamtheit zu achten, als mit einem von ihnen verlobt zu sein. Dazu gehörte eine große Portion Selbstüberwindung, die nicht jeder aufbringen konnte. Dolly war dazu nicht in der Lage. Und als sie dann noch erfahren hatte, daß man Xenor verdächtigte, ihren Vater ermordet zu haben, begann sie ihn und alle Androiden zu hassen.

»Ich habe die Wahrheit entdeckt«, sagte sie und überreichte Xenor eine Aktenmappe. »Da drinnen steht es schwarz auf weiß, daß Haskar Raims den Befehl dazu gegeben hatte, Vater zu töten.«

Doc nahm Xenor die Aktenmappe ab. »Woher haben Sie die Unterlagen?« wollte er wissen.

»Ich habe sie im Archiv des ISH gefunden«, antwortete Dolly.

»Du arbeitest bei den Androidenjägern?« fragte Xenor.

Dolly schüttelte den Kopf. »Jetzt nicht mehr. Als ich diese Dokumente fand, erkannte ich, welchen Fehler ich begangen hatte. Ich wandte mich an Professor Stuiff um Rat, und er versprach, mich mit den Mitgliedern der OWAG zusammenzubringen. Als ich hörte, daß du zu dieser Untergrundbewegung gehörst, wollte ich dich unbedingt sehen. Ich wollte dir zumindest sagen, daß ...«

»Schon gut, Dolly«, unterbrach Xenor sie. Er blickte zu dem unscheinbaren Mann im Hintergrund. »Sind Sie Professor Stuiff?«

»Jawohl, junger Mann, der bin ich.« Der Professor trat mit einigen energischen Schritten in den Raum hinein.

Dolly erinnerte sich daran, daß sie die Männer noch nicht miteinander bekannt gemacht hatte, und wollte es nachholen. Aber Professor Stuiff schnitt ihr mit einer energischen Handbewegung das Wort ab.

»Wir können uns Floskeln ersparen«, sagte er mit herrischer Stimme. »Schließlich sind wir keine Salonlöwen, die banale Höflichkeiten austauschen, sondern wir sind Menschen mit Geist, inneren Werten und hehren Zielen.«

Er baute sich angriffslustig vor Xenor auf und sagte: »Jawohl, wir sind Menschen. Doc, Sie – alle Androiden sind Menschen. Haben Sie verstanden? Menschen seid ihr!«

Xenor starrte den Professor ungläubig an.

Professor Stuiff schritt hin und her, während er weitersprach.

»Ihr Androiden habt überhaupt keine Ahnung, was alles in euch steckt. Ich könnte brüllen vor Wut und ohnmächtigem Zorn, wenn ich daran denke, daß Millionen von Geschöpfen, die die Elite der Menschheit sein könnten, in den Slums dahinvegetieren. Das ist der größte Schandfleck des Homo sapiens. Und wenn wir nicht selbst die Achtung vor uns verlieren wollen, müssen wir diese Zustände ändern. Wir müssen dafür kämpfen, daß die Androiden den ihnen gebührenden Platz innerhalb der menschlichen Zivilisation einnehmen.«

Doc erklärte: »Professor Stuiff ist einer der tatkräftigsten

Mitarbeiter der OWAG. Kampf für die Gleichberechtigung der Androiden ist für ihn mehr als ein Slogan.«

»Pah, Gleichberechtigung«, schimpfte der Professor. »Sind Androiden nun nach speziellen Gesichtspunkten gezüchtete Menschen oder nicht? Wir alle wissen, daß sie das sind. Sie sind eine Elite, wie sie die Natur nicht in hunderttausend Jahren hervorbringen könnte. Jedes dieser Retortengeschöpfe ist geistig hochstehender als zehn Menschen zusammengenommen. Warum erkennen wir das nicht an? Warum erheben wir sie nicht zu unseren Idolen, die uns arme Geborene führen und lenken sollen?«

Professor Stuiff sah Doc streitlustig an.

Doc sagte: »Wir wären schon froh, wenn man uns in Frieden leben ließe. Das, was Sie vorschlagen, wollen wir gar nicht.«

Der Professor wandte sich jetzt an Xenor. »Ich werde Ihnen einiges erklären, junger Mann. Sie scheinen mir so unwissend und verblüfft, daß ich herausgefordert werde, Ihnen die Augen zu öffnen.«

Xenor murmelte: »Ich kann es nicht fassen, daß wir Menschen sein sollen.«

»Was ist daran denn verwunderlich?« rief der Professor. »Sehen Sie sich an. Was unterscheidet Sie denn von jenen, die sich selbst als Menschen bezeichnen und Sie abfällig einen Androiden nennen? Nichts, rein gar nichts, und die kleinen Unterschiede wirken sich nur positiv für Sie aus. Sie sind nämlich kein vom Menschen künstlich erschaffenes Geschöpf, sondern ein Geschöpf Gottes. Der Mensch ist nicht in der Lage, synthetisches Leben zu erschaffen, das wird er nie sein. Wir Biochemiker lassen uns gern als Menschenmacher bezeichnen, wir schufen auch Menschen in der Retorte, aber wir verwendeten dieselben Grundstoffe, aus denen auch wir geschaffen sind.

Ich wurde im Mutterleib geboren, schön. Deshalb besitze ich einen Nabel. Oh, wie stolz ich darauf sein kann! Es ist ein herrliches Gefühl, einen Nabel zu besitzen, das können Sie mir glauben, junger Mann.«

»Immerhin«, warf Doc ein, »er ist das Privileg für ein Leben im Wohlstand.«

»Warten Sie nur ab, Doc«, sagte Professor Stuiff. »Bald wird es umgekehrt sein. Darauf arbeiten wir hin. Wir werden dieses Ziel erreichen.

Worauf können die geborenen Menschen denn stolz sein? Darauf, daß sie neun Monate brauchen, um überhaupt erst ans Tageslicht zu dürfen? Darauf vielleicht, daß sie zwanzig Jahre brauchen, um ein halbwegs ausgereiftes Intelligenzwesen zu werden? Oder gar darauf, daß sie mit vierzig sagen können: Jetzt beginne ich zu ahnen, was Leben ist? Und dann ahnt diese Kreatur vierzig weitere Jahre lang, was Leben sein könnte, und stirbt dann.

Nein, Doc, darauf können die Geborenen nicht stolz sein. Sie haben nicht das mindeste Recht, die Androiden zu jagen.«

Doc wiegte den Kopf. »Wenn man Sie so reden hört, Professor, kommt man zu der Meinung, daß Sie lieber die Menschen in Gettos eingeschlossen sähen.«

»Es wäre gerechter! Aber so kraß braucht es nicht zu werden. Wir haben bei unserem letzten Symposium auf Terra einen Fünfzig-Jahre-Plan ausgearbeitet, der eine stufenweise Dezimierung der Geburten und im gleichen Maße eine Steigerung von Retortenmenschen vorsieht. In fünfzig Jahren, Doc, haben wir dann eine geistig hochstehende Menschheit, wie Sie es sich in Ihren kühnsten Träumen nicht vorstellen können. Wir haben dann die Willkür der Natur besiegt, es gibt nur noch Wunschmenschen.

Wir können den Retortenwesen praktisch alle Erbanlagen und andere Informationen injizieren. Wir können eine Generation schaffen, die doppelt oder dreimal so große Gehirne hat wie wir. Wir können Menschen von wahrlich riesenhafter Gestalt ins Leben rufen oder auch Zwerge, wenn uns danach ist.

Uns sind keine Grenzen gesetzt.«

Professor Stuiff beendete seinen Vortrag erschöpft. Er ging

zu einer Kommode, goß sich ein Erfrischungsgetränk in sein Glas und stürzte es auf einmal hinunter.

Er wandte sich an seine drei schweigsamen Zuhörer: »Ich habe nur ein skizzenhaftes Bild entworfen. Aber geht es Ihnen nicht trotzdem wie allen anderen – sind Sie beeindruckt?«

»Erschüttert«, murmelte Xenor. »Ich bin erschüttert.«

»Aber leider«, sprach der Professor weiter, »haben wir durch die Vorkommnisse auf Carmatun einen argen Rückschlag erlitten. Niemand konnte vorausahnen, daß sich die Menschen so vehement gegen die Retortenwesen stellen würden.«

»Ich kann sie beinahe verstehen«, meinte Doc. »Ich kann es verstehen, daß sie eine instinktive Angst vor uns haben.«

»Instinktive Angst«, sagte der Biochemiker abfällig. »Das ist nur die von diesem Haskar Raims gesteuerte Anti-Androiden-Propaganda. Aber ich sage Ihnen, wir sitzen am längeren Hebel. Früher oder später bekommen wir für euch Androiden die Gleichberechtigung, danach werden wir euch über die Geborenen erheben. Das ist die beste Propaganda für den Retortenmenschen. Und spätestens in einem Jahr können wir mit der ersten Phase unseres Fünfzig-Jahre-Planes beginnen.«

Das alles habe ich nicht gewußt, dachte Xenor. *Wenn das alles wahr werden sollte, was dieser Menschenmacher prophezeit, dann möchte ich lieber tot sein oder das Leben in den Slums weiterführen, statt weiterhin für die Gleichberechtigung zu kämpfen.*

Professor Stuiffs Erregung war abgeklungen, er hatte wieder in die Wirklichkeit zurückgefunden.

»Es tut mir leid, wenn ich Sie durch meine Ausführungen schockiert habe, Dolly«, sagte er gedämpft. »Aber wenn die Menschheit nicht stagnieren soll, dann müssen wir zu umwälzenden Neuerungen schreiten.«

»Die Menschheit muß einen hohen Preis für unsere Gleichberechtigung zahlen«, sagte Xenor und blickte den Professor an.

»Sie haben jetzt bereits Gewissensbisse, junger Mann?« Der Biochemiker lachte spöttisch. »Nun, ich werde Sie Ihre Skrupel vergessen lassen. Ich werde Ihnen zeigen, wie die Geborenen den Existenzkampf führen. Und dann werden Sie sehen, daß sie nicht berechtigt sind, sich als das höchste Geschöpf in diesem Universum zu bezeichnen. Kommen Sie mit.«

»Wohin will er uns führen?« wandte sich Xenor an Dolly.

Ihre Lippen in dem blassen Gesicht waren zu einem schmalen Strich zusammengepreßt. Als sie sprach, klang ihre Stimme verloren.

»Im großen Salon der Villa finden die Verhandlungen zwischen der terranischen Delegation und der Regierung Carmatuns statt. Es soll eine Lösung in der Androidenfrage gefunden werden.«

»Stimmt«, pflichtete Professor Stuiff bei. »Sie werden sich selbst davon überzeugen können, welcher Mittel sich der Homo sapiens in seinem Existenzkampf bedient.«

Aber bald darauf wurde Xenor auf drastische Weise darauf aufmerksam gemacht, daß sich Professor Stuiffs Visionen doch sehr von der Wirklichkeit unterschieden.

4.

Während des Weges zum großen Salon erklärte Professor Stuiff in überraschend nüchternem Ton, wie die Verhandlungen vor sich gingen.

Die terranische Delegation zählte etwa hundert Köpfe, aber nur fünf von ihnen gehörten der terranischen Regierung an und waren mit Vollmachten ausgestattet; der Rest setzte sich aus Juristen, Wissenschaftlern und anderen Experten in

Androidenfragen zusammen. Professor Stuiff gehörte zu den wissenschaftlichen Beiräten. Deshalb konnte er der Verhandlung beiwohnen, und niemand hatte etwas gegen die beiden Androidenjäger in seiner Begleitung einzuwenden. Dolly, als Gastgeberin, die darüber hinaus immer noch als offizielle Mitarbeiterin des ISH galt, konnte den großen Salon ebenfalls ungehindert betreten.

»Jetzt trennen sich unsere Wege«, raunte Professor Stuiff Doc zu. »Wir bleiben wie bisher miteinander in Verbindung. Sollten sich in nächster Zeit unerwartet schwerwiegende Probleme ergeben, wenden Sie sich vertrauensvoll an Elmer Laudernik von der terranischen Delegation.«

Damit verschwand der Biochemiker zwischen den Sitzreihen.

»Wir erregen bereits Aufsehen«, stellte Dolly fest und drängte die beiden Androiden zu einer Reihe mit einigen freien Plätzen.

Doc und Xenor ließen sich darauf nieder, Dolly folgte kurz darauf ihrem Beispiel.

»Das hier«, sagte Doc und klopfte auf die Mappe mit dem Beweismaterial gegen Haskar Raims, »ist der brisanteste Stoff, den wir je gegen Androidenjäger in der Hand hatten.«

»Warum hat der Professor dieses Material uns überlassen?« fragte Xenor verwundert. Er wandte sich an Dolly. »Warum hast du es nicht einem der terranischen Bevollmächtigten zugespielt?«

»Die können damit nichts anfangen, ihnen sind die Hände gebunden«, antwortete sie. »Du wirst noch rechtzeitig erfahren, wieso.«

»Wieso?« fragte Xenor geradeheraus.

Dolly zuckte nur die Schultern.

»Wir werden die Beweise gegen Haskar Raims richtig verwerten«, versicherte Doc.

Xenor versuchte, sich auf die Geschehnisse am Verhandlungstisch zu konzentrieren.

Der grüne Tisch, an dem die Verhandlungspartner saßen, stand in der Mitte des Salons, rundherum waren die Sitzreihen angeordnet, in denen die wissenschaftlichen und juristischen Beiräte als stille Beobachter saßen. Am grünen Tisch erblickte Xenor den Präsidenten von Carmatun und einige bekannte Politiker. Ihnen gegenüber saßen die fünf terranischen Bevollmächtigten.

Im Augenblick herrschte am grünen Tisch Schweigen, die Männer schoben einander Dokumente zu, die sie flüchtig durchlasen, manchmal mit einer Notiz versahen und dann wieder weitergaben.

»Was halten Sie von der Projektionswand, Xenor?« fragte Doc gedämpft.

Xenor blickte zu der einen Wand, über die eine drei mal fünf Meter große weiße Kunststoff-Fläche gespannt war. Davor hatte man einen Visiphonprojektor aufgestellt.

»Ich weiß nicht«, gestand Xenor. »Aber irgendwie habe ich das Gefühl, daß damit ein Schlag gegen uns geführt werden soll.«

»Dasselbe Gefühl habe ich auch.«

Am grünen Tisch wurde es plötzlich unruhig, die Vertreter beider Parteien sahen zu einem Mann auf, der an ihren Tisch getreten war. Xenor fühlte, wie eine eisige Hand nach seinem Herzen griff, als er den Mann erkannte.

Er war groß, hatte lange, dünne Beine und einen viel zu kurzen Oberkörper. Sein Gesicht war entstellt: Haskar Raims, der verwachsene Mann, der die Androidenjäger anführte.

Er lächelte schief, als er sich an die terranischen Delegierten wandte.

»Meine Herren«, begann Haskar Raims, »ich möchte Ihnen einen Film zeigen, den meine Agenten vor nicht viel mehr als zehn Stunden aufgenommen haben. Dieser Film ist authentisch, keine einzige Szene ist gestellt. Die Agierenden – eine wilde Horde – sind Androiden. Ich danke für Ihre Aufmerksamkeit.«

Das Licht erlosch, und gleichzeitig erhellte sich die Projektorwand. Aus den Lautsprechern erklang ein wüstes Gebrüll.

Eine Großaufnahme zeigte einige wutverzerrte Gesichter von Männern, die bunte Tücher um ihre Stirnen gebunden hatten. Einige befreiten sich von den Stirntüchern und schwenkten sie wild durch die Luft, dadurch wurden die Registriernummern sichtbar.

Das Bild wechselte und zeigte eine Totalaufnahme eines unterirdischen Gewölbes. Eine unübersehbare Menge von Androiden hatte sich darin versammelt und drängte sich um ein improvisiertes Rednerpult. Darauf befand sich ein von Suppressor-Feldern geschützter Mann, der die Massen mit fanatischen Tiraden überschüttete.

»Wir erheben uns gegen unsere Unterdrücker, bis sie in dem Sumpf versinken, den sie uns zugedacht haben. Wir werden den Menschen zeigen, welche Geschöpfe wertvoller sind. Wir werden sie unsere Kraft spüren lassen, die sie uns bei der Erschaffung mitgegeben haben ...«

Großaufnahmen. Wutverzerrte Gesichter. Gereckte Fäuste. Registriernummern auf verschwitzten Stirnen. Schreiende Münder. Vor Erregung zuckende Gestalten. Ekstase. Haß. Haß gegen die Menschheit.

Drei weitere Gestalten kamen auf das Podium. Auch sie waren in Suppressor-Felder gehüllt ...

Xenor zitterte am ganzen Körper. Er hatte es geahnt, daß diese Massenversammlung in dem Wasserreservoir schlimme Folgen haben würde. Er hatte gewußt, daß Migals Haß zur Vernichtung führen mußte. Aber er hatte nicht im Traum daran gedacht, daß diese Demonstration von den Androidenjägern inszeniert worden war, um eine legale Handhabe für ein hartes Durchgreifen gegen die Androiden zu bekommen.

Jetzt erkannte Xenor voll die schreckliche Wahrheit. Die Androidenjäger mußten die Kameras im Wasserreservoir schon vor der Versammlung aufgebaut haben. Eine raffiniert ausgeklügelte Falle, in die die Androiden blindlings hineingetappt waren. Und wenn Xenor noch gezweifelt hatte, daß Migal ein gemeiner Verräter war, so erhielt er jetzt den Beweis dafür.

Migal schaltete die Suppressor-Felder ab – scheinbar, um das Vertrauen seiner Anhänger zu belohnen. Migal unterschied sich durch nichts von den anderen Androiden. Von seiner Stirn leuchtete die Registriernummer.

Aber Migal hatte Strangins Gesicht ...

»Ich hätte ihn an der Stimme erkennen sollen«, murmelte Xenor immer wieder vor sich hin. »Warum habe ich ihn nicht an der Stimme erkannt?«

»Er hat bei seiner Verkleidung eben an alles gedacht«, versuchte Doc ihn zu beruhigen. »Außerdem nützen uns jetzt Ihre Selbstvorwürfe sehr wenig. Der Schaden ist angerichtet.«

»Er hat dreitausend Lebewesen kaltblütig in den Untergang gerissen«, murmelte Xenor fassungslos vor sich hin. »Was für ein Teufel!«

»Gegen Haskar Raims ist er harmlos«, fügte Doc bitter hinzu.

»Er hat ihre Not ausgenützt, hat sich ihrer verzweifelten Lage bedient, ihren Haß geschürt ...«

Das Licht ging an.

Haskar Raims stand wieder am grünen Tisch.

»Die Delegierten Terras werden nun wohl verstehen«, sagte er, »daß wir unter diesen Umständen eine Führung durch die Slums vom Programm streichen müssen. Ich kann Sie in einer Hinsicht zwar beruhigen. Wir haben den Aufstand der Androiden gegen das ISH zerschlagen, und die anderen, die Sie bei dieser Haßorgie beobachten durften, wurden auf die schwarze Liste gesetzt. Aber trotzdem dürfen wir kein Risiko eingehen.«

Haskar Raims verbeugte sich vor den Männern am grünen Tisch.

Der Sprecher der terranischen Delegierten erhob sich.

»Wahrscheinlich müssen wir den Androidenjägern für ihr

schnelles und tapferes Einschreiten dankbar sein«, sagte er. »Doch kann ich nicht umhin zu erwähnen, daß diese Aktion einen bitteren Beigeschmack von Intrige für mich hat. Wie dem auch sei, wir, die terranischen Prüfungskommissare, betrachten durch diese Vorgänge unsere Mission, eine schnelle Lösung der Androidenfrage zu finden, als gescheitert. Wir werden nach Terra zurückkehren. Ich möchte die Verhandlungen als beendet ansehen.«

Die anderen terranischen Delegierten erhoben sich ebenfalls von ihren Plätzen.

Haskar Raims hob die Hand, um die Aufmerksamkeit wieder auf sich zu lenken.

»Einen Augenblick noch, bitte«, verlangte er. »Ich habe soeben erfahren, daß es Mitgliedern der Androidenbewegung OWAG gelungen ist, sich hier einzuschleichen, obwohl wir alle nur erdenklichen Sicherheitsvorkehrungen getroffen haben. Sie sehen daran, wie gefährlich diese Rebellen sind. Aber es besteht dennoch kein Grund zur Aufregung. Es kann nicht lange dauern, bis meine Leute wieder Herr der Lage sind und die Spione verhaftet haben. Ich möchte Sie nur alle um Verständnis für einige Maßnahmen bitten. Niemand darf das Gelände verlassen. Weiter möchte ich alle, vornehmlich aber die Herren von der terranischen Delegation, ersuchen, meine Leute nicht an der Durchführung ihrer Pflichten zu hindern.«

Unter den Versammelten kam es zu einer panikartigen Flucht aus dem Salon.

»Ihr müßt versuchen, in dem allgemeinen Durcheinander aus der Villa zu flüchten«, schlug Dolly vor. »Vielleicht gelingt es euch, einen der im Park gelandeten Gleiter zu stehlen.«

Xenor rührte sich nicht vom Fleck. »Doc soll allein flüchten«, sagte er.

»Und Sie, was soll aus Ihnen werden?« erkundigte sich Doc.

»Ich bleibe hier und werde versuchen, mit Elmer Laudernik in Verbindung zu treten.«

»Das wäre Wahnsinn!« stellte Doc fest. »Außerdem könnte er jetzt auch nicht mehr helfen.«

»Vielleicht doch. Wenn ich ihm die Situation erkläre, kann er die anderen Delegierten vielleicht umstimmen, doch noch auf Carmatun zu bleiben. Verstehen Sie doch, Doc. Da sind Leute, Menschen, die sich für unsere Probleme interessieren, die uns helfen möchten. Und durch einen Schachzug Haskar Raims' wollen sie unverrichteter Dinge wieder fortgehen. Die terranischen Delegierten sind unsere einzige Chance, und wer weiß, ob wir eine zweite Chance bekommen. Ich kann diese Gelegenheit nicht ungenützt verstreichen lassen.«

»Wir haben immer noch das Raumschiff, mit dem wir nach Terra fliegen können«, erinnerte Doc. »Davon verspreche ich mir mehr.«

»Bringen Sie sich in Sicherheit, Doc!« verlangte Xenor. »Ich gehe von hier nicht fort, bevor ich nicht Elmer Laudernik gesprochen habe. Und – falls ich nicht zurückkomme, sorgen Sie bitte für Barbara.«

Doc sah ein, daß er Xenor von seinem Vorhaben nicht abbringen konnte. Er reichte ihm die Hand.

»Viel Glück, Xenor. Ich hoffe, wir werden uns im Raumschiff wiedersehen. Sie wissen ja, auf welchem Planquadrat es steht.«

»Natürlich, Doc. Und vergessen Sie nicht, Barbara mitzubringen.«

Doc lächelte. »Das ist alles beschlossen.«

Er drehte sich schnell um und verließ den Salon.

Dolly fragte: »Ist Barbara deine ...?«

»Ja. Wir sind verheiratet – wenn auch nicht nach menschlichem Recht. Babs erwartet ein Kind ... Kannst du mir den Weg zu Elmer Lauderniks Zimmer zeigen?«

5.

Auf dem Weg zu dem Trakt, in dem die terranischen Delegierten Quartier bezogen hatten, begegneten ihnen einige Male Androidenjäger. Sie beachteten Xenor kaum, weil sie annehmen mußten, daß er einer der Ihren war.

»Wo kommen die nur alle so plötzlich her?« fragte Xenor verwundert.

Dolly warf ihm einen besorgten Blick zu. »Ich fürchte, Haskar Raims hat sich seit einiger Zeit auf diese Razzia vorbereitet.«

»Das würde dann aber bedeuten«, sagte Xenor, »daß er es nicht auf Doc und mich abgesehen hat. Denn Migal alias Strangin wußte nichts von diesem Einsatz. Möglicherweise gibt es noch eine zweite Untergrundbewegung, von der wir nichts wissen.«

Dolly hielt vor einer schweren, holzgetäfelten Tür.

»Wir sind da«, stellte sie fest und klopfte.

Xenor räusperte sich. »Ich danke dir für alles, was du getan hast, Dolly.«

»Ich werde noch mehr tun, Xenor«, versicherte sie.

»Ich danke dir«, sagte Xenor nochmals. »Aber um deiner Sicherheit willen wäre es besser, wenn du mich nun allein ließest.«

Sie nickte wortlos. Dann wandte sie sich um und schritt den Korridor hinunter.

»Haben Sie an meiner Tür geklopft?«

Xenor fuhr herum. Ein Mann stand in der halboffenen Tür und betrachtete ihn leicht amüsiert – beinahe überheblich.

»Ja, das war ich, Sir«, stotterte Xenor. »Sind Sie Elmer Laudernik?«

»Der bin ich.« Die klugen, stechenden Augen des kahlköpfigen Mannes glitten oberflächlich über Xenors Jägeruniform. »Ich nehme an, Raims hat Sie geschickt.«

Xenor blickte sich nervös um.

»Darf ich eintreten, Sir?«

»Bitte.« Der Kahlköpfige stieß den Türflügel ganz auf und trat zur Seite. »Wenn Sie mich unbedingt belästigen müssen! Wollen Sie mir Fragen stellen oder nur meine Räumlichkeiten durchsuchen?«

Xenor trat schnell ein und drückte die Tür hinter sich ins Schloß. »Weder das eine noch das andere, Sir«, sagte er und fügte rasch hinzu: »Ich bin der Androide, nach dem Haskar Raims aller Wahrscheinlichkeit fahndet. Mein Aussehen und die Uniform sind nur Tarnung. Ich mußte mich dieser Tarnung bedienen, um mir in Doktor Peters Villa Zutritt zu verschaffen. Ich weiß, daß ich Sie durch meine Anwesenheit in größte Gefahr bringe. Aber ich habe die letzte Phase der Verhandlungen mitverfolgt. Als ich erfuhr, daß die terranische Delegation unverzüglich nach Terra zurückkehren will, habe ich mich zu diesem Schritt entschlossen.«

Elmer Laudernik lächelte schwach. »Ich glaube, durch Ihre Anwesenheit hier bringen Sie sich höchstens selbst in Gefahr. Soviel ich weiß, kann die Exekutive von Carmatun recht hart durchgreifen, wenn ein Androide aus den Reservationen ausbricht. Ich frage mich, warum Sie dieses Risiko eingingen.«

»Ich würde jedes Risiko eingehen, um mich für einige Minuten mit Ihnen unterhalten zu können«, sagte Xenor leidenschaftlich.

»Mit mir? Ausgerechnet mit mir?«

»Ja, denn ich gehöre ebenfalls der OWAG an. Professor Stuiff hat mich an Sie verwiesen.«

Elmer Laudernik ließ sich nicht anmerken, ob ihn Xenors Worte beeindruckten. Er schritt langsam durch den Raum, machte vor einem Wandschrank halt, öffnete eine Klappe und entnahm aus der dahinterliegenden Bar eine Flasche und zwei Gläser.

Xenor sagte eindringlich: »Ich bin im Namen aller Androiden Carmatuns hier, um Sie zu bitten, diesen Planeten nicht zu verlassen, bevor Sie unsere Situation nicht eingehend geprüft haben.«

»Sie wissen, worauf unsere plötzliche Abreise zurückzuführen ist«, sagte Elmer Laudernik.

»Ich weiß es«, bestätigte Xenor. »Haskar Raims wollte den Anschein erwecken, daß eine Inspektion in den Slums für Menschen viel zu gefährlich wäre. Und das ist ihm vortrefflich gelungen.«

»Wollen Sie behaupten, daß es keine Androiden waren, die das Institut für Synthetische Humanoide überfielen?«

»Doch, es waren Androiden«, gab Xenor zu. »Aber nicht einer aus der OWAG hat sie angeführt, sondern ein als Androide verkleideter Androidenjäger.«

»Das ist eine schwerwiegende Anschuldigung.«

»Ich kann sie beweisen. Verlangen Sie von Raims, daß er Sie dem Androidenjäger Strangin gegenüberstellt. Er ist der Schuldige, er hat sich als Androide verkleidet und den Überfall organisiert.«

Elmer Laudernik seufzte. Er kam mit den beiden gefüllten Gläsern zurück und reichte eines davon Xenor.

Xenor zögerte, aber dann ergriff er das Glas und stürzte den Inhalt auf einmal hinunter. Der Alkohol brannte heiß in seiner Kehle.

Er atmete tief ein.

»Sie sind scharfe Getränke wohl nicht gewohnt?« fragte Laudernik.

»Stimmt, Sir«, antwortete Xenor. »In den Slums gibt es diesen Luxus nicht. Man stellt keine großen Ansprüche und ist froh, wenn man wenigstens etwas zu essen bekommt.«

»Können Sie mir die Situation in den Slums mit einigen Worten skizzieren?«

Xenor versuchte es. Er schilderte die Raumnot, erwähnte das Fehlen von sanitären Anlagen, den Mangel an Medikamenten und Nahrung und nannte die hohe Sterberate.

»Erschütternd«, stellte Laudernik fest, als Xenor geendet

hatte. »Wenn das alles wahr ist, dann hat uns Raims vollkommen falsche Berichte übersandt. Wir haben geahnt, daß er die Lage beschönigt, deshalb wurde diese Prüfungskommission ins Leben gerufen. Aber wie traurig es wirklich aussieht, davon konnten wir uns kein Bild machen.«

»Sie müssen die Slums selbst sehen, um zu wissen, unter welchen menschenunwürdigen Verhältnissen wir leben müssen.«

»Ich glaube Ihnen auch so«, versicherte Elmer Laudernik.

Xenor spürte, wie es ihm die Kehle zuschnürte.

»Dann ... soll das heißen, daß Sie den Slums doch keinen Besuch abstatten werden?«

»Das soll es heißen – leider«, gab Laudernik leise zu.

»Aber was soll ich den Hunderttausenden sagen, die auf eine Intervention Terras gehofft haben? Wir alle haben den Terror der letzten Tage nur deshalb ertragen, weil wir auf Ihre Hilfe gehofft haben. Es war bisher schon schrecklich genug, aber nachdem Raims diesen Sieg errungen hat, wird er auch noch seine letzten Hemmungen abstreifen. Es kann das Ende sein.«

Laudernik sagte beruhigend: »Selbst Raims kann die elementarsten Humanitätsgesetze nicht mit Füßen treten. Auch für ihn gibt es eine Grenze.«

»Sich darauf zu verlassen wäre Selbstmord«, stellte Xenor bitter fest. »Meine Brüder und Schwestern kann ich damit nicht beruhigen. Was also kann ich ihnen geben, woran sie sich klammern können? Dürfen sie denn noch hoffen?«

»Sie dürfen«, versicherte Laudernik. »Sie müssen sich nur noch etwas in Geduld üben. Wir alle müssen geduldig sein.«

»Wer im Wohlstand lebt, kann leicht geduldig sein«, meinte Xenor sarkastisch. »Ich werde also in die Slums zurückgehen und alle, die weiterhin auf eine Gleichberechtigung hoffen wollen, dazu auffordern, ihre Sinne abzuschalten und sich das Essen abzugewöhnen.«

Laudernik legte ihm die Hand auf die Schulter. »Sie können Ihren Brüdern und Schwestern sagen, daß Terra ihnen einen Planeten geschenkt hätte, wenn der Überfall auf das ISH nicht gewesen wäre.«

»Einen ... ganzen Planeten? Nur für uns Androiden?«

Laudernik wies auf einen Sessel. »Setzen Sie sich«, forderte er Xenor auf. »Ich will Ihnen die Unterlagen über das Geheimprojekt *Exodus* zeigen. Wenn Sie den Evakuierungsplan erst kennen, werden Sie einsehen, daß es sich lohnt, noch einige Zeit in den Slums auszuharren. Lange kann es nicht mehr dauern, bis auch Raims nachgeben wird. Die Regierungen vieler Planeten mußten schon einsehen, daß es gegen die Menschlichkeit geht, sich der Gleichberechtigung zu widersetzen. Auf diesen Welten hat sich die Lage bereits normalisiert.

Freilich können wir von keiner Regierung verlangen, daß sie die Androiden mit den Gütern beschenkt, die die Geborenen in jahrhundertelanger Arbeit mühsam erworben haben. Die Pioniere, die der Natur unter schwersten Bedingungen Boden abgewonnen haben, wollen ihn behalten.

Die Androiden kamen aus dem Nichts, aus der Retorte, sie sind ohne Heimat, ohne Gut. Niemand möchte ihnen etwas schenken, alle haben Angst, die Androiden könnten ihnen etwas stehlen. Aber wer von den Milliarden ängstlichen Menschen könnte etwas dagegen haben, wenn sich die Androiden ihre eigene Heimat und ihren eigenen Wohlstand aufbauten! Wäre es nicht die ideale Lösung, wenn sich die Retortenmenschen selbständig machten und sich ihre eigene Welt aufbauten?«

Xenor starrte den terranischen Delegierten fasziniert an. Was für eine Vision: ein Planet, ganz allein für das heimatlose, verstoßene Volk der Androiden. Es klang wie ein Traum.

»Wie heißt dieser Planet?« fragte Xenor.

»Forgid.«

»Forgid«, murmelte Xenor fast ehrfürchtig. »Wo liegt er?«

»Außerhalb des menschlichen Imperiums«, antwortete

Laudernik. »Er wurde während des Krieges gegen die Shooks entdeckt. Ein dort stationiertes Wissenschaftlerteam, das die Lebensbedingungen zu überprüfen hat, versicherte in einem ersten Gutachten, daß der Planet für Menschen bewohnbar sei. Allerdings ist es keine Welt für Müßiggang, es bedarf harter Arbeit, um den Boden urbar zu machen und ihm Früchte abzugewinnen.«

»Überall ist das Leben bestimmt erträglicher als in den Gettos von Carmatun. Und erst auf einem eigenen Planeten ... Ich kann es ganz einfach nicht fassen. Wann werden wir ihn besiedeln können?«

»Theoretisch gehört Forgid bereits den Androiden«, sagte Laudernik. »Diese Dokumente hier bestätigen, daß Terra sämtliche Rechte über diesen Planeten auf die Retortenmenschen übertragen hat. Es besteht auch bereits eine Verfassung, die von Androiden geprüft und gutgeheißen wurde. Raumschiffe stehen bereit, um die Emigranten zu ihrer neuen Heimat zu bringen. In den terranischen Silos ...«

»Entschuldigen Sie, Sir, wenn ich Sie unterbreche«, sagte Xenor. »Aber ich bin viel zu erregt, um diese Details behalten zu können. Ich möchte vielmehr wissen, wann wir Androiden von Carmatun damit rechnen können, Forgid zu besiedeln.«

»Das hängt nicht von Terra, sondern von der Regierung Carmatuns und den Androidenjägern ab. Aber ich hoffe, daß in einem halben Jahr ...«

»Ein halbes Jahr noch?« Xenor sprang auf. »Ein halbes Jahr! Das werden viele von uns nicht durchstehen. Warum nur soll es noch so lange dauern, wenn wir theoretisch schon jetzt auswandern könnten?«

Xenor erwartete von Laudernik wieder irgendeine fadenscheinige Begründung für diese lange Wartezeit, und er stellte sich darauf ein. Aber falls Laudernik die Absicht gehabt hatte, eine Ausrede für die zögernde Handlungsweise Terras vorzubringen, so kam er jedenfalls nicht mehr dazu.

Denn es pochte an die Tür.

Und eine befehlsgewohnte Stimme verlangte: »Aufmachen, Androidenpolizei!«

Xenor zog instinktiv die Waffe und richtete sie gegen die Tür.

»Nur nicht die Fassung verlieren«, mahnte Laudernik. Er raffte die Unterlagen vom Tisch zusammen und drückte sie Xenor in die Hand.

»Die haben es auf diese Papiere abgesehen. Verstecken Sie sie gut. Richten Sie die Waffe auf mich und tun Sie, als hätten Sie mich unter Druck gesetzt.«

»Aber ...«

»Glauben Sie mir, ich weiß, warum ich so handle. Wenn mir etwas zustoßen sollte, dann sorgen Sie dafür, daß die OWAG diese Papiere richtig anwendet. Sie wissen, was auf dem Spiel steht.«

»Die werden nicht wagen, Sie auch nur anzurühren«, sagte Xenor überzeugt.

»Wir werden sehen«, meinte Laudernik nur. Er war die Ruhe selbst. »Sie müssen sich mit den Papieren jedenfalls in Sicherheit bringen.«

Elmer Laudernik hatte kaum ausgesprochen, als auf dem Korridor Schüsse krachten. Gleich darauf zersplitterte Holz, und das Schloß barst.

»Empfangen Sie Ihre Kameraden mit der nötigen Kaltschnäuzigkeit«, riet Laudernik.

»Keine Bange, ich weiß, wie sich ein Androidenjäger in dieser Situation zu verhalten hat«, versicherte Xenor.

Die Tür wurde eingetreten, und – Xenor traute seinen Augen nicht – Strangin stand im Türrahmen.

Er zeigte sein sadistisches Lächeln, die Waffe lag wie spielerisch in seiner Hand. Aber das Lächeln verschwand, die Pistole schwenkte unschlüssig, als er Xenor erblickte. Er mußte wohl annehmen, daß er einen Kollegen vor sich hatte, doch schien es ihn zu irritieren, daß jemand vor ihm in die Räumlichkeiten Lauderniks eingedrungen war.

»Wohl Spätzündung gehabt, Strangin«, sagte Xenor. »Ich war schneller am Drücker, deshalb gehört dieser Bursche mir.«

Strangin war nicht länger mehr unschlüssig. Er richtete die Waffe auf Laudernik und kam mit wiegenden Schritten näher.

»Nichts da«, sagte er abfällig. »Der gehört weder dir noch mir. Raims braucht ihn. Nicht unbedingt lebend. Er möchte nur gewisse Papiere haben.«

Laudernik wich nicht zurück, obwohl Strangin ganz nahe an ihn herangetreten war.

Gelassen sagte er: »Wenn Sie mich zum Gebäude der terranischen Botschaft begleiten wollen, können wir dort über jede Art von Papieren sprechen.«

Strangin machte eine blitzschnelle Bewegung mit der Hand. Laudernik krümmte sich zusammen, aber er blieb auf den Beinen.

»Wir werden uns unterhalten, wie ich will«, knurrte Strangin. Er feuerte mit beiden Fäusten eine Reihe von kurzen Schlägen gegen Laudernik ab.

»Genug, Strangin!« rief Xenor.

Strangins Rücken versteifte sich, und er ließ von Laudernik ab, der zu Boden fiel.

Ohne sich umzudrehen, sagte Strangin: »Woher hast du das zarte Gemüt, Kumpel?«

»Vererbung, mütterlicherseits«, antwortete Xenor und versuchte ein rauhes Lachen.

»Du mußt härter werden, Kumpel«, sagte Strangin und beugte sich über Laudernik. »Paß auf, ich werde dir etwas zeigen.«

Strangin zog Laudernik das Smokinghemd aus der Hose und legte dessen Bauch frei.

»Siehst du, Kumpel«, sagte Strangin, »sein Bauch ist blank wie seine Glatze. Er ist eine Peterhaut!«

Die letzten Worte waren gurgelnd über Strangins Lippen gekommen.

»Keine zu schnelle Bewegung, Strangin«, forderte Xenor. Er brauchte Zeit, um damit fertig zu werden, daß Elmer Laudernik ebenfalls ein Androide war. Gab es noch andere, die versuchten, in der Maske von Geborenen ihrer Art zu helfen?

»Wenn du dich langsam umdrehst, Strangin«, fuhr Xenor fort, »dann zeige ich dir, daß mein Bauch ebenso blank ist wie ...«

Aber Strangin dachte nicht daran, sich langsam umzudrehen. Er wirbelte herum und feuerte noch im Drehen seine Pistole ab – bis das Magazin leer war. Fünf Kugeln schlugen an der Stelle in die Wand ein, wo Sekundenbruchteile vorher noch Xenor gestanden hatte.

Jetzt war er verschwunden.

Während er diese verblüffende Feststellung machte, spürte Strangin einen heftigen Schlag gegen die Schulter. Seine Augen wurden groß und fragend. Er versuchte den Kopf zu drehen, um seinen Gegner zu erblicken. Aber er hatte nicht mehr die Kraft dazu, seine eine Körperhälfte war wie gelähmt. Seine Beine gaben nach, und erst als er langsam einknickte, sah er den anderen. Er lag zwei Meter von der Einschußstelle entfernt auf dem Boden und richtete seine Waffe immer noch auf ihn. Aber er gab keinen Schuß mehr ab.

»Wer ... warum ...?« gurgelte Strangin.

Xenor erhob sich und beugte sich über den Verwundeten.

»Richte Haskar Raims aus, daß ich die Papiere habe, die er sucht«, sagte Xenor. »Sag ihm, daß Xenor die Unterlagen hat. Und sage ihm, daß zwei-zwei-drei-eins-drei-zwei sie nutzbringend anwenden wird. Noch etwas, Strangin. Es hat keinen Zweck, mich auf Carmatun zu suchen. Ich gehe fort. Ich gehe zu einem Planeten, der bald die Heimat aller Androiden sein wird. Hoffentlich sehen wir uns nie mehr wieder, Strangin. Lebe wohl.«

Strangin murmelte kaum hörbar ein Schimpfwort, dann wurde er ohnmächtig.

Xenor ging zu Laudernik, um ihm zu helfen. Aber der terranische Delegierte wehrte entschieden ab.

Es war ihm inzwischen gelungen, sich halb zu erheben.

»Verschwinden Sie von hier, Bruder«, verlangte er. »Ich kann schon selbst für mich sorgen, ich besitze schließlich politische Immunität. Aber Sie ... Wenn Sie nach Forgid kommen, geben Sie die Dokumente an Chilan Bolonga weiter. Er ist der Stationskommandant und weiß, was er in einem Fall wie diesem zu tun hat. Und jetzt – jetzt gehen Sie, bevor es zu spät ist.«

6.

»Mir schwindelt, Xenor«, sagte Barbara keuchend. »Ich ... ich bekomme kaum Luft.«

Vom Raumschiff bis zu der Forschungsstation waren es kaum fünfhundert Meter. Eine kurze Distanz, die sie zu Fuß zurückzulegen hatten, trotzdem klagten alle bereits auf halbem Wege über Atembeschwerden.

Nur Chilan Bolonga, der Stationskommandant, der sie bei der Landung empfangen hatte, machte der geringe Sauerstoffgehalt der Luft nichts aus.

»Sie hätten Atemmasken anlegen sollen«, meinte er. »Ich lebe schon mehr als zwei Jahre hier, meine Organe haben sich an das Klima bereits gewöhnt. Ich mache mir Vorwürfe, daß ich Sie nicht auf die hiesigen Bedingungen aufmerksam gemacht habe. Werden Sie die letzten zweihundert Meter schaffen? Wenn nicht, ruhen Sie sich hier aus. Ich schicke von der Station aus meine Männer mit Atemgeräten zu Ihnen.«

»Ja, bitte«, murmelte Barbara und ließ sich kraftlos zu Boden gleiten.

»Wir hätten die Frauen im Raumschiff zurücklassen sollen«, sagte Smack. Er stützte Tilja, die sich schwer atmend an ihn lehnte, obwohl er selbst kaum auf den Beinen stehen konnte.

»Das also ist Forgid«, stellte Limbek fest und legte sich der Länge nach auf den Boden. Sein Brustkorb hob und senkte sich rasch, während er gierig die sauerstoffarme Luft einsog.

»Machen Sie nur ruhig Rast«, sagte Chilan Bolonga. »Ich schicke Ihnen Sauerstoffgeräte. Was ist mit Ihnen, Kapitän Odgin?«

Der Raumschiffer, ein kleiner, breitschultriger Mann mit einem bis zur Brust reichenden Vollbart, knurrte abfällig: »Wäre gelacht, wenn ich mich so leicht geschlagen gäbe wie eine Landratte. Ich bin ein Mann des Vakuums, ich bin es gewohnt, sparsam mit Sauerstoff umzugehen.«

Diese lange Rede hatte dem Raumschiffskapitän wahrscheinlich die letzten Kraftreserven geraubt, denn zwanzig Meter weiter brach auch er erschöpft zusammen.

Xenor ließ seine Blicke über das weite, flache Land gleiten. Wenn man von der sauerstoffarmen Atmosphäre absah, dann hatte Forgid nicht mehr viele Unterschiede zu Carmatun und den anderen von Menschen besiedelten Planeten aufzuweisen. Der Himmel war blau, die Vegetation grün. Es gab jedoch keine Bäume, Sträucher und Gräser, wie Xenor sie kannte, sondern die ganze vor ihm liegende Ebene war von Rankengewächsen überwuchert.

»Das ist die weitverbreitetste Art eines giftigen Bodenefeus«, hatte Bolonga erklärt. »Ihr solltet den Blättern besser ausweichen. Wo sie mit der Haut in Berührung kommen, hinterlassen sie einen unstillbaren Juckreiz. Das führt in weiterer Folge zu einem hartnäckigen Hautausschlag.«

Bolongas Warnung hätte es nicht bedurft, denn von der Forschungsstation führte bis zum Landeplatz ein gerodeter Weg, flankiert von mannshohen Energiezäunen, die den Giftefeu abhielten.

Es wird nicht viele Opfer kosten, diesen Planeten bewohnbar zu machen, dachte Xenor. *Wer das Getto überlebt hat, wird sich auch hier behaupten können.*

Xenor blickte auf Barbara hinab.

»Wie gefällt es dir in unserer neuen Heimat?« fragte er.

Sie schlug langsam die Augen auf und schenkte ihm ein müdes Lächeln.

»Ich möchte ...« Ihr Mund schnappte nach Luft. »Ich möchte, daß unser Kind hier geboren wird.«

»So wird es geschehen«, versicherte Xenor.

»Hallo, Peterhaut, hier kommt die Rettung!« rief jemand.

Dann erschienen zwei Männer auf einer Bodenerhebung. Sie kamen gemächlich heran und warfen achtlos fünf Atemmasken vor die Androiden auf den Boden.

»Was glotzt du denn?« fauchte der eine von ihnen Xenor an. »Hast du erwartet, daß wir euch mit Sänften abholen?«

Der andere spuckte demonstrativ aus. Dann wandten sie sich beide um und gingen den Weg zurück, den sie gekommen waren.

»Es wird nicht so heiß gegessen«, versuchte Limbek Xenor zu beschwichtigen.

Aber irgend etwas war durch das Verhalten der beiden Männer in Xenor zerbrochen. Die Illusion von einem Ort, an dem die Androiden in Ruhe und Frieden leben könnten, zerfloß.

»Muß ich mich für meine Leute bei Ihnen entschuldigen?« erkundigte sich Chilan Bolonga.

Xenor schüttelte nur den Kopf, während er schweigend weiteraß.

Die drei Androiden, Kapitän Odgin und Chilan Bolonga saßen in dem schnell aufgeblasenen Sauerstoffzelt gemeinsam um einen zusammenlegbaren Tisch.

Das Sauerstoffzelt war geräumig, hatte einen Durchmesser von zwanzig Metern und war halbkugelförmig. Es war rundherum transparent, konnte aber abschnittweise abgedunkelt werden.

»Wir sind es nicht gewohnt, daß sich Menschen bei uns entschuldigen«, stellte Xenor fest. »Aber ich hätte auf Forgid doch eine andere Behandlung erwartet.«

Bolonga warf ihm einen finsteren Blick zu. »Sie meinen wohl deshalb, weil dieser Planet euch zugesprochen wurde. Meinetwegen, er soll euch gehören, ich bin ohnedies froh, wenn der Tag kommt, an dem ich in die Zivilisation zurückkehren kann. Vergessen Sie nur eines nicht, Xenor: Solange wir Wissenschaftler auf Forgid sind, haben wir das Kommando.«

Xenor schob den leeren Teller von sich. Er blickte Bolonga abschätzend an, als er sagte: »Elmer Laudernik dürfte sich schwer in Ihnen getäuscht haben, als er mir riet, mich an Sie zu wenden und Hilfe zu erbitten.«

»Was ist mit Laudernik?«

»Wußten Sie, daß er ein Retortenmensch war?«

Bolonga nickte. »Er gehörte aber in eine ganz andere Kategorie als Sie oder die Androiden aus der Testkolonie. Aber sagen Sie, warum sprechen Sie in der Vergangenheit von ihm? Ist ihm etwas zugestoßen?«

»Es hätte nicht schlimmer für ihn kommen können«, antwortete Xenor. »Er ist auf Carmatun den Androidenjägern in die Hände gefallen.«

Bolonga machte eine wegwerfende Handbewegung. »Unsinn. Er ist terranischer Politiker und genießt Immunität. Keine offizielle Stelle würde es wagen, Hand an ihn zu legen.«

»Das beweist«, meinte Xenor, »daß man die Androidenjäger immer noch unterschätzt. Wenn ich Ihnen sage, daß Haskar Raims der eigentliche Machthaber auf Carmatun ist, würden Sie mich auslachen.«

»Nun, Sie haben es gesagt, und ich lache Sie nicht aus. Aber es fällt mir schwer, Ihnen zu glauben.«

»Warum wollen Sie mir nicht glauben?«

Bolonga verzog das Gesicht zu einer Grimasse der Unschlüssigkeit. »Es ist nicht so, daß ich Ihre Worte anzweifeln möchte, nur, Sie irritieren mich. Sie und Ihre Freunde zerstören das Bild, das ich mir von den Androiden gemacht habe. Und dann eure Frauen – ihr lebt in menschlichen Beziehungen zueinander. Das alles paßt nicht in ein Schema.«

Limbek beugte sich mehr interessiert als betroffen nach vorn.

»Wodurch sind Ihre Vorurteile entstanden?« fragte er.

»Ich habe keine Vorurteile«, sagte Bolonga. »Ich habe mir nur durch die Androiden der Testkolonie ein Bild von den Retortenmenschen gemacht. Es sind bärenstarke Arbeitstiere, die mehr programmierten Robotern ähneln als Menschen. Verstehen Sie, man hat sie dahin gehend gezüchtet, daß sie ideale Kolonisten für Forgid abgeben. Nichts hat man dabei außer acht gelassen, denn man hat bei ihrer Erschaffung die Lageberichte berücksichtigt, die ich nach Terra geschickt habe.

Für mich waren die Androiden bisher das, was meine Testpioniere sind und was die Soldaten im Krieg gegen die Shooks sein sollten: auf ein bestimmtes Spezialgebiet programmierte Roboter aus Fleisch und Blut. Jetzt kommen Sie und zeigen mir, daß Androiden menschlicher sind als manche Menschen. Sie werden verstehen, daß dies ein Schock für mich ist. Ich werde einige Zeit brauchen, um mich diesen neuen Gegebenheiten anzupassen.«

Bolonga hatte eine schweigende, aufmerksame Zuhörerschaft gehabt. Doch schien es, daß Kapitän Odgin das Ende der Rede mehr aus Höflichkeit denn aus Interesse abgewartet hatte. Denn er nutzte die Pause, um sich zu erheben und herzhaft zu gähnen.

»Wenn die Herrschaften nichts dagegen haben, werde ich mich in meine Koje zurückziehen«, verkündete er.

»Tun Sie das, Kapitän«, sprach ihm Limbek zu. »Sie haben einen anstrengenden Flug hinter sich.«

Nachdem der Raumschiffer sich zurückgezogen hatte, sagte Xenor in das lastende Schweigen: »Wohin ich mich auch wende, überall herrschen andere Meinungen über die Androiden. Professor Stuiff stellte uns als Supermenschen hin, Elmer Laudernik war der Meinung, wir müßten uns der Gnade unserer Schöpfer ausliefern. Und Sie, Sie vertreten die Ansicht, wir seien nur dazu geschaffen, speziell programmierte Roboter abzugeben.«

»Ich bin an einer Wegscheide angelangt«, sagte Chilan Bolonga. »Ich lasse mich gerne darüber belehren, daß Retortenmenschen alles andere als Roboter sind. Ich sagte schon, daß ich keine Vorurteile kenne. Ich hätte nichts gegen eine Koexistenz zwischen Androiden und Menschen einzuwenden.« Er machte eine kurze Pause. Dann fragte er: »Warum sind Sie nach Forgid gekommen?«

»Laudernik hat mich an Sie verwiesen.« Xenor zuckte die Achseln. »Ich weiß nicht, was er sich davon versprach. Aber wir kamen nicht nur deshalb, vielmehr wollten wir unsere zukünftige Heimat kennenlernen.«

»Ich bin gerne bereit, Sie zu führen«, bot Bolonga an. »Wenn Sie wollen, mache ich einen Gleiter startbereit und treffe alle sonstigen Vorbereitungen, die nötig sind. Würde Ihnen ein Start in einer Stunde recht sein?«

»Je eher, desto besser«, sagte Xenor.

Als Bolonga gegangen war, fragte Smack: »Warum hast du ihm nichts von den Dokumenten gesagt, die Laudernik dir anvertraut hat?«

»Ich bin noch unschlüssig«, sinnierte Xenor, »aber ich glaube, ich werde sie Bolonga nicht übergeben. Er scheint mir doch nicht der richtige Mann zu sein, die Interessen unseres Volkes zu vertreten. Wir werden die Verantwortung schon selbst tragen müssen.«

Wie hatte Professor Stuiff gesagt?

Ihr seid die Elite der Menschheit!

Doch die Wirklichkeit sah anders aus – und bis zu einem gewissen Grad war Xenor sogar froh darüber. Denn wie würde das Universum in hundert Jahren aussehen, wenn sich die Pläne der Menschenmacher durchführen ließen? Es würde nur noch wenige verschiedene Typen von Menschen geben. Wurden A-Typen gebraucht, produzierte man sie. Waren X-Typen gefragt, wurde die Produktion für X-Typen angekurbelt.

Die Menschenproduktion würde auf Hochtouren laufen.

Das war Xenors Alptraum. Er verstand nun jene besser, die Angst vor den Androiden hatten. Er konnte sich vorstellen, daß sie denselben Alptraum von der manipulierten Menschheit hatten wie er. So weit durfte es nicht kommen. Es mußte ein Ausweg gefunden werden.

»Wir sind am Ziel«, sagte Chilan Bolonga und landete den Gleiter vor der Siedlung der Testpioniere; eine Ansammlung von ärmlichen Hütten, aus den Ranken der Kletter- und Schlingpflanzen gebaut.

Xenor, Smack und Limbek rückten die handlichen Sauerstoffgeräte zurecht und kletterten aus dem Gleiter. Bolonga folgte ihnen.

»Die Siedlung scheint verlassen zu sein«, stellte Smack fest.

»Sie sind alle auf den Feldern«, erklärte Bolonga. »Sie arbeiten von Sonnenaufgang bis Sonnenuntergang ohne unnötige Unterbrechungen. Arbeit ist ihr Lebensinhalt – sie sind Bauern-Androiden.«

»Sehen Sie«, rief Smack aus. »Da kommt jemand über den Acker zu uns!«

Bolonga hielt die Hand schützend über die Augen.

»Das ist Tom Abel«, sagte er schließlich, »der Vorarbeiter der Kolonie. Er kommt, um mir Bericht zu erstatten.«

Xenor konnte jetzt Einzelheiten an dem Bauern-Androiden feststellen. Er war klein und stämmig. Er trug nur einen Schurz aus einem rauhen Gewebe, keine Atemmaske.

»Tag, Sir«, sagte er.
»Tag, Tom. Wie geht die Arbeit voran?«
»Prächtig, prächtig. Wir können zufrieden mit der Ernte sein.«
»Und wie sieht es mit dem Neuland aus?«
»Werden morgen darauf säen.«
»Tom, ich habe Besuch mitgebracht. Diese drei Männer werden einmal der Kolonie angehören. Das ist Xenor. Das Smack. Und Limbek.«
»Tag. Tag. Tag.«
»Guten Tag, Tom.«
»Freut mich, Sie kennenzulernen, Tom.«
»Tag, Tom.«
Tom nickte jedem von ihnen zu.
»Haben Sie keine Fragen an uns?« erkundigte sich Xenor, blickte Tom in die Augen und lächelte ihm ermunternd zu.
Tom lächelte unsicher zurück. »Sir?«
Bolonga sprang dem Bauern-Androiden bei: »Danke, Tom, das wäre alles. Sie können wieder an die Arbeit zurückgehen.«
Tom grinste noch einmal freundlich und verbeugte sich.
»Auf Wiedersehen«, sagte er dann höflich, drehte sich um und stapfte davon.
Xenor dachte: *Er hat sich überhaupt keine Gedanken über uns gemacht. Es ist ihm egal, woher wir kommen und was wir hier wollen. Ihm ist bestimmt nicht einmal aufgefallen, daß wir im Gegensatz zu Bolonga Registriernummern haben und Atemmasken tragen. Er denkt nur an die Arbeit auf dem Feld. Der vollkommene Roboter.*
Xenor hatte diese Gedankenkette kaum zu Ende gedacht, als Tom Abel plötzlich stehenblieb und sich zögernd umdrehte.
»Was ist, Tom?« erkundigte sich Bolonga stirnrunzelnd.
Tom räusperte sich verlegen. »Ich wollte Sie nur fragen, ob Sie Waffen angefordert haben.«

»Aber Tom, du weißt doch, daß wir Wissenschaftler sind und keine Soldaten«, sagte Bolonga.

»Ja, ich weiß«, erwiderte Tom. »Aber ... aber wenn Sie uns nicht schützen, werden wir bald so wenige sein, daß wir das Soll nicht mehr erfüllen können.«

»Darüber mach dir keine Sorgen, Tom. Sollen sich jene den Kopf darüber zerbrechen, die nach euch kommen.«

Auf Toms Gesicht zeigten sich Zweifel, aber dann schien er zu dem Schluß gekommen zu sein, daß Bolonga wohl recht hatte.

»Stimmt, sollen sich die den Kopf zerbrechen, die nach uns kommen«, sagte Tom. »Aber trotzdem, wenn die Sklavenhändler wieder auftauchen, werden sie eine Überraschung erleben.«

Damit kehrte Tom Abel ihnen den Rücken zu und marschierte über den Acker zu den anderen Bauern-Androiden.

»Hat er Sklavenhändler gesagt?« erkundigte sich Smack ungläubig.

Bolonga schreckte aus seinen Gedanken. »Ja«, meinte er, »gelegentlich landet ein Schiff von Sklavenhändlern und fängt einige Androiden ein. Auf den Pionierwelten stehen sie hoch im Kurs.«

»Und Sie lassen das zu, ohne sich einzumischen?« rief Smack.

»Wollen Sie auch von mir hören, daß ich Wissenschaftler und kein Revolverheld bin?« fauchte Bolonga gereizt.

Xenor, der dem Bauern-Androiden nachgeblickt hatte, wandte sich an Bolonga.

»Was hat Sie so aus der Fassung gebracht?« fragte er amüsiert. »Etwa die Tatsache, daß sich der spezialisierte Roboter Gedanken zu machen beginnt, die außerhalb seines Aufgabenbereichs liegen?«

»Sie haben es also auch bemerkt.«

»Sicher, und ich glaube, diese Testpioniere sind doch nicht so vollkommene Roboter, wie Sie dachten.«

»Was meinte er nur damit, die Sklavenhändler würden eine Überraschung erleben?« grübelte Bolonga.

»Darauf werden Sie bald eine Antwort erhalten«, sagte Limbek. »Ich blicke zum Himmel hinauf und sehe einen Punkt, der rasch größer wird. Das ist zweifelsohne ein landendes Raumschiff.«

Bolonga war blaß geworden. Nachdem er das größer werdende Objekt am Himmel eine Weile betrachtet hatte, atmete er auf.

»Das ist nicht das Schiff der Sklavenhändler«, sagte er erleichtert.

Xenor, Smack und Limbek sahen einander an. Sie wußten: Wenn es sich nicht um das Raumschiff der Sklavenhändler handelte, dann war es ein Schiff der Androidenjäger.

7.

Das Schiff der Sklavenhändler war immer auf derselben Stelle des Ackers gelandet. Da sie weder von den verschreckten Bauern-Androiden noch von den auf Forgid stationierten Wissenschaftlern etwas zu befürchten hatten, brauchten sie keinerlei Vorsichtsmaßnahmen zu treffen.

Das Raumschiff der Androidenjäger nahm ebenfalls Kurs auf die schwarze, verkohlte Stelle im Acker. Und das war ein Fehler. Denn die Bauern-Androiden hatten den Landeplatz der Sklavenhändler in eine Raumschiff-Falle verwandelt. Als die Flammen aus den Heckdüsen erloschen und die Landeflossen auf dem Boden aufsetzten, gab es plötzlich einen ohrenbetäubenden Krach. Der Boden stürzte ein, das Raumschiff kippte zur Seite und verschwand bis über die Hauptschleuse im Mittelschiff in den lockeren Erdmassen.

»Sie haben den Boden unterhöhlt«, sagte Bolonga fassungslos.

»Man unterschätzt uns Retortenmenschen eben immer wieder«, stellte Xenor befriedigt fest. Er hielt plötzlich eine Waffe in der Hand und blickte zu seinen Kameraden. »Limbek, Smack, was meint ihr? Sollte die OWAG den Androidenjägern nicht einen heißen Empfang bereiten?«

Smack lächelte grimmig, als er seine Pistole hervorholte.

Limbek zögerte, aber dann schloß er sich Xenors Aufforderung an. »Wir werden unsere Erde gegen alle Feinde verteidigen.«

»Dann los!« rief Xenor und setzte sich im Laufschritt in Bewegung.

Er wich dem unbebauten Acker aus und schlug sich in das angrenzende Getreidefeld. Smack und Limbek folgten ihm in einem Abstand von fünf Metern.

Vom Raumschiff her erklangen Schreie, aber die mannshohen Ähren versperrten Xenor die Sicht, so daß er nicht sehen konnte, was sich dort zutrug.

Als er dann eine Bodenerhebung erreichte, konnte er die Geschehnisse beobachten, die sich beim Schiff der Androidenjäger abspielten. Einige der uniformierten Gestalten waren aus der Schleuse geklettert und sahen sich einer Front von halbnackten Gestalten gegenüber, die mit Keulen, Äxten und Steinen bewaffnet waren. Bevor die Androidenjäger noch von ihren Waffen Gebrauch machen konnten, waren sie von den Bauern-Androiden niedergeknüppelt worden.

»Seht euch nur an, wie sie kämpfen!« rief Xenor. Er lachte befreit auf. »Und so wird es allen ergehen, die glauben, die Bewohner von Forgid seien nur Menschen zweiter Klasse, die man unterdrücken kann.«

»Zu Boden!« schrie Smack und gab Xenor einen Stoß, daß er taumelte.

Bevor Xenor noch Smacks Verhalten deuten konnte, sah er es am Bug des Raumschiffs aufblitzen. Und gleich darauf war die Luft erfüllt vom Pfeifen der Granaten und vom Rattern zweier Maschinengewehre.

Xenor preßte sich gegen den Boden und bedeckte den Kopf mit den Händen. Ein, zwei Granaten schlugen ganz in der Nähe ein, die Explosion ließ den Boden erbeben, und es regnete Steine und Erdbrocken.

Als die erste Geschützsalve vorbei war, sprang Xenor auf die Beine und rannte geduckt und im Zickzack auf das Raumschiff zu. Während des Laufens sah er, daß sich mehr als zwei Dutzend Bauern-Androiden im Schutz des Raumschiffs zusammengeschart hatten.

Wenn sie nicht rasch eine starke Führungshand erhielten, würden sie kapitulieren, das wußte Xenor.

Er war nur noch dreißig Meter von dem Raumschiff entfernt, wo sich die Testpioniere wie eine verirrte Herde zusammendrängten. In ihren Gesichtern stand das nackte Entsetzen.

Als Xenor nur noch wenige Schritte von ihnen entfernt war, kam Bewegung in sie.

»Lauft nicht davon, das wäre euer Tod!« schrie er ihnen zu. »Ich will euch helfen.«

Xenor glaubte, in einem von ihnen Tom Abel zu erkennen.

»Hindern Sie Ihre Leute an der Flucht, Tom!« rief ihm Xenor zu.

Tom Abel reagierte zu Xenors Erleichterung schneller, als er es ihm zugetraut hätte. Der Androide brüllte seinen Männern Befehle zu, zerrte einige Ausreißer an den Armen zurück und drängte sie gegen das Raumschiff.

Xenor erreichte keuchend die kleine Schar. Er blickte sich kurz um und sah, daß Smack und Limbek auch nicht mehr weit waren. Seit dem Geballer von vorhin war kein einziger Schuß mehr gefallen. Xenor hatte sich schon gefragt, was für einen Grund die Feuereinstellung haben mochte. Aber dann fiel sein Blick auf die offene Luftschleuse.

»Ich glaube«, sagte er, an die Bauern-Androiden gewandt, »es besteht keine unmittelbare Gefahr mehr für euch. Der Großteil eurer Feinde wurde durch die harte Landung ausgeschaltet, und die meisten von denen, die die Landung überstanden, habt ihr erledigt. Die wenigen, die euch entkamen, dürften wegen des Sauerstoffmangels der Erschöpfung nahe sein. Von ihnen droht keine Gefahr mehr.«

Tom Abel trat einen Schritt nach vorn.

»Dann haben wir gesiegt?« erkundigte er sich mit leuchtenden Augen.

»Ja«, antwortete Xenor, »aber es wird nur ein Teilsieg sein. Es werden noch viele kommen und versuchen, mit Gewalt in unser Land einzudringen.«

Tom Abels Augen wurden unruhig. »Dann werden wir nie unser Soll erfüllen können.«

»Doch, das werdet ihr«, versicherte Xenor und fügte hinzu: »Wir werden es gemeinsam schaffen, diese Welt bewohnbar zu machen.«

Tom Abel sah ihn groß an.

»Warum helfen Sie uns, Sir?« fragte er irritiert.

»Weil wir zu euch gehören.«

Xenor hatte kaum ausgesprochen, da spürte er auf einmal, wie der lockere Boden unter seinen Füßen nachgab. Er konnte gerade noch den anderen eine Warnung zurufen, aber es gelang ihm selbst nicht mehr, sich auf den festen Untergrund hinüberzuretten. Sich überschlagend, stürzte er mit den Erdmassen in die Tiefe. Als das Erdreich zur Ruhe kam, entdeckte Xenor, daß er sich in einem Schacht befand. Von oben fiel ein schwacher Lichtschein ein und zeigte ihm seine Umgebung.

Er befand sich in einem Laderaum des Schiffes!

Ein Geräusch neben ihm ließ ihn zusammenfahren. Xenor stellte fest, daß es sich um ein Motorengeräusch handelte.

Er befreite sich aus dem Erdreich und hatte sich kaum aus dem Bereich der Ladeluke gebracht, als ein Bodenfahrzeug mit heulendem Motor über die Stelle raste, wo er eben noch gelegen hatte.

Xenor hatte nur den flüchtigen Eindruck einer Gestalt in

einem Druckanzug, dann war das Fahrzeug auch schon seinen Blicken entschwunden.

Oben erklangen aufgebrachte Schreie, Schüsse peitschten auf, aber der sich rasch entfernende Motorenlärm zeigte, daß keine der Kugeln ihr Ziel getroffen hatte.

»Entwischt«, schimpfte Xenor und begann den mühsamen Aufstieg über die weichen Erdmassen ins Freie. Hilfreiche Hände streckten sich ihm entgegen und zogen ihn hinauf.

»Das war nicht irgendein Androidenjäger«, empfing Limbek Xenor mit düsterer Stimme. »Ich habe sein Gesicht hinter dem Raumhelm erkennen können.«

»Es war Strangin«, fügte Smack hinzu.

Die Testpioniere, die während des Beschusses in die Felder geflüchtet waren, kamen zögernd wieder zurück. Unter Xenors Anleitung fesselten einige von ihnen die gefangenen Androidenjäger und brachten sie im Schiff unter. Chilan Bolonga ließ ihre Waffen einsammeln und verstaute sie im Gleiter.

Bis auf die fünf Testpioniere, die als Bewachung bei den Androidenjägern zurückblieben, gingen alle wieder ihrer Feldarbeit nach.

Xenor, Limbek und Smack flogen in Bolongas Gleiter zur Forschungsstation zurück.

Kaum daß der Gleiter gelandet war, kam ein Mann aus der Funkstation gerannt und meldete Bolonga: »Eben kommt ein Funkspruch durch. Scheint dringend zu sein.«

»Ich komme sofort«, beruhigte Bolonga den aufgeregten Funker. Zu den drei Androiden sagte er: »Wir sprechen später noch miteinander.«

Xenor stapfte auf das Sauerstoffzelt zu. Vor dem Eingang zögerte er.

»Geht nur einstweilen hinein«, riet er seinen Kameraden. »Ich komme nach, wenn ich erst einmal unsere nächsten Schritte in Ruhe überlegt habe.«

»Was gibt es da zu überlegen?« wollte Limbek wissen. »Wir müssen Forgid schleunigst verlassen.«

Xenor sah ihn fest an und schüttelte den Kopf. »So leicht können wir es uns nicht mehr machen. Du weißt, daß das Leben der Testpioniere gefährdet ist, solange Strangin frei herumläuft.«

»Dieser Meinung bin ich nicht«, sagte Limbek. »Strangin hat es auf die Dokumente abgesehen, er ist nur unsertwegen hier. Durch unsere Abreise locken wir auch ihn fort.«

»Vielleicht hast du recht«, meinte Xenor. »Ich werde darüber nachdenken.«

Limbek verschwand zusammen mit Smack im Sauerstoffzelt.

Xenor griff an die Sauerstoffmaske und lockerte sie. Nach einigen Atemzügen entfernte er sie ganz.

Er atmete die Atmosphäre Forgids. Er würde sich daran gewöhnen müssen, denn es war die Luft seiner zukünftigen Heimat. Warum also sollte er nicht gleich damit beginnen?

Er lehnte sich gegen die nachgiebige Wand des Sauerstoffzelts und atmete in tiefen Zügen. Er schloß die Augen und versuchte, sich zu entspannen. Er hatte Limbek angelogen, es lag nicht in seiner Absicht, sich über die nächsten Schritte Gedanken zu machen. Wenn nicht irgendein unerwartetes Ereignis dazwischenkam, stand für Xenor bereits fest, was zu tun war. Aber darüber brauchten Limbek und Smack nichts zu erfahren, denn Xenor hatte ihre Mitarbeit nicht in seine Pläne eingerechnet ...

Er schob diese Überlegungen beiseite, er wollte nicht denken. Nur atmen und träumen. Bolongas Stimme rief ihn in die Wirklichkeit zurück.

»Schlafen Sie, Xenor?« erkundigte sich Bolonga.

Xenor öffnete die Augen.

»Ich glaube, die Atmosphäre von Forgid bekommt mir nicht einmal so schlecht«, sagte er.

»Sie werden sich bald akklimatisiert haben«, meinte Bolonga. Er räusperte sich und fuhr fort: »Der Funkspruch stammte von Elmer Laudernik.«

»Was wollte er?«

»Sind Sie denn gar nicht überrascht, daß er in Freiheit ist?«

»Doch, ich wundere mich sogar, daß er lebt. Was wollte er also?«

»Er schickt Ihnen eine Nachricht«, sagte Bolonga. »Sie sollen seine früheren Anordnungen vergessen und mit den Dokumenten sofort nach Terra fliegen. Er wird Sie dort erwarten.«

Xenor lächelte. »Es scheint, daß Laudernik aktiv wird.«

»Den Eindruck habe ich auch«, meinte Bolonga. »Laudernıks Worten nach zu schließen, scheint es auf Carmatun einige größere Umwälzungen gegeben zu haben. Die terranische Delegation dürfte in der Behandlung der Androidenfrage mit Haskar Raims in einigen Punkten zur Einigung gekommen sein. Laudernik sprach davon, daß neue Verhandlungen stattgefunden hätten, und obwohl Terra einige Forderungen nicht durchbringen konnte, sei die Freiheit der Retortenmenschen prinzipiell garantiert.«

»Das hat er gesagt?« fragte Xenor. »Aber wenn Haskar Raims uns die Freiheit zugesichert hat, warum schickt er dann seinen blutrünstigen Jäger hinter mir her?«

»Dafür gibt es eine einfache Erklärung«, sagte Bolonga. »Nicht Haskar Raims hat dieses Raumschiff nach Forgid geschickt.«

»Das soll ich glauben?«

»Laudernik glaubt es schon. Er sagte, daß sich die Androidenjäger in zwei Lager gespalten haben. Ein Teil hat sich mit Raims' gemäßigtem Kurs abgefunden. Dieser Strangin jedoch konnte das nicht. Er hat einige seiner Männer um sich geschart, ein Raumschiff gekapert und Carmatun mit unbekanntem Ziel verlassen. Raims hat eine Kopfprämie auf ihn gesetzt.«

Xenor erhob sich. »Strangin ist also Raims' Prügelknabe.

Der Führer der Androidenjäger hat seinen engsten Vertrauten fallenlassen, nur damit er seine Hände in Unschuld waschen kann.«

»Sie sollten mit Strangin kein Mitleid haben«, meinte Bolonga. »Er ist nicht gerade Ihr Freund.«

Xenor lächelte unlustig. »Nein, er ist sicher nicht mein Freund, denn er ist nur nach Forgid gekommen, um mich zur Strecke zu bringen. Ich wußte nicht, daß er mich so sehr haßt. Nun, ich werde ihm Genugtuung verschaffen. Er soll seine Auseinandersetzung bekommen.«

»Sind Sie wahnsinnig?« entfuhr es Bolonga. »Warum wollen Sie Ihr Leben riskieren, wenn Sie nur das Raumschiff zu besteigen brauchen, um nach Terra zu fliehen? Er kann Ihnen nicht folgen.«

»So einfach ist das nicht«, sagte Xenor. »Ich möchte schließlich wieder nach Forgid zurückkommen. Aber solange sich Strangin auf freiem Fuß befindet, könnte ich das nicht. Ich wäre meines Lebens keine Minute sicher, und früher oder später würde er eine Gelegenheit finden, mich zu töten.«

»Wenn Sie schon so stur sind, werde ich wenigstens nicht tatenlos zusehen, wie Sie in Ihr Verderben rennen«, erklärte Bolonga grimmig. »Ich komme mit Ihnen.«

»Nein, danke«, lehnte Xenor entschieden ab. »Diese Auseinandersetzung muß ich allein durchstehen. Aber wenn Sie mir unbedingt behilflich sein wollen, dann leihen Sie mir Ihren Gleiter.«

8.

Xenor flog zwanzig Meter über dem giftgrünen Dickicht aus Efeu und Schlingpflanzen. Es war Nacht, und er hatte die beiden starken Suchscheinwerfer eingeschaltet. Während er die Gegend mit fiebrigen Augen absuchte, sprach er fast unablässig in das Mikrofon des auf Normalfrequenz geschalteten Kommunikators.

»Ich weiß, daß du mich hören kannst, Strangin. Du trägst einen Druckanzug und besitzt ein Sprechgerät. Du hast es bestimmt eingeschaltet und hörst meine Stimme, und wahrscheinlich vergehst du vor Haß. Ich gebe dir die Chance für ein Treffen unter vier Augen. Ich bin allein, Strangin. Sage mir, wo du bist, und ich komme hin. Wir können dann die Angelegenheit schnell bereinigen.«

Xenors Kehle war vom vielen Sprechen ausgetrocknet. Er war müde und fühlte sich schwach.

Warum nur meldet sich Strangin nicht? fragte er sich. Vielleicht glaubte er, daß Xenor ihm eine Falle stellte. Das konnte einer der Gründe sein, aber ebensogut mochte etwas anderes hinter Strangins Schweigen stecken.

»Strangin«, sprach Xenor weiter, »wir beide wissen, daß du dich nicht ewig verbergen kannst. Du hast Sauerstoff nur für begrenzte Dauer, und wenn deine Luftversorgung ausfällt, dann bist du verloren.

Aber vielleicht ist dir der Sauerstoff auch schon ausgegangen, und du hast nicht mehr die Kraft, dich fortzubewegen. Wenn es so ist, dann gib irgendein Zeichen. Ich verspreche dir, daß ich nicht Hand an dich legen werde.

Strangin, gibt es keine Möglichkeit zu einer friedlichen Einigung? Ist es denn nicht sinnlos, wenn du als einziger den Haß gegen uns Androiden aufrechterhältst? Ich habe erfahren, daß Raims mit Laudernik zu einer Einigung gekommen ist. Was hindert dich daran, sich ihm anzuschließen?«

Xenor lauschte in seine Kopfhörer, aber außer einem schwachen Rauschen war nichts zu hören. Er kreiste nun schon seit Stunden über dem Efeudschungel, aber er hatte weder eine Spur von Strangins Gefährt noch von Strangin selbst gefunden.

»Xenor?«

Xenor zuckte vor Überraschung zusammen, als er Strangins Stimme in seinen Kopfhörern vernahm.

Er benetzte sich die Lippen und sagte: »Ich höre dich, Strangin.«

»Das ist gut, Xenor«, meldete sich Strangin wieder. »Denn ich habe dir einiges zu sagen. Du möchtest doch sicher wissen, warum ich die Peterhaut so verabscheue.«

»Ja, Strangin, das möchte ich«, versicherte Xenor. »Gib mir ein Zeichen, und ich werde bei dir landen. Dann können wir uns unterhalten.«

Strangin lachte krächzend. »Halte mich nicht für so blöd, Xenor. Ich werde doch nicht so leichtfertig mein Versteck preisgeben. Wenn du willst, dann lande *jetzt.* Ich kann dich von hier im Auge behalten. Wir werden über Funk miteinander sprechen.«

»Darauf kann ich mich nur einlassen«, entgegnete Xenor, »wenn du dich zu erkennen gibst.«

»Dann eben nicht«, sagte Strangin lakonisch.

»Warte einen Augenblick, Strangin. Bist du noch in der Leitung?«

»Ja, Xenor.«

»Ich werde landen.«

»Das ist gut.«

Xenor hatte sich überlegt, daß Strangin ihm nicht gefährlich werden konnte, solange er den Gleiter nicht verließ. Abgesehen davon, daß das Glas der Gleiterkanzel kugelsicher war, wußte Xenor aus Erfahrung, daß die Handschuhe eines Druckanzugs zu klobig waren, um mit ihnen eine der kleinen Pistolen abfeuern zu können, wie die Androidenjäger sie verwendeten.

Xenor suchte nach einer Lichtung, auf der er landen konnte. Nachdem der Gleiter auf dem nachgiebigen Unterholz aufgesetzt hatte, verstellte Xenor die Einstellung der Scheinwerfer so, daß sie die Umgebung bestrahlten. In dem grellen Licht würde es Strangin unmöglich sein, einen Überraschungsüberfall zu starten.

»Stell den Motor ab!« verlangte Strangin.

Xenor gehorchte und beobachtete dabei das Dickicht, das in fünf Metern Entfernung eine undurchdringliche Wand bildete.

»Jetzt können wir in Ruhe unser Problem erörtern, Xenor«, flüsterte Strangins Stimme aus den Kopfhörern. Unwillkürlich packte Xenor seine Pistole fester.

»Wir sollten versuchen, zu einer unblutigen Einigung zu kommen«, sagte Xenor. »Jetzt, nachdem Haskar Raims den mutigen Schritt zu einer friedlichen Lösung getan hat, besteht für dich kein Grund mehr ...«

»Doch«, unterbrach Strangin Xenor. »Für mich gibt es noch viele Gründe, dich zu töten. Selbst wenn ich vergessen könnte, daß du meinen Freund Challer getötet und mich schon zweimal angeschossen hast, könnte ich dich nicht verschonen. Denn Raims hat mir den Auftrag gegeben, dich zu beseitigen. Als pflichtbewußter Androidenjäger darf ich diesen Befehl nicht verweigern. Das siehst du doch wohl ein, Xenor?«

»Raims hat seine Einstellung geändert«, erinnerte Xenor; seine Hand, die die Pistole hielt, schwitzte. Seine Augen schmerzten, während er in den grell erleuchteten Efeudschungel starrte.

»Raims' jetzige Einstellung zählt nicht für mich«, erwiderte Strangin. »Er hat sich von Laudernik nur scheinbar herumkriegen lassen, aber in seinem Innersten haßt er die Androiden noch immer so wie früher. Ich nehme es ihm nicht einmal übel, daß er eine andere Gesinnung zur Schau trägt. Es ist nämlich wirklich nur Schau. Ein Mensch, der solche Angst vor einer Invasion der Androiden gehabt hat, kann sich nicht so schnell ändern.«

»Ich hatte nie geglaubt, daß Raims Angst haben könnte«, warf Xenor ein. Er hatte versucht, Strangins Stimme zu analysieren, und war zu dem Schluß gekommen, daß dieser sich während des Sprechens vorwärts bewegte. Außerdem sprach Strangin immer leiser und machte nach fast jedem Satz eine

Pause. Zwischendurch atmete er rasselnd, als ob es ihm an Sauerstoff mangle. Das mochte ein Anzeichen dafür sein, daß er den Druckanzug abgelegt hatte.

Xenor spürte, wie es ihm kalt über den Rücken rieselte. Die Hand mit der Waffe zitterte. Wenn Strangin tatsächlich ohne Druckanzug war, dann würde er bald handeln.

»Raims hat nie ängstlich gewirkt«, sagte Xenor.

Strangins Keuchen kam diesmal heftiger.

»Dann ... dann nennen wir es eben nicht Angst, sondern Befürchtung. Die Befürchtung, die Menschheit könnte eines Tages synthetisch werden, war bei ihm so stark, daß er sich sogar weigerte, sich einer Verschönerung zu unterziehen. Er blieb lieber häßlich und verwachsen, ehe er es zuließ, daß man synthetische Stoffe in seinen Körper einpflanzte. Zu einer solchen Einstellung gehört Mut, Xenor, deshalb habe ich Raims immer bewundert. Er war mutig. Schon damals, als man die ersten Androiden gegen die Shooks einsetzte, erkannte er, welche Folgen diese Experimente mit Leben aus der Retorte haben könnten. Und bereits damals begann er seinen Kampf. Kannst du dir eigentlich vorstellen, welcher Energie es bedarf, aus einem Ein-Mann-Feldzug eine Bewegung zu machen, der sich eine halbe Galaxis anschließt?

Das kannst du dir bestimmt nicht vorstellen, Xenor, niemand kann das. Außer mir vielleicht. Denn ich habe die Entstehungsgeschichte der Androidenjäger von Anfang an miterlebt. Und ich kann behaupten, daß ich viel zu ihrem Erfolg beigetragen habe.«

»Das glaube ich«, sagte Xenor. »Ich habe dich ein paarmal im Einsatz erlebt. Keiner war grausamer als du.«

Strangin lachte.

Xenor hatte sich den Kopf darüber zerbrochen, wie Strangin mit ihm Funkkontakt haben konnte, wenn er den Druckanzug abgelegt hatte. Er mußte ihn also noch am Körper tragen und dürfte nur den Helm abgenommen haben. Doch dürfte er sich zu diesem Schritt kaum freiwillig entschlossen haben, viel wahrscheinlicher schien schon, daß ihm der Sauerstoffvorrat ausgegangen war. Xenor erwartete jeden Augenblick eine Verzweiflungsattacke, denn viel Zeit blieb Strangin nicht mehr ...

»Bist du jetzt nicht verbittert, weil Raims dich fallenlassen hat?« höhnte Xenor. Er wollte eine schnelle Entscheidung herbeiführen, denn lange würde er diese Nervenbelastung nicht mehr ertragen können.

Wieder lachte Strangin. Es klang wie das Lachen eines Verrückten oder wie das eines Erstickten.

»Raims hat weder mich noch seine Ideen aufgegeben. Er hat Laudernik und die anderen nur geblufft. Wenn der Zeitpunkt kommt, wird er zuschlagen, schnell und brutal. Er wird Carmatun von den Androiden säubern. Oder glaubst du, ein Mann wie Raims könnte von einem Tag zum anderen seine Einstellung zur Peterhaut plötzlich ändern? Warum sollte er auf einmal euer Freund sein, wo er euch ein halbes Leben lang abgrundtief gehaßt hat?«

Xenor mußte sich eingestehen, daß an Strangins Worten etwas Wahres war. Raims würde nicht plötzlich seine Liebe zu den Androiden entdeckt haben. Es mußte etwas anderes dahinterstecken. War es so, wie Strangin behauptete? Bluffte Raims nur, um seine Gegner in Sicherheit zu wiegen und dann zum gegebenen Zeitpunkt zuschlagen zu können?

»Und jetzt, Xenor«, keuchte Strangin, »werde ich mich an dir rächen. Ich werde dich dort treffen, wo es dich am meisten schmerzt. Und wenn es ... das letzte ist, wozu ich imstande bin ...«

»Strangin!«

Xenor spürte, wie Eiseskälte von ihm Besitz ergriff. Er wußte, daß Strangins Worte keine leere Drohung waren. Er führte irgend etwas im Schilde, das auszuführen er auch in der Lage war.

Ich werde dich dort treffen, wo es dich am meisten schmerzt!

Das hörte sich nicht an wie eine Drohung gegen Xenors

Leben. Aber wie anders konnte ihm Strangin Schmerz zufügen? Sie beide waren hier draußen in der Wildnis allein.

Oder ...

In panischer Angst startete Xenor plötzlich den Gleiter und schoß mit größtmöglicher Beschleunigung in den Nachthimmel hinein. Ihm war der erschreckende Gedanke gekommen, daß er allein war. Strangin brauchte gar nicht in der Nähe zu sein. Er hätte ihn, Xenor, an jedem Ort im Umkreis von hundert Kilometern an diesen einsamen Ort dirigieren können, um sein teuflisches Vorhaben in die Tat umzusetzen.

Xenor sah die Vision vor seinen Augen: Mit letzten Kräften robbte Strangin auf sein Ziel zu. Er sah in weiter Ferne die Lichter von Xenors Gleiter, sie kamen immer näher, und Strangin gab sein Letztes, um sein Ziel zu erreichen – und das Wesen zu töten, das Xenor am stärksten liebte.

... dich dort treffen, wo es dich am meisten schmerzt!

»Ich rufe die Forschungsstation. Bolonga, können Sie mich hören?«

Keine Antwort erfolgte. Xenor verfluchte seine Anweisungen. Er hatte Bolonga strikt verboten, sich in die Funkfrequenz einzuschalten, auf der er mit Strangin in Verbindung treten wollte. Jetzt wirkte es sich zum Nachteil aus, daß sich Bolonga an diese Anordnung hielt. Es konnte den Tod bedeuten, das Ende ...

»Ich rufe die Forschungsstation!« Xenors Kopfhörer blieben stumm. Strangin, dieser Teufel in Menschengestalt, hatte ihn vom Lager fortgelockt, um ungestört seinen Plan ausführen zu können. Und Xenor, dieser Narr, hatte sich tatsächlich in die Irre führen lassen, wie ein blutiger Anfänger war er auf Strangins Bluff hereingefallen. Er würde sich sein Leben lang Vorwürfe machen, wenn ...

Xenor richtete den Strahl der Scheinwerfer nach vorn. Dort, waren das nicht bereits die Lichter der Forschungsstation?

»Strangin, wenn du das tust ...!« Xenor war wie von Sinnen. Er drohte und beschimpfte Strangin ohne Unterbrechung. Aber was konnte er tatsächlich gegen den Androidenjäger unternehmen? Er war noch viel zu weit von der Forschungsstation entfernt, um ihn an dieser Greueltat zu hindern. Xenor blieb nur die winzige Hoffnung, daß er sich irrte. Er konnte nur beten und hoffen, daß Strangin nicht das vorhatte, was Xenor befürchtete. Aber – zu deutlich war Strangins Drohung gewesen:

... dich treffen ... wo es schmerzt!

Das konnte nur eines bedeuten.

Jetzt war Xenor über dem Lager. Es lag im Dunkel, alles schien zu schlafen, nur einige Positionslichter leuchteten, und in der Funkstation brannte Licht.

Der Gleiter war kaum auf dem Platz vor dem Sauerstoffzelt gelandet, als Xenor bereits aus der Kanzel sprang.

»Halt, oder ich schieße!« kam eine scharfe Stimme aus der Dunkelheit. Im nächsten Augenblick stand Xenor im grellen Scheinwerferlicht.

»Nicht schießen, ich bin es«, sagte Xenor. Er war überaus erleichtert, daß es Bolonga nicht versäumt hatte, Wachtposten aufzustellen. Aber konnten sie etwas gegen einen Mann wie Strangin ausrichten?

»Wir waren sehr in Sorge um Sie«, sagte der Wachtposten und schaltete die Taschenlampe ab. »Haben Sie den Androidenjäger gestellt?«

Habt ihr ihn nicht gestellt? wollte Xenor fragen, aber er wurde sich noch rechtzeitig der Sinnlosigkeit dieser Frage bewußt und sagte statt dessen: »Strangin treibt sich wahrscheinlich in der Nähe der Forschungsstation herum. Geben Sie Alarm!«

Xenor fühlte unsägliche Erleichterung in sich aufsteigen. Aber er wollte immer noch nicht daran glauben, daß die Gefahr endgültig gebannt war.

Das Sauerstoffzelt!

Als er gerade auf den Eingang zuschritt, hörte er hinter sich einen Schrei. Er wirbelte herum und rannte in die Richtung, aus der der Schrei kam; die Pistole lag schußbereit in Xenors Hand.

Im nächsten Augenblick war die Forschungsstation in Aufruhr. Starke Scheinwerfer leuchteten auf und tauchten das gesamte Gelände in eine gleißende Helle, verschlafene Gestalten kamen aus ihren Unterkünften und taumelten wie die Motten im Licht.

An einem Strauch hatte sich eine Gruppe gebildet, die auf etwas hinabblickte, das im Gras lag. Xenor schob einige Gestalten beiseite und blickte auf einen Wachtposten. Er war tot.

Strangin war also doch hier! Xenor knirschte mit den Zähnen und wandte sich ab. Im Laufschritt kehrte er zum Sauerstoffzelt zurück. Er machte sich heftige Vorwürfe, weil er sich nicht augenblicklich um Barbara und die anderen gekümmert hatte, die ahnungslos schliefen und nichts von der akuten Gefahr wußten.

»Xenor!«

Das war Smack, der eben aus dem Sauerstoffzelt trat. Er war bewaffnet und voll angekleidet.

Xenor packte ihn an der Schulter.

»Ist bei euch alles in Ordnung?«

Smack nickte verwirrt. »Ich war die ganze Nacht über auf und habe Wache gehalten. Ich wollte kein Risiko eingehen.«

Xenor klopfte ihm auf die Schulter. Er hätte wissen müssen, daß auf seine Leute immer noch Verlaß war. Jetzt, da er sicher war, daß es Strangin nicht gelungen war, Barbara etwas anzutun, übermannte ihn die Müdigkeit. Ihn schwindelte, und Smack mußte ihn stützen.

Zufällig fiel sein Blick auf einen dunklen Fleck im Schatten des Sauerstoffzelts.

»Bilde ich mir das nur ein, Smack, oder ...?«

Die beiden Männer näherten sich langsam der Stelle.

Smack schluckte. Xenor hatte nicht mehr die Kraft, um Abscheu, Mitleid oder auch Triumph zu verspüren. Er sah nur, daß zu seinen Füßen Strangin lag. Er bot keinen schönen Anblick, sein ganzer Körper war durch das Efeugift aufgedunsen. Aber noch im Tode hielt er die Hand mit dem Messer ausgestreckt, mit dem er das Sauerstoffzelt aufschlitzen wollte.

Das Messer war kaum zehn Zentimeter von seinem Ziel entfernt.

Die Nacht darauf war weniger turbulent, aber von Schwermut gekennzeichnet.

Abschied.

»Ich habe Smack und Limbek nichts davon gesagt«, flüsterte Xenor seiner Gefährtin ins Ohr. »Es ist besser, wenn ich sie vor die vollendeten Tatsachen stelle.«

»Du wirst deine Gründe haben«, murmelte Barbara. Ihre Augen waren feucht, aber sie weinte nicht.

»Sie würden mit nach Terra fliegen wollen«, rechtfertigte sich Xenor, obwohl es keiner Rechtfertigung bedurfte. »Das will ich nicht. Sie sollen auf Forgid bleiben und diese Welt für unser Volk vorbereiten. Es hat seine Richtigkeit, wenn ich allein nach Terra gehe.«

»Bestimmt.«

»Bolonga ist bereits informiert«, fuhr Xenor fort, »und Kapitän Odgin hat das Raumschiff startklar gemacht. Wenn Smack und Limbek durch das Heulen der Düsen aufwachen, kannst du ihnen sagen, warum ich sie zurückgelassen habe.«

»Das werde ich«, versicherte Barbara.

»Und sage ihnen auch, daß sie Chilan Bolonga und seinen Wissenschaftlern vertrauen können. Ich hatte ein ernstes Gespräch mit ihm. Er hat versichert, daß er so lange auf Forgid bleiben will, bis die ersten Emigranten eintreffen. Wir haben in Bolonga einen ehrlichen Verbündeten gefunden.«

Barbara nickte zustimmend.

»Jetzt muß ich ...« Es versagte ihm die Stimme.

Er umarmte sie leidenschaftlich, dann ließ er sie abrupt los und ging aus dem Sauerstoffzelt.

»Viel Glück, Xenor«, murmelte sie. »Und komm bald zurück.«

Dann weinte sie haltlos, als ahnte sie bereits, daß dies ein Abschied für lange sei.

9.

Das also ist die Erde, dachte Xenor, obwohl er nicht viel von der Erde zu sehen bekam. Nachdem er sich von Kapitän Odgin verabschiedet hatte, stand er nun zum erstenmal auf terranischem Boden, aber er hätte sich diesen Augenblick doch etwas anders vorgestellt.

Er stand inmitten eines Waldes aus Raumschiffen, die sich bis zum Horizont aneinanderreihten. Nirgends war auch nur eine einzige Menschenseele zu erblicken, denn alle Arbeiten wurden von Robotern verrichtet. Die Passagiere bestiegen und verließen die Raumschiffe durch dicke Transportröhren, die zu den unterirdischen Anlagen führten, so daß sie erst gar nicht den Raumhafen zu Gesicht bekamen. Xenor war der einzige Passagier, der nicht den einfacheren und bequemeren Weg gegangen war.

Das hatte einige Gründe. Erstens war Xenor ein Androide ohne irgendwelche Ausweispapiere; man hätte ihn also womöglich nicht einmal die Kontrollen passieren lassen. Zweitens hatte ihm Elmer Laudernik aufgetragen, an der Stelle des Raumhafens auf ihn zu warten, wo Kapitän Odgins Schiff landen würde; hier wollte er mit ihm in Verbindung treten.

Xenor wartete bereits eine halbe Stunde. Er hatte sich die Zeit vertrieben, indem er die nähere Umgebung besichtigt hatte, ohne sich aber zu weit vom verabredeten Treffpunkt zu entfernen.

Als er bereits eine geschlagene Stunde auf ein Zeichen Lauderniks wartete, begann er unruhig zu werden. Er holte seine Pistole heraus und überprüfte sie für alle Fälle. Dann schaute er sich nach einem Versteck für die Dokumente um, die den Androiden einen eigenen Planeten garantierten. Sie durften keinem Unbefugten in die Hände fallen.

Xenor fand einen Kilometer von der Stelle entfernt, wo Kapitän Odgin sein Schiff gelandet hatte, eine schlecht zugängliche Klappe in einer bunkerartigen Erhebung – dort verbarg er die Mappe mit den Dokumenten. Er merkte sich einige markante Punkte, um die Stelle wiederzufinden, und kehrte zu dem Treffpunkt zurück.

Gerade als er die Landestütze eines bauchigen Frachtschiffs umrunden wollte, erblickte er fünfzig Meter vor sich einen Mann. Einen Menschen! Und dann sah er einen zweiten Mann. Die beiden sprachen kein Wort und verständigten sich durch Handzeichen. Aber Xenor erkannte auch so, daß ihre Absichten nicht unbedingt gut waren. Denn sie trugen beide kurzläufige Gewehre bei sich, die sie schußbereit in den Händen hielten.

Verrat! war sein erster Gedanke. Elmer Laudernik hatte ihn bei den Gegnern der Androiden verraten. Aber als er weiter überlegte, fand er, daß seine Anschuldigung einer logischen Grundlage entbehrte. Warum sollte Laudernik ihn verraten, wo er sein Leben für die Androiden eingesetzt hatte? Außerdem war Laudernik selbst ein Androide.

Xenor ermahnte sich dazu, sein Mißtrauen nicht zu übertreiben, aber andererseits wollte er es auch nicht an einem gesunden Maß Vorsicht fehlen lassen. Deshalb beobachtete er die beiden Unbekannten noch eine Weile, um vielleicht herauszufinden, welche Absichten sie hatten. Es war klar, daß sie nach etwas suchten, und da er das einzige menschliche Wesen auf dem Raumhafen war, stand für ihn fest, daß ihm die Suche galt.

Die beiden Unbekannten gaben sich wieder Handzeichen

und trennten sich. In diesem Augenblick entschloß sich Xenor zu einer Handlung.

Als die beiden Männer sich aus den Augen verloren hatten, schlich Xenor dem einen nach und wartete, bis sein Opfer hinter einem Treibstoffautomaten verschwand, der nur wenige Schritte von ihm entfernt war. Xenor hetzte dem Mann mit einigen lautlosen Schritten nach, legte dem völlig Überraschten von hinten die Hand über den Mund und drückte dem Mann die Pistole in die Seite.

»Keinen Laut!« zischte Xenor.

Der Mann nickte zögernd.

»Legen Sie die Waffe zu Boden!« forderte Xenor.

Der Unbekannte gehorchte.

»Jetzt drehen Sie sich um!«

Als der Mann Xenors Befehl nachkam und sich umdrehte, erschien ein Ausdruck des Erkennens auf seinem Gesicht.

»Sie müssen der Mann sein, den wir hier treffen sollen«, sagte er erfreut. »Sie sind doch Xenor.«

»Woher kennen Sie mich?« erkundigte sich Xenor mißtrauisch.

»Man hat Sie mir beschrieben«, antwortete der Mann. »Selbstverständlich kenne ich auch Ihre Registriernummer.«

Xenor fuhr sich unwillkürlich durchs Haar und strich es über die Stirn – er hatte gehofft, daß seine Registriernummer durch die Haarsträhnen weniger stark ins Auge sprang. Aber offensichtlich war seine Tarnung nicht ausreichend.

»Wer hat mich Ihnen beschrieben?« fragte Xenor.

Der Mann lachte humorlos auf. »Jemand, für den wir beide arbeiten.«

Die Sorglosigkeit des anderen, mit der er offensichtlich zeigen wollte, daß er ein Verbündeter war, verleitete Xenor zu einer Unvorsichtigkeit. Er ließ die Waffe etwas sinken – und diesen Moment nützte sein Gegenüber, um sich auf Xenor zu stürzen. Aber Xenor hatte zu kämpfen gelernt. Bevor sein Gegner ihn noch erreicht hatte, stieß Xenor die

Hand mit der Waffe nach vorn und rammte sie dem Fremden in den Magen. Der Mann sank bewußtlos zusammen.

Xenor beugte sich über ihn und zerrte ihn in den Schutz des Treibstofftanks, dann machte er sich auf die Suche nach dem anderen.

Er sah ihn zehn Minuten später zu dem Landequadrat kommen, wo Kapitän Odgins Raumschiff gestanden hatte. Jetzt befand sich dort der Gleiter, der die beiden Männer hierhergebracht hatte.

Xenor kauerte sich hinter einen Lufterneuerungsschacht und ließ den Mann an sich vorbei. Hinter seinem Rücken sprang er auf und richtete die Pistole auf ihn.

»Hände hoch!« zischte er.

Der Mann blieb abrupt stehen und schien einen Moment zu überlegen, ob er dem Befehl nachkommen sollte. Er entschied sich dagegen. Er wirbelte herum und schwang das kurzläufige Gewehr wie einen Knüppel. Da Xenor diesmal seinen Gegner als unberechenbar eingestuft hatte, kam dessen Attacke nicht überraschend für ihn. Er ließ sich fallen und schoß gleichzeitig.

Der Mann schrie vor Schmerz auf, ließ die Waffe los und griff sich an die Seite.

»Damit kommen Sie nicht durch«, stieß der Verwundete hervor, und seine Augen funkelten Xenor haßerfüllt an.

»Wenn Sie Ihren Kameraden meinen«, sagte Xenor, »den habe ich bereits ausgeschaltet.«

»Trotzdem ... Ah!« Der Mann krümmte sich vor Schmerz. »Wollen Sie mich verbluten lassen?« schrie er anklagend.

»Wenn sich im Gleiter eine Apotheke befindet, werde ich Sie notdürftig verarzten«, sagte Xenor beruhigend.

»Verarzten?« rief der Verwundete. Während er die eine Hand gegen die Seite preßte, humpelte er auf den Gleiter zu. »Ich brauche eine Bluttransfusion – und zwar schnell. Bringen Sie mich sofort zu einer Blutbank.«

Xenor hatte plötzlich Mitleid mit dem Mann.

Der Mann kletterte in den Gleiter. Xenor, immer noch die Pistole im Anschlag, folgte ihm.

»Machen Sie schnell«, sagte der Verwundete und griff nach dem Zündschlüssel, um zu starten.

Aber Xenor war schneller. Er zog den Zündschlüssel ab und hielt ihn außer Reichweite.

»Wollen Sie mich verbluten lassen?« kreischte der Mann in panischer Angst.

»Nur dann, wenn Sie mir nicht sagen, wer Sie geschickt hat«, sagte Xenor hart.

»Ich werde Ihnen alles sagen, nur bringen Sie mich zu einer Blutbank!«

Der Mann startete, nannte der Automatik eine Adresse, und gleich darauf hob der Gleiter vom Boden ab und suchte sich in geringer Höhe einen Weg zwischen den Raumschiffen hindurch.

»Wer hat Sie hergeschickt?« erkundigte sich Xenor.

»Vater ... Er hat gesagt, wenn wir Ihnen erzählten, daß wir von Laudernik kämen, wäre alles nur ein Kinderspiel. Nun ...«

»Wie heißt Ihr Vater?« unterbrach Xenor.

»Clifford.«

»Und Sie?«

»Auch Clifford. Nein, nein ... Beruhigen Sie sich wieder. Ich heiße mit Vornamen Stephan.«

»Und warum hat Ihnen Ihr Vater diesen Auftrag gegeben?«

»Mein Vater«, erklärte Stephan, »ist Politiker und hat von sich reden gemacht, als er in ein Sonderkomitee berufen wurde, das auf Carmatun das Androidenproblem zu einer Lösung bringen sollte. Nun, es kam während der Verhandlungen zu einem ausgewachsenen Skandal, als sich herausstellte, daß Laudernik und die anderen vier Bevollmächtigten Androiden waren. Aber so seltsam es klingt, die Verhandlungen konnten erst durch diesen Skandal erfolgreich beendet werden.«

»Das alles ist mir bekannt«, unterbrach Xenor. »Ich möchte von Ihnen wissen, warum Ihr Vater Sie hergeschickt hat und warum Laudernik nicht persönlich kam.«

Stephan zuckte mit den Schultern. »Das weiß ich selbst nicht. J. C., das ist mein Vater, sagte zu meinem Bruder und mir nur, daß er für uns einen abenteuerlichen und doch gefährlichen Auftrag hätte. Nachdem er uns die Einzelheiten – den Treffpunkt und Ihre Personenbeschreibung – gab und uns sogar bewaffnete, griffen wir zu. Sie können sich nämlich nicht vorstellen, wie langweilig und eintönig das Leben auf Terra ist. Es war also eine willkommene Abwechslung für uns ...«

»Ein Nervenkitzel, der euch beide leicht das Leben hätte kosten können«, warf Xenor ein.

Stephan Clifford betrachtete seine blutverschmierten Hände.

»Vielleicht verblute ich noch.«

»Und das Schicksal Ihres Bruders interessiert Sie nicht?«

»Mein Gott!« rief Stephan betroffen aus. »Was haben Sie mit ihm gemacht?«

»Keine Bange«, beruhigte ihn Xenor amüsiert. »Wenn er zu sich kommt, wird er nur ein wenig Magendrücken haben.«

»Hoffentlich ist das alles«, sagte Stephan düster. Er blickte besorgt aus dem Seitenfenster. »Gott sei Dank haben wir den Raumhafen hinter uns gelassen. Jetzt werden wir bald dasein.«

»Sie bekommen Ihre Bluttransfusion noch rechtzeitig genug«, sagte Xenor.

»Mir wird plötzlich so leicht ... mir schwindelt ...«

Xenor bemerkte, daß Stephan Clifford in den letzten Sekunden leichenblaß geworden war. Er beugte sich über ihn.

»Machen Sie nicht schlapp, Stephan«, drang er in ihn. »Sie

müssen mir noch einige Fragen beantworten. Sagen Sie mir, wie ich zu Ihrem Vater gelangen kann.«

Stephan Clifford hatte die Augen geschlossen. »Ich kann kein Blut sehen«, murmelte er.

»Wie komme ich zu Ihrem Vater?«

»Drücken Sie den Zielknopf, die Automatik fliegt Sie dann zu unserem Wohnsitz.«

Xenor hob Stephans Kopf an. »Eine Frage noch: Hat Ihr Vater Kontakt zu Haskar Raims?«

»Bin so schwach ...«

»Beantworten Sie meine Frage!«

Stephan öffnete die Augen halb. »Ja, er hat Kontakt zu Raims. Habe ihn selbst gesehen, als ich unser Haus verließ. Laudernik war ... auch da ...«

Stephans Kopf rollte zur Seite.

Sekunden später landete der Gleiter auf dem flachen Dach eines einstöckigen Gebäudes. Aus einer Luke sprangen zwei Roboter und holten Stephan heraus. Noch während sie ihn zu der Dachöffnung trugen, rissen sie ihm das Gewand vom Oberkörper.

Xenor glaubte gesehen zu haben, daß Stephans Bauch keinen Nabel hatte.

»Unsinn, ich habe mich getäuscht«, sagte er laut und drückte den Zielknopf.

Fast lautlos erhob sich der Gleiter vom Dach der Blutbank und flog in geringer Höhe über das unendlich scheinende Meer von einstöckigen Häusern mit flachen Dächern dahin.

Das also ist die Erde, die Wiege der Menschheit und in gewissem Sinne auch die Wiege der Androiden, dachte Xenor deprimiert.

Xenor schätzte, daß der Gleiter eine Viertelstunde mit ihm geflogen war, als eine Verlangsamung der Geschwindigkeit anzeigte, daß er sich seinem Ziel näherte. Es war allerdings nicht zu erraten, auf welchem Dach der Gleiter landen würde. Denn hier waren die Häuser so einheitlich wie überall sonst, und keines wies durch irgendeine Besonderheit darauf hin, daß es von einer höhergestellten Persönlichkeit bewohnt wurde.

Aber da der Gleiter die Geschwindigkeit verlangsamte und ständig an Höhe verlor, bereitete sich Xenor auf die baldige Landung vor. Er entsicherte seine Waffe und drückte sich gegen die Sitzpolster, während seine Hand am Türgriff lag.

Der Gleiter schwebte nun ruhig über einem Punkt und sank langsam tiefer. Es wurde für Sekundenbruchteile dunkel, dann fiel plötzlich der Schein einer künstlichen Beleuchtung in die Gleiterkabine; als Xenor nach oben blickte, sah er, wie sich eine Dachöffnung schloß.

Er spannte seinen Körper an. Kaum hatte der Gleiter mit einem Ruck auf dem Boden der Garage aufgesetzt, öffnete Xenor mit einem schnellen Ruck die Tür.

Die Garage war leer. Er versicherte sich noch einmal eingehend davon, daß ihm niemand auflauerte, dann erst verließ er den Gleiter.

Als sich Xenor der einzigen Tür näherte, öffnete sie sich lautlos vor ihm. Er wurde davon dermaßen überrascht, daß er in einer Schreckreaktion den Finger um den Abzug seiner Waffe krümmte. Aber er drückte dann doch nicht ab, denn der vor ihm liegende Raum war leer. Zumindest befand sich kein Mensch in ihm – das konnte Xenor feststellen, als sich die Beleuchtung automatisch einschaltete.

Es handelte sich um einen Vorraum mit einem halben Dutzend Türen.

Entlang den Wänden standen Blumentröge, über die Wände zogen sich blühende Kletterpflanzen, rankten sich um die Beleuchtungskörper und Ziergegenstände und umrahmten kostbar wirkende Ölgemälde. Die Luft war von schwerem, süßem Blumenduft erfüllt. Hier war das erste Anzeichen dafür, daß die Wohnkastelle der Terraner, von außen spartanisch und schmucklos, in Wirklichkeit luxuriöse Wohnburgen waren. Die vollkommene Automation hatte den Terranern ein geruhsames Leben im Wohlstand gebracht, aber waren sie dadurch nicht bequem, träge und faul geworden?

Vielleicht nicht alle, denn Stephan Clifford hatte auch versucht, aus dem Trott des terranischen Alltags auszubrechen. Doch mußte sich Xenor andererseits sagen, daß er es bestimmt kein zweites Mal mehr versuchen würde.

Xenor ging weiter, die Waffe immer noch schußbereit in der Hand. Er öffnete probeweise drei Türen, hinter denen Schlafzimmer mit üppiger Vegetation lagen.

Erst als Xenor die vierte Tür öffnete, stand er vor einem Raum, der sich von den anderen grundlegend unterschied; er stockte und erschrak fast beim Anblick der übertechnisierten Einrichtung. Er konnte nicht sagen, ob es sich um einen Wohn- oder Hobbyraum, um ein Arbeitszimmer oder überhaupt um eine neue Art eines Aufenthaltsraumes handelte. Manche der Einrichtungsgegenstände hätten Sessel sein können, andere Tische oder Liegen, aber sie standen alle mit ihm völlig unbekannten technischen Geräten in Verbindung. Xenor rätselte, welchen Zwecken sie dienen mochten.

Als er den Raum schließlich mit einigen vorsichtigen Schritten betrat, bekam er einige der Möglichkeiten dieser Einrichtung am eigenen Körper und Geist zu spüren. Jeder Schritt war ein neues, fremdartiges und manchmal erschreckendes Erlebnis ...

Er stand plötzlich in einer anderen Welt. Ein leiser, verlockender Gesang kam von irgendwoher, wurde aber bereits durch den nächsten Schritt von einem faszinierenden Farbenspiel abgelöst. Es war wie ... wie gelenkte Suppressionen ... wie der gespeicherte Traum eines glücklichen Kindes ... wie die Erweckung und heimliche Erfüllung langgehegter Wünsche.

»Ein Gedicht?« fragte eine sonore Stimme.

»Kein Gedicht!« lehnte eine andere ab.

»Er will Wissen.«

»Er will Beruhigung!«

»Er braucht Ruhe ...«

Der Schlaf im Wachen! Die Sättigung, ohne Nahrung zu sich zu nehmen! Die Erfüllung aller Wünsche, die Verwirklichung von alldem, was man zu verwirklichen wünschte – ohne sich auch nur vom Fleck zu rühren ...

Das also ist der Status der terranischen Zivilisation: Müßiggang und Illusion. Kein Wunder, wenn die Terraner vor allen Problemen die Augen verschließen und von den anderen Menschen der Galaxis verlangen, es ihnen gleichzutun.

»Er ist nicht zu befriedigen!«

»Er ist von solcher Unrast erfüllt.«

»Ich gebe ihm die Warnung, die er hören will.«

»Du wirst es lassen.«

»Klassiker. Es sind Klassiker!«

Verwirrende Farben, einschläfernder Gesang und dann:

Flectere si nequeo superos, acharonta movebo ...

»Das versteht er nicht. Er wird zwischen Skylla und Charybdis scheitern.«

»Aber er will gewarnt werden. Vielleicht ...«

Wagner: Ein herrlich Werk ist gleich zustand gebracht.

Mephistopheles: Was gibt es denn?

Wagner: Es wird ein Mensch gemacht.

»Nein, das ist nichts für ihn. Er braucht Eindeutigkeiten. Deine Neugier willst du stillen? Bitte, lausche ...«

Und nach diesem verwirrenden Dialog der Wunscherfüllungsroboter kam es, daß sie gegen die Interessen ihres eigenen Herrn und Gebieters handelten. Xenor wurde Zeuge eines Gesprächs zwischen dem terranischen Diplomaten Clifford und einigen Männern, die von den Wunscherfüllungsrobotern als Staatspolizisten bezeichnet wurden.

Xenor erfuhr nie, wo der Raum lag, in dem sich der Diplomat mit den Polizisten unterhielt. Es war einer jener Gartenräume, wie sie Xenor bereits kannte.

Clifford war nervös, aber er täuschte Sicherheit vor.

»Meine beiden Jungen werden schon mit Xenor fertig«, sagte er.

»Möglich«, meinte einer der Polizisten skeptisch, »aber dazu brauchen sie eine gehörige Portion Glück. Xenor hat eine Ausbildung als Androidenjäger hinter sich.«

Clifford wurde blaß. »Wieso ... ist er denn kein Androide?«

Ein anderer Polizist winkte ungeduldig ab. »Er ist jedenfalls ein Kämpfer und ein Androide. Glauben Sie, alle Retortenmenschen sind so verweichlicht wie Ihre beiden Sprößlinge?«

»Ich verbitte mir diesen Ton!« begehrte Clifford auf. »Stephan und Milor sind Wunschkinder.«

»Schon gut, regen Sie sich nicht auf. Mir will nur nicht eingehen, wieso Sie die beiden gegen Xenor gehetzt haben. Ein Anruf bei uns hätte genügt.«

Clifford seufzte. »Aber das habe ich Ihnen doch bereits erklärt. Ich wollte einen Skandal vermeiden. Niemand, nicht einmal ihr von der Staatspolizei hättet erfahren sollen, was mit Xenor geschieht.«

»Was hatten Sie denn mit ihm vor?«

»Das wissen Sie doch. Er muß beseitigt werden. Er weiß ganz einfach zuviel.«

»Durch Eigenmächtigkeit haben Sie alles nur noch komplizierter gemacht.«

»Aber wieso? Ich bin überzeugt, daß Stephan und Milor diesen Xenor herbringen werden. Dann können Sie sich seiner annehmen.«

»Ihren Optimismus möchte ich haben.«

»Es wird schon alles klappen.«

»Hoffentlich.«

Clifford räusperte sich. »Sie werden diese Angelegenheit doch mit der nötigen Diskretion behandeln?«

»Wir werden unser möglichstes tun.«

»Sie werden Xenor sang- und klanglos in der Versenkung verschwinden lassen, nicht wahr?«

»Wahrscheinlich.«

»Sie müssen! Er ist unser Feind, er könnte unsere Pläne gefährden.«

»*Unsere* Pläne? *Ihre* Pläne!«

»Wie Sie wollen – *meine* Pläne also. Aber ich gehöre einer mächtigen Mehrheit an. Ich vertrete die Interessen der Majorität der Menschheit. Und ich versichere Ihnen, wir werden das Problem der Retortenmenschen auf unsere Weise schnell und ohne Aufsehen lösen. Es ist für Ihre weitere Karriere gut, wenn Sie mich jetzt vorbehaltlos unterstützen.«

»Hm. Wo haben Sie denn Haskar Raims versteckt? Ich habe gehört, daß er sich in Ihrem Haus befindet.«

Clifford wurde rot vor Zorn. »Mischen Sie sich da nicht ein!«

Die Szene verblaßte dann, als die Wunscherfüllungsroboter erkannten, daß Xenor nicht mehr länger an der Unterhaltung interessiert war. Er hatte genug gehört.

Er fand sich plötzlich in dem übertechnisierten Raum wieder. Aber er spürte, daß die Roboter ihn nicht allein auf Grund seines Wunsches von dem Beobachtungsposten zurückgezogen hatten. Sie hatten es aus eigener Initiative getan.

Der Raum war nun nicht mehr freundlich und voller Illusionen, sondern kalt und unpersönlich.

»Er ist ein Eindringling«, sagte eine Stimme.

»Er gehört nicht hierher!«

»Verständigt die Alarmanlage.«

Im nächsten Augenblick heulte eine Sirene auf.

10.

Der Raum besaß keinen Ausgang. Die Tür, durch die Xenor eingedrungen war, ließ sich nicht mehr öffnen. Er klopfte mit den Fäusten nacheinander die vier Wände ab – und als er schon aufgegeben hatte, stieß seine Faust an einer Stelle durch die Wand. Xenor nahm an, daß es sich dabei nur um eine Tarnung handelte, rannte gegen die Wand an und glitt hindurch. Er fand sich in einer engen Kabine aus einem silbernen Metall wieder. Kaum daß er sich von der ersten Überraschung erholt hatte, spürte er, wie die Kabine mit ihm in die Tiefe glitt.

Ein Lift!

Xenor packte seine Waffe fester und wartete mit angespannten Sinnen darauf, bis der Lift anhielt. Er rechnete damit, daß an einer Stelle Endstation sein würde, wo ihn Clifford und die Polizisten bereits erwarteten. Um so überraschter war er, als der Lift mitten in einem von Passanten bevölkerten unterirdischen Gewölbe hielt.

Xenor verließ den Lift schnell und mischte sich unter die Fußgänger. Erst als er einige Entfernung zwischen sich und den Lichtschacht gebracht hatte, gönnte er sich eine Verschnaufpause.

Er brauchte ein wenig Ruhe, um Ordnung in seine Gedanken zu bringen. Seine neue Umgebung verwirrte ihn ein wenig, aber er fand sich schnell in ihr zurecht.

Er befand sich in einer unterirdischen Straße mit Geschäften, Restaurants und Vergnügungsstätten. Er sah nur Fußgänger, die entweder auf den schmalen Bürgersteigen standen und die Auslagen der Geschäfte betrachteten oder sich von den Förderbändern in der Straßenmitte dahintragen ließen – aber er entdeckte kein einziges Fahrzeug. Erst als er den Blick nach oben richtete, sah er, daß zehn Meter über ihm große, von Leitstrahlen getragene Gondeln dahinglitten.

Die geradlinige Straße, in der er sich befand, zog sich scheinbar endlos dahin und wurde in regelmäßigen Abständen von Querstraßen gekreuzt. Wenn Xenor bis jetzt noch einen Beweis dafür gebraucht hätte, daß sich das Leben auf Terra unter der Oberfläche abspielte, jetzt hatte er ihn.

Aber darüber wollte er sich nicht länger den Kopf zerbrechen. Sein Problem war, wie er gegen die unerwarteten Schwierigkeiten auf Terra ankämpfen und seinem Volk zu seinem Recht verhelfen konnte.

Haskar Raims war also wortbrüchig geworden! Noch bevor er sich scheinbar mit Elmer Laudernik einigte, hatte er bereits die Fäden zu seinen terranischen Verbündeten gesponnen. Nahm Raims den letzten großen Schlag in Angriff, mit dem er die Androiden ein für allemal von der Bildfläche verschwinden lassen wollte? Es hatte den Anschein. Aber es schien auch, daß er noch nicht zuschlagen konnte, solange sich Xenor auf freiem Fuß befand. Demnach waren die Dokumente, die er von Laudernik bekommen hatte, wichtiger, als er angenommen hatte.

Xenor überlegte seine nächsten Schritte und sah die einzige Aussicht auf Erfolg darin, mit den obersten Gesetzgebern Terras in Verbindung zu treten. Wenn auch einige unter ihnen, wie zum Beispiel Clifford, korrupt waren und auf der Seite Raims' standen, so waren sie doch in ihrer Gesamtheit androidenfreundlich.

»Sie haben Kummer«, sagte jemand hinter Xenor.

Xenor wirbelte herum und sah sich einem Mann von unbestimmbarem Alter gegenüber, der, obwohl modisch und elegant gekleidet, keinen vertrauenerweckenden Eindruck machte. »Was wollen Sie von mir?« herrschte ihn Xenor an.

Der Unbekannte lächelte. »Ihnen helfen. Sie sehen nämlich wie jemand aus, der Hilfe brauchen kann. Jeder, der ein Auge dafür hat, sieht Ihnen an, daß Sie kein Terraner sind, daß Sie Hunger haben und sich in dieser fremden Welt nicht zurechtfinden.«

Unwillkürlich betrachtete sich Xenor in einem der Spiegel des Geschäfts, vor dem er stand. In der Tat, er sah recht heruntergekommen aus. Seine Kleidung war verschmutzt, sein Gesicht war verschwitzt, aber wenigstens verbarg das unordentlich in die Stirn hängende Haar seine Registriernummer. Augenblicklich wurde er sich auch der Waffe in seiner Hand bewußt und steckte sie ins Futteral.

Er hatte eigentlich dankbar dafür sein sollen, daß ihn jemand ansprach und ihm Hilfe anbot. Aber er besaß kein Geld und keine Wertgegenstände, und es war illusorisch, anzunehmen, daß ihm der Fremde aus reiner Nächstenliebe helfen würde.

»Ich könnte schon Unterstützung brauchen«, sagte Xenor, »aber ich kann nicht dafür bezahlen.«

»Sie meinen, weil Sie kein Geld in den Taschen haben?« Der Fremde lachte. »Ich habe schon vielen geholfen, die bargeldlos waren, aber Werte besaßen, mit denen sie meine Hilfe kaufen konnten. Sie bilden darin keine Ausnahme. Sie haben etwas, das jeder lebende Mensch besitzt – und daran bin ich interessiert.«

»Was ist es?« erkundigte sich Xenor unbehaglich. »Sind Sie etwa der Teufel, der meine Seele haben möchte?«

»So ähnlich«, antwortete der Fremde lachend. »Aber kommen Sie, ich lade Sie zum Essen ein. Mit vollem Magen läßt sich besser über Geschäfte reden. Übrigens, ich heiße Alfred. Alfie für meine Geschäftspartner.«

Xenor ließ sich widerstandslos in die nächste Imbißstube führen. Er spürte erst jetzt, wie groß sein Hunger war. Aber nachdem er gegessen hatte und Alfie ihm über seine Geschäftspraktiken erzählte, meinte er, die Speisen würden ihm wieder hochkommen.

»He!« rief Alfie. »Sie sind ja ganz käsig im Gesicht! Sind Sie von meinen Ausführungen so schockiert? Wenn Sie auf Terra bleiben wollen, werden Sie sich an diese Dinge gewöhnen müssen. Ich verstehe Sie ganz einfach nicht.«

»Ich habe nicht vor, auf Terra zu bleiben«, sagte Xenor.

»Das werden Sie aber müssen, wenn Sie das Geschäft mit mir perfekt machen wollen«, meinte Alfie. »Das verstehen Sie doch, nicht wahr? Wie soll ich mir das, was ich will, von Ihnen holen, wenn Sie auf einer anderen Welt das Zeitliche segnen?«

»Hören Sie auf damit!« fuhr Xenor ihn an. »Ich denke

überhaupt nicht daran, mit Ihnen ein solches Geschäft abzuschließen.«

»Ach?« machte Alfie überrascht. »Und wie wollen Sie dann Ihr Vorhaben, in das Regierungsgebäude einzudringen, verwirklichen? Sie haben wohl Beziehungen, die es Ihnen erlauben, sich unbemerkt einzuschleichen?«

»Ich werde schon einen Weg finden«, sagte Xenor.

Alfie schüttelte den Kopf. »Machen Sie sich nichts vor. Wenn Sie sich während Ihres kurzen Aufenthalts auf Terra nur ein wenig umgesehen haben, werden Sie erkannt haben, daß man nicht einmal in die Intimsphäre von Privatpersonen unbemerkt eindringen kann. Jedes Haus, jede Wohnung hat ihre vollautomatische Alarmanlage, deshalb ist Terra auch der Planet, wo die wenigsten Verbrechen geschehen. Und jetzt rechnen Sie sich einmal aus, wie gut bewacht erst das Regierungsgebäude ist. Eine Bastion, sage ich Ihnen.«

Xenor mußte im stillen zugeben, daß Alfie recht hatte.

»Und Sie kennen einen Weg in diese Bastion?« fragte er.

»Für den Preis, den Sie mir zahlen, bringe ich Sie sogar unbemerkt in das Privatgemach des Teufels.«

Xenor zögerte noch immer. Bei dem Gedanken an den Handel, den er eingehen sollte, wurde ihm wieder übel.

»Ich weiß nicht recht«, murmelte er.

»Was haben Sie denn zu verlieren«, sagte Alfie, der erkannte, daß es nun von seiner Überredungskunst abhing, sein Opfer zu dem Geschäft zu bewegen. »Sie leben Ihr Leben wie bisher, Sie können es in vollen Zügen genießen und brauchen sich keine Sorgen zu machen. Oder wollen Sie sagen, es sei ein Nachteil, sich jährlich einer ärztlichen Kontrolle zu unterziehen? Ich kenne Menschen ohne Bankverpflichtungen, die sich in regelmäßigen Abständen untersuchen lassen. Es ist kein Schaden, wenn man bestätigt bekommt, daß man einen gesunden Körper hat. Mit einem gesunden Körper lebt man länger! Und wenn man tot ist, kann es einem doch gleich sein, was mit einem geschieht. Was ist denn moralischer? Seinen

Körper in der Erde verfaulen zu lassen, ihn zu verbrennen oder selbst im Tode noch ein gutes Werk damit zu tun?«

»Hören Sie auf damit!«

»Ich nenne das Kind nur beim Namen. Wollen Sie den Vertrag unterschreiben?«

»Und Sie würden mich in das Regierungsgebäude bringen?«

»Dazu verpflichte ich mich.«

»Dann geben Sie her. Ich unterschreibe.«

Alfie lächelte. »Sie werden verstehen, daß ich mich auf keinen Kuhhandel einlassen kann. Ich muß mich erst einmal davon überzeugen, daß Sie fit sind. Deshalb möchte ich Sie bitten, mich zu einem ärztlichen Laboratorium zu begleiten.«

Xenor fühlte, wie seine Chancen zu schwinden begannen. »Das geht nicht«, sagte er. »Ich bin weder ein Terraner noch sonst ein Geborener, sondern ein Androide von Carmatun.«

»Den Banken ist es gleichgültig, ob sie von Geborenen oder Retortenmenschen beliefert werden!« Alfie lachte und hieb Xenor auf die Schulter. »Kommen Sie, als Androide haben Sie sogar noch bessere Chancen in dem Geschäft.«

Alfie fuhr mit Xenor zu einem kalkweißen Gebäude in einer der Nebenstraßen. Dort mußte sich Xenor vollständig entkleiden und anschließend in einen »Diagnosesarg«, wie Alfie den Behälter scherzend nannte, einschließen lassen. Eine monotone Automatenstimme leierte unpersönlich die rasch aufeinanderfolgenden Phasen der ärztlichen Untersuchung herunter. Zum Schluß wurde Xenors Gehirnwellenmuster registriert.

»Das ist wichtig«, erklärte Alfie, »damit Sie nicht abhauen können.«

Nachdem sich Xenor wieder angekleidet hatte, brachte eine Schwester – sie war der einzige menschliche Bedienstete, den Xenor im medizinischen Labor zu Gesicht bekommen hatte – den Befund.

Alfie schaute ihm über die Schulter und pfiff anerkennend durch die Zähne, nachdem er das Attest überflogen hatte.

»Kerngesund. Jetzt können wir unser Geschäft abschließen«, sagte Alfie, holte aus der Innentasche seiner Jacke ein Formular heraus und überreichte es Xenor. »Sie müssen in der linken unteren Ecke unterschreiben und dann das Diagramm Ihres Gehirnwellenmusters anheften.«

»Und wie weiß ich, daß Sie Ihre Gegenleistung erbringen?« erkundigte sich Xenor.

»Ganz einfach«, sagte Alfie. »Sie geben mir den unterschriebenen Vertrag, und ich werde ihn bei mir tragen, während ich Sie ins Regierungsgebäude bringe. Sie könnten mir ihn also leicht wieder abnehmen, wenn ich Sie übers Ohr haue. Bei diesen Körperkräften wäre das eine Kleinigkeit für Sie. Junge, Junge, sind Sie ein Prachtexemplar von Mensch. Kerngesund – und zehn Tausender wert!«

Xenor las den Vertrag durch.

Ich (Name ... Geschlecht ... Abstammung ... Gehirnwellenmuster ...) verpflichte mich, für den Betrag von Credit 10.000, zahlbar an Alfred Nietrich, nach dem Tode meinen Körper und alle meine Organe nachstehenden Banken zu überlassen:

Augen – der Uriel-Augen-Bank
Nieren – der Gabriel-Nieren-Bank
Leber – der Michael-Leber-Bank
Lungen – der Raphael-Lungen-Bank
Herz – der Baarnard-Herz-Bank

Die verbleibende sterbliche Hülle steht dem Medizinischen Forschungsinstitut Terra zur Verfügung.

Unterschrift
Datum

Xenor unterschrieb.

Die Straße verbreiterte sich und ging schließlich in einen weiten Platz mit einem exotischen Park über. Der Park war terrassenförmig angelegt, der Höhenunterschied von der Mitte bis zum Rand betrug gut hundert Meter; Springbrunnen, künstliche Bäche, Marmorstatuen und die im Zickzack angelegten Wege lockerten den Gesamteindruck auf.

In der Mitte dieser riesigen Höhle stand eine dreißig Meter durchmessende fensterlose Säule, an deren metallener Hülle sich das Licht der vielen Kunstsonnen brach – sie reichte von der Decke bis zum Boden des Parks und war durch einen zehn Meter breiten Wassergraben von den öffentlichen Wegen getrennnt.

»Das ist das Regierungsgebäude«, erklärte Alfie und fügte hinzu: »Zumindest jener Teil, der vom Volk als das Regierungsgebäude bezeichnet wird. Aber die Amtsräume der Abgeordneten und das Parlament, der Sitz der Legislative und Exekutive, kurz der gesamte Verwaltungsapparat, von dem aus die Geschicke Terras und der Kolonialwelten gelenkt werden, liegen noch tiefer unter der Erde. Dorthin kann ein normaler Sterblicher nicht einmal am Tag der offenen Tür gelangen.«

»Ich muß hin«, sagte Xenor hart.

»Natürlich«, meinte Alfie. »Aber trotzdem wird das Regierungsgebäude unser erstes Ziel sein, denn nur von dort können Sie in das Reich der terranischen Bonzen gelangen.«

»Worauf warten wir dann noch?« erkundigte sich Xenor ungeduldig, als sie den Rand des Wassergrabens erreicht hatten.

»Auf den Beginn der Führung«, antwortete Alfie ruhig. »Kommen Sie, Xenor, sehen wir uns einstweilen den Grundriß des Regierungsgebäudes an. Darauf zeige ich Ihnen, auf welchem Weg Sie Ihr Ziel erreichen können.«

Alfie führte Xenor zu einer Projektionswand mit einer Schaltkonsole, wo einige Passanten standen und durch Knopfdruck verschiedene Schemata des Regierungsgebäudes auf die Wand projizierten.

Alfie stellte sich mit Xenor an und wartete geduldig, bis die Reihe an ihn kam. Er drückte den Knopf, der einen Querschnitt und Grundriß des Kellergewölbes projizierte.

»Prägen Sie sich jede Einzelheit genau ein«, murmelte er dabei Xenor zu, »besonders aber den grau getönten Schacht, der zwanzig Meter unter dem Parkniveau abrupt endet.«

Xenor hatte drei Minuten Zeit, um sich alles genau einzuprägen, dann stießen ihn die nachdrängenden Leute weiter.

»Was hat es mit diesem Schacht auf sich?« erkundigte sich Xenor bei Alfie.

»Es handelt sich um einen Notlift, der die einzige Verbindung zwischen dem Regierungsgebäude und dem Sitz der Regierung ist«, antwortete Alfie.

»Und woher haben Sie diese Information?«

Alfie lächelte schlau. Bevor er eine Antwort zu geben brauchte, rief eine Automatenstimme die Führung durch das Regierungsgebäude aus.

»Das ist unser Startzeichen«, sagte Alfie und strebte dem Rand des Wassergrabens zu.

Xenor sah, daß sich der Wasserspiegel senkte und eine kreisrunde Freitreppe freigab, die sich um das Regierungsgebäude zog. Als das Wasser zur Gänze abgeflossen war, öffnete sich in der Wand eine Schleuse. Dahinter führten noch einige Stufen in die Tiefe, die in einer niedrigen Halle endeten. Ein Roboter, der am Zugang zum Regierungsgebäude aufgetaucht war, ermahnte die herandrängenden Leute zur Ruhe und Ordnung und stoppte nach jeder Zehnergruppe den Zustrom.

Alfie und Xenor wurden mit der dritten Gruppe hineingelassen.

Während die anderen Besucher, nun sich selbst oder der wegweisenden Stimme aus einem Lautsprecher überlassen, den Aufgängen zustrebten, lenkte Alfie seine Schritte zu einer Wendeltreppe, die nach unten führte. Xenor folgte ihm.

Nach der ersten Windung holte Alfie eine Taschenlampe

hervor, schaltete sie aber erst ein, als sie in den unbeleuchteten Keller kamen.

»Glauben Sie nicht, daß man auf uns aufmerksam wird?« erkundigte sich Xenor und tastete unwillkürlich nach seiner Waffe.

Alfie kicherte. »Sicher hat uns die automatische Warnanlage schon längst erspäht. Aber da der Keller von jedem Neugierigen ungehindert betreten werden kann ... Was ist, warum bleiben Sie stehen?«

»Mir war, als hätte ich ein Geräusch gehört«, sagte Xenor. »Es kam von oben.«

»Wahrscheinlich ging jemand zur Wendeltreppe und hat es sich dann anders überlegt, als er sah, daß es hier unten dunkel ist«, meinte Alfie.

Alfie ging zielstrebig zwischen den gewaltigen Maschinen und Aggregaten hindurch und blieb schließlich vor einem Schacht stehen, über dem ein rotes Licht glühte.

»Das ist der Notausgang«, sagte er. »Es ist eine Art Antigravlift, wenn Sie sich etwas darunter vorstellen können. Man hat zwar keinen festen Boden unter den Füßen, dafür hat man die Garantie für eine überaus rasche Beförderung. Bitte, steigen Sie ein.«

Xenor warf einen mißtrauischen Blick in den Schacht, dessen Ende er nicht absehen konnte.

»Nach Ihnen, Alfie«, meinte er dann.

Alfie lachte, sprang in den Schacht und fiel wie ein Stein hinunter, aber er blieb während des Falles aufrecht, gerade so, als hielte ihn eine unsichtbare Kraft in dieser Stellung.

Xenor zögerte nicht mehr länger und sprang ebenfalls in den Schacht. Für einen Augenblick raubte es ihm den Atem, die vorbeizischende Luft dröhnte ihm in den Ohren. Aber dann wurde seine Geschwindigkeit abgebremst, ein lautloser Energiestau fing seinen Körper weich auf und setzte ihn sanft wie eine Feder auf dem Boden ab. Trotzdem war er ein wenig benommen und konnte sich nicht rechtzeitig genug auf Alfies

Attacke einstellen. Aber wahrscheinlich hätte er auch nichts ausgerichtet, wenn er auf den Angriff vorbereitet gewesen wäre.

Er sah noch, wie Alfie die eine Hand ausstreckte und ihm unter die Nase hielt. Gleich darauf verlor Xenor das Bewußtsein. Als er wieder zu sich kam, war er gefesselt. Über ihm schwebte verschwommen das Gesicht Alfies. Dann kamen seine Hände in Xenors Blickfeld – scharfe Instrumente glitzerten in ihnen.

»So, mein Freund«, sagte Alfie, »jetzt hole ich mir das von Ihnen, was Sie mir vertraglich zugesichert haben.«

Xenor bäumte sich auf, aber er konnte sich nicht befreien. Er wollte schreien, aber irgend etwas verschloß seinen Mund.

»Nur keine Aufregung«, meinte Alfie. »Sie werden nicht lange Schmerzen haben. Ich habe Übung in solchen Dingen, deshalb kann ich Ihnen versichern, daß alles nur halb so wild ist. In fünf Minuten haben Sie alles überstanden. Vielleicht sogar in einer noch kürzeren Zeit. Mein Rekord ist dreieinhalb Minuten ... Bleiben Sie ruhig, es ist gleich vorüber. Je ruhiger Sie sind, desto schneller und schmerzloser kann ich arbeiten. Ich hatte einmal eine Frau nach hier unten gelockt, die konnte sich vor Schreck überhaupt nicht rühren. Bei ihr schaffte ich den Rekord von ...«

Xenor sah, wie die Hand mit dem Skalpell sich einer Stelle unterhalb seines Halses näherte. Er schloß die Augen und meinte, den Einstich und den Schnitt zu spüren, der seinen Brustkorb in zwei Hälften teilen sollte. Aber als er sich wieder aufbäumte, fühlte er überhaupt keinen Schmerz. Er öffnete die Augen und entdeckte, daß er allein war.

Alfie war verschwunden.

Aber dafür sah er jemand anderen. Ein ihm unbekannter Mann kam aus dem Hintergrund des Raumes, beugte sich über ihn und löste seine Fesseln.

Der Unbekannte sagte: »Den hätten wir. Ein ganz übler Bursche. Wir hätten ihn wohl nie geschnappt, wenn uns die

Banken nicht den Wink gegeben hätten. Ihnen fiel nämlich auf, daß er sie so häufig mit frischem Material versorgen konnte.«

»Danke«, murmelte Xenor, nachdem er von den Fesseln und dem Knebel befreit war.

»Bedanken Sie sich lieber nicht«, sagte der Unbekannte und richtete eine Waffe auf Xenor. »Vielleicht werden Sie uns noch verfluchen, daß wir Sie vor Alfie gerettet haben. Staatsfeinde werden auf Terra nämlich nicht gerade auf Rosen gebettet.«

Xenor ließ sich widerstandslos abführen. Es war ganz einfach zuviel für ihn, was seit der Landung auf Terra auf ihn zugekommen war. Er gab sich geschlagen, er war am Ende seiner Kraft. Er hatte bis zum letzten Atemzug gekämpft, aber jetzt war seine Niederlage besiegelt, und in der Gewißheit, daß Haskar Raims über ihn und damit über die Androiden gesiegt hatte, kapitulierte er.

Sie brachten ihn in eine Zelle.

Dort war er nicht allein.

Ein Mann teilte die Zelle mit ihm.

Als sich dieser Mann nach seinem neuen Zellengenossen umdrehte, glomm Erkennen in seinen Augen auf, und er begann hysterisch zu lachen.

»Hat man Sie nun endlich auch geschnappt? Wie ist Ihnen denn zumute, Xenor, von den eigenen Leuten, von Androiden, wie Sie einer sind, eingekerkert zu werden?« rief Haskar Raims mit sich überschlagender Stimme.

11.

Sie saßen sich in der taghell erleuchteten Zelle gegenüber – der ehemalige Führer der Androidenjäger und der Androide.

»Ich habe geglaubt«, murmelte Xenor, »Sie wären nur zum Schein auf die Verhandlungsbedingungen eingegangen, um dann zum gegebenen Zeitpunkt zu einem großen Schlag gegen uns ausholen zu können. Aber nachdem man auch Sie eingekerkert hat, kann das wohl nicht mehr zutreffen.«

»Wie naiv Sie sind, Xenor«, meinte Raims, und sein Mund verzog sich spöttisch. »Es stimmt, ich habe die Androiden gehaßt, aber nicht grundlos – wie etwa Strangin. Ich habe schon vor langem erkannt, daß die Retortenmenschen eine Gefahr für die menschliche Zivilisation sind. Deshalb habe ich gegen sie angekämpft. Vielleicht waren meine Mittel manchmal nicht gut gewählt, aber ich dachte, der gute Zweck heilige sie. Oh, ich habe gewußt, wohin die Erschaffung von synthetischem Leben führen würde. Und ich habe recht behalten. Nur ein einziges Mal bin ich einen Kompromiß eingegangen, und diese Geste bereue ich jetzt bitter.«

»Sie haben das Übereinkommen mit Elmer Laudernik demnach ehrlich gemeint?« fragte Xenor.

»Ja.« Raims nickte nachdrücklich. »Meine Absichten waren so ehrlich wie die seinen. Wir haben uns geeinigt, daß die Androiden von Carmatun nach Forgid emigrieren dürften. Das war mein Zugeständnis. Laudernik hingegen versprach, die Regierung von Terra dazu zu bringen, von der Erschaffung weiterer Retortenmenschen abzusehen. Ich folgte ihm in gutem Glauben nach Terra. Nun, Sie sehen, was es mir eingebracht hat.«

»Wessen klagt man Sie an?« wollte Xenor wissen.

Raims verzog das Gesicht zu einer häßlichen Grimasse. »Sind Sie etwa nicht der Meinung, daß es genügend Anklagepunkte gegen mich gäbe?« stellte er die Gegenfrage.

Xenor senkte den Blick.

»Trotzdem«, sagte er, »glaube ich, daß die Hintergründe für Ihre Verhaftung woanders zu suchen sind.«

»Fragen Sie sich, warum man Sie zum Staatsfeind erklärt und eingesperrt hat. Die Antwort darauf ist auch für mich gültig.«

»Geben Sie mir die Antwort.«

Raims lachte. »Sie können sich wohl nicht vorstellen, daß Sie etwas mit mir gemeinsam haben? Wir beide wissen zuviel.«

»Was wissen wir?«

»Etwas über die terranischen Politiker und deren Absichten.«

»Ich verstehe immer noch nicht«, bekannte Xenor.

»Nein?« wunderte sich Raims. »Aber Sie wissen doch, daß Elmer Laudernik ein Retortenmensch ist. Und Sie kennen auch Professor Stuiffs Fünfzig-Jahre-Plan.«

»Ja«, gab Xenor zu.

Raims fuhr fort: »Dann dürfte es Ihnen doch nicht schwerfallen, von Laudernik auf die anderen Mitglieder der terranischen Führungsspitze zu schließen. Sie sind alle speziell gezüchtete Androiden. Politiker wie Clifford und Wissenschaftler wie Stuiff haben diese Androiden in Amt und Würden gesetzt, um von ihnen die Menschheit lenken zu lassen.«

»Das klingt phantastisch«, sagte Xenor, »beinahe unglaubwürdig. Ich kann mir nicht vorstellen, daß die Menschen Androiden schaffen, um sich von ihnen beherrschen zu lassen. Für mich hatte es bisher den Anschein, als sei es umgekehrt. Aber selbst wenn Sie recht hätten, glaube ich kaum, daß man die Androiden nunmehr dafür verantwortlich machen kann.«

Raims nickte. »Zu dieser Meinung bin ich während der Verhandlungen mit Elmer Laudernik auch gekommen. Mit ihm konnte man vernünftiger sprechen als mit allen Geborenen, die ich kenne. Er hat mir auch gezeigt, daß man nicht die Androiden, sondern die Menschen verantwortlich machen muß. Von diesem Augenblick standen wir beide auf der gleichen Seite. Ich habe den Androiden von Carmatun die Freiheit gegeben, und Elmer Laudernik wollte auf Terra für die Freiheit der Menschen kämpfen. Haben Sie sich auf Terra ein wenig umsehen können? Die Menschen hier jagen nach Organen, um sich ihr erbärmliches Leben ein wenig verlängern zu können. Sie schaffen sich Retortenwesen, um die Verantwortung auf sie abwälzen zu können, sie bauen Automaten, weil sie zu faul geworden sind, irgend etwas selbst zu tun. Ja, sie sind sogar zu träge, um Kinder zu zeugen, und schaffen sich Wunschkinder!«

Raims verstummte erschöpft.

»Alle Terraner sind bestimmt noch nicht so«, sagte Xenor in die entstandene Stille.

»Noch nicht – aber warten Sie ab, bis erst Professor Stuiffs Fünfzig-Jahre-Plan anläuft.«

»Ich heiße Clifford. Können Sie sich noch an mich erinnern? Sie haben mich vor einem halben Jahr bei einem Gespräch belauscht.«

»Ja, ich kann mich erinnern.«

»Ihr Gedächtnis ist ausgezeichnet. Wissen Sie, wie Sie heißen?«

»Meinen Sie den Namen, den ich früher einmal von einem Menschen angenommen habe?«

»Diesen Namen meine ich. Wie lautet er?«

»Xenor Anders.«

»Sie hatten auch eine Registriernummer. Erinnern Sie sich an sie?«

»Nein.«

»Ausgezeichnet, Xenor. Ich sehe, wir machen Fortschritte. Erinnern Sie sich auch an Ihre Gefährtin?«

»Ja. Barbara ... Ist ihr etwas ...?«

»Nein, nein, keine Sorge. Sie hatte zwar eine Fehlgeburt, aber ihr geht es gut. Würden Sie sich wieder ein Kind wünschen, Xenor?«

»Ja.«

»Einen kräftigen, gesunden Jungen oder ein niedliches, kleines Mädchen, nicht wahr?«

»Jawohl, ich würde ein solches Kind wollen.«

»Ich gebe Ihnen die Gelegenheit, sich so ein Kind anzuschaffen.«

»Soll das heißen, daß ich frei bin?«

»Die Anschaffung eines Kindes ist bei Ihnen wohl immer noch gleichbedeutend mit körperlichem Kontakt?«

»Ja, sicher ...«

»Ich gebe Ihnen die Möglichkeit, sich ein Kind anzuschaffen – Sie brauchen nur mit dem Finger zu schnippen, und ich verschaffe Ihnen ein Prachtexemplar von einem Kind.«

»Ein Kind, das ohne Liebe gezeugt wurde – nein, das würde ich nicht wollen.«

»Jetzt noch nicht, Xenor, doch bestimmt später. Ich werde Sie dahin bringen. Sie werden sich freiwillig zu der neuen Weltordnung bekennen.«

»Nein, das glaube ich nicht.«

»Fühlen Sie sich wohl, Xenor?«

»Ja, danke.«

»Ich habe erfreuliche Nachrichten für Sie.«

»Von Barbara?«

»Barbara, Barbara! Glauben Sie, ich stehe mit Ihrer Geliebten in Briefverkehr? Ich habe beileibe andere Sorgen, da mir der Kindermarkt über den Kopf zu wachsen droht.«

»Professor Stuiff ...«

»Unterbrechen Sie mich nicht! Ich wollte Ihnen gerade erklären, vor welchen organisatorischen Problemen wir stehen. Dabei meine ich weder den bürokratischen Teil unserer Arbeit noch den wissenschaftlichen. Ich denke an die zwischenmenschlichen Beziehungen, die mein Ressort paradoxerweise mit sich bringt. Monatlich kommen Tausende von Frauen zu uns, die beraten werden wollen. Es ist seltsam, daß sie eine gewisse Scheu haben, sich von Robotern betreuen zu lassen, da sie doch wegen der Anschaffung von Kindern kommen, die diesen Robotern ähnlicher werden als Menschen.

Sie wünschen sich exakt funktionierende, gesunde, intelligente, schöne und in jeder Beziehung überdurchschnittliche Geschöpfe. Aber sie wollen, wie ich schon sagte, nicht den Rat eines Roboters, sondern ziehen den Kontakt zu einem menschlichen Berater vor.«

»Das paßt Ihnen wohl nicht?«

»Unsinn. Mir ist es egal, von wem sich unsere Kunden die Kinder aufschwatzen lassen. Aber die Statistik hat gezeigt, daß menschliche Berater mehr Befruchtungsverträge abschließen als die Roboter. Deshalb meine ich, daß wir wieder mehr menschliche Berater einstellen werden. Wir können immer tüchtige Leute brauchen. Ich habe dabei an Sie gedacht, Xenor.«

»Dafür würde ich mich nicht hergeben.«

»Überlegen Sie es sich.«

»Ich brauche nicht zu überlegen.«

»Es würde die Freiheit für Sie bedeuten.«

»Der Preis ist mir zu hoch.«

»Wie Sie meinen. Meine Zeit ist leider um, ich muß Sie verabschieden. Aber wenn Sie Ihren Entschluß geändert haben, lassen Sie es mich wissen.«

»Ich hätte eine Frage, Professor. Es geht um Haskar Raims. Er wurde vor drei Monaten aus meiner Zelle ins Krankenhaus gebracht. Ich habe nichts mehr von ihm gehört.«

»Er ist tot.«

»Tot?«

»Ja, die Ärzte konnten ihn nicht mehr retten, aber er hatte ein ausgezeichnetes Herz, soviel ich weiß. Sein Tod hat einem anderen Menschen das Leben gerettet.«

»Ich verstehe Sie nicht, Xenor. Sie als Retortenmensch müßten doch am ehesten für die Erhaltung Ihrer Art eintreten.«

»Ich habe für mein Volk gekämpft.«

»Was reden Sie da! Ich meine die Idee des Retortenmenschen. Die Entwicklung ist nicht mehr aufzuhalten. Die Menschheit braucht neues Blut, eine neue Form des Lebens muß gefunden werden, damit wir die nächsthöhere Evolutionsstufe erklimmen können. Sie haben einige gute Erbanlagen in sich, Xenor, das hat die letzte Untersuchung bewiesen. Wollen Sie nicht ein Spender werden?«

»Nein, Professor.«

»Ich bin nicht Professor Stuiff. Ich bin Clifford. Erinnern Sie sich nicht mehr an mich? Ich habe Ihnen vor einem Jahr die Frau gezeigt, die mit Raims' Herz weiterlebt.«

»Nein.«

»Doch, sie lebt. Und sie wird noch fünfzig Jahre leben.«

»Ich meine, nein, ich kann mich nicht erinnern.«

»Wollen Sie nicht auch spenden?«

»Lassen Sie mich nachdenken.«

»Werden Sie Spender, Xenor.«

»Ich denke nicht daran.«

»Woran denken Sie dann?«

»Ich versuche mich zu erinnern, wo ich die Dokumente verborgen habe.«

»Welche Dokumente?«

»Die Schenkungsurkunde. Damit kann ich beweisen daß Terra den Planeten Forgid uns Androiden geschenkt hat.«

»Das brauchen Sie nicht mehr zu beweisen. Forgid gehört schon lange den Retortenmenschen. Forgid ist zu einem Paradies geworden.«

»Ich möchte ...«

»Warum nicht? Es ließe sich einrichten. Sie können auch auf Forgid spenden.«

»Nein.«

»Setzen Sie sich erst gar nicht, Xenor. Ich habe Sie nur zu mir kommen lassen, um Sie auf das bevorstehende Experiment vorzubereiten. Sie hätten es besser treffen können, Xenor, wenn Sie nicht immer so stur gewesen wären. Sie können sich nicht über Angebote beklagen. Jetzt müssen Sie die Konsequenzen tragen.«

»Welches Experiment, Professor?«

»Wir machen einen neuen Menschentyp aus Ihnen. Es wird nämlich Zeit, daß wir mit dem Homo sapiens endgültig und vollkommen brechen. Was nützt es, wenn wir eine neue Generation heranziehen, die alte Generation aber nicht ausstirbt? Die Alten holen sich von den Banken immer neue Organe und schieben ihren Abschied stets weiter hinaus. Ich habe nichts gegen die alte Generation, Xenor, ich gehöre selbst dazu. Im Gegenteil, ich möchte den Alten sogar helfen. Da sie mit den heranwachsenden vaterlosen Übermenschen nicht mehr Schritt halten können, möchte ich ihnen die Chance geben, sich anpassen zu lassen. Sie, Xenor, werden der Wegbereiter dieser neuen Ära sein.«

»Professor Stuiff?«

»Nein, Xenor, ich bin ...«

»Clifford?«

»Nein. Ich bin Elmer Laudernik. Ich komme, um dir zu sagen, daß du nichts mehr zu befürchten hast.«

»Das Experiment!«

»Es wird nicht stattfinden. Du bist ein freier Mensch, Xenor.«

»Ein Mensch? Frei?«

»Ja, wir haben gesiegt. Es wird bald keine Menschenmacher mehr geben. Der Mensch wird wieder er selbst werden.«

»Wann?«

»Der Siegeszug der Vernunft ist nicht mehr aufzuhalten.«

»Stuiff?«

»Clifford?«

»Laudernik?«

»Barbara!«

Sie drückte ihn fest an sich und wartete, bis sich sein bebender Körper beruhigt hatte. Dann hob sie seinen Kopf und versuchte in seinem Gesicht zu lesen.

»Wieder dieser Traum?« fragte sie. Er nickte und flüsterte: »Es sind tausend Träume. Aber immer wieder komme ich in die kalte, automatische Zelle zurück, wo Clifford und Stuiff sitzen und die Frau mit Raims' Herzen auf und ab geht.«

»Versuche, nicht mehr daran zu denken.«

»Ich denke nicht daran, es verfolgt mich.« Er stützte sich im Bett auf und forschte in ihrem Gesicht, das in der Dunkelheit nicht viel mehr als ein verwaschener Fleck war.

»Jetzt fühle ich mich wieder freier«, versicherte er. »Schlafe nur ruhig weiter.«

Sie ergriff seine Hand, drückte sie, während sie sich zurücklegte. Aber sie wußte, daß sie nicht einschlafen konnte. In letzter Zeit war es immer seltener vorgekommen, daß Xenor mitten in der Nacht schweißgebadet und von Alpträumen geplagt aufwachte. Sie hatte schon zu hoffen begonnen, daß Doc ihn endgültig von den Wahnvorstellungen befreit hätte. Und nun ...

Schreckliches mußte er in den vier Jahren auf Terra durchgemacht haben. Er sprach nie davon. Er sprach überhaupt nicht viel, und sie versuchte nicht, ihn zum Reden zu bewegen, obwohl es für ihn vielleicht besser gewesen wäre, wenn er sich von der Last befreit hätte.

Er hätte glücklich sein können, denn er war wieder bei seiner Familie, er war frei, auf einem Planeten, den er nach seinem Willen formen konnte. Sie alle hätten glücklich und unbeschwert leben können, wenn nicht die Schatten der Vergangenheit auf ihnen gelastet hätten. Die Angst, der Mensch könnte wieder die alten Fehler begehen und sich mit Gott messen wollen, saß ihnen allen im Nacken. Und sie wußten, wenn es noch einmal zu dieser Selbstüberhebung des Menschen kommen würde, wäre es der Anfang vom Ende. Noch einmal würde der Mensch nicht mehr so glimpflich davonkommen.

Sie waren nicht so glücklich und unbeschwert, wie sie hätten sein können.

Barbara rührte sich nicht, als Xenor die Bettdecke zurückschlug. Sie stellte sich schlafend, während er sich ankleidete und das Zimmer verließ. Lautlos trat sie dann ans Fenster und sah ihm nach, wie er den Farmhof verließ und gedankenverloren hinaus ins weite, fruchtbare Land Forgids schlenderte.

Der aufgehenden Sonne entgegen.

ENDE

Nachwort

Ernst Vlcek wurde im Jahr 1941 in Wien geboren. Den Nachnamen spricht man übrigens »Wiltschek« aus, was soviel wie »Wölflein« bedeutet.

Von Beruf zunächst als Vertreter für Buchungsautomaten tätig, entschied Vlcek sich im Jahr 1970, als freiberuflicher Schriftsteller zu leben. Bevor er in diesem Jahr zum PERRY RHODAN-Team stieß (sein erster Titel war Heft-Nummer 509: »Die Banditen von Terrania«), hatte er bereits etliche Erzählungen und Romane in Science-Fiction-Reihen wie »Utopia-Zukunft« oder TERRA und im Umfeld der PERRY RHODAN-Serie veröffentlicht.

Seinen Weg in den eigentlichen PERRY RHODAN-Kosmos hatte Vlcek über die Taschenbücher gefunden; in einem Interview für das PERRY RHODAN-Magazin (2/79) erinnert er sich: »Das war in einer Zeit, in der die Stammautoren voll ausgelastet waren. (...) Herr Schelwokat« – damals Lektor der PERRY RHODAN-Serie – »brauchte Material.«

Und Vlcek lieferte: »Planet unter Quarantäne«, den grandiosen Parallelwelt-Roman »Der Untergang des Solaren Imperiums« (beide 1968), »Das Grab der Raumschiffe«, »Der endlose Alptraum«, »Die Verlorenen des Alls« (alle 1969). Im Jahr 1969 startete auch die PR-Schwester-Serie ATLAN – Vlcek stieg mit Heft Nummer 22 »Der Marsch durch die Unterwelt« ein.

Nach dem Tod von William Voltz im Jahr 1984 übernahm Vlcek, beginnend mit dem Entwurf für Heft Nummer 1211, die Exposéarbeit, die er sich zunächst mit Rainer Zubeil (Pseudonym: Thomas Ziegler), nach dessen Ausscheiden dann mit Kurt

Mahr und schließlich mit Robert Feldhoff teilte. Zum Jahreswechsel 1999/2000 beendete Ernst Vlcek diese Tätigkeit, um sich wieder vermehrt seiner Lieblingsbeschäftigung im Bereich der SF zu widmen: dem Schreiben von Romanen.

Aus Vlceks Zeit vor seiner Mitarbeit an der PERRY RHODAN-Serie stammt der vorliegende Doppelroman. Sein erster Teil erschien unter dem Titel »Der Androidenjäger« im Erstdruck 1969 als TERRA NOVA-Heft Nummer 86, der zweite Teil »Die Menschenmacher« im selben Jahr als TERRA NOVA-Heft Nummer 89. Nachgedruckt wurden sie 1983 in der Reihe TERRA ASTRA mit den Heftnummern 550 und 556.

Der Stoff, mit dem sich Ernst Vlcek hier auseinandersetzt, ist ein klassisches Science-Fiction-Thema, ja sogar eines jener Themen, die der Science Fiction selbst vorangegangen sind: der künstliche Mensch und sein Verhältnis zum natürlichen Menschen.

Der erste künstliche, das heißt mit Mitteln der Kunst, also technisch hergestellte Mensch ist Pandora. Hesiod erzählt, wie der Schmied Hephaistos auf Geheiß von Göttervater Zeus Pandora, die Allesgebende, die erste Frau, schafft – ein Racheakt, der dem Feuerdieb Prometheus und seinen Menschen an den Hals geschickt wird.

Diese Frau nämlich bringt in einem tönernen Gefäß, der Büchse, alle Übel der Welt. Ein in mancher Hinsicht richtungweisender Akt: In Zukunft werden alle Kunstmenschen von Rang ohne Mitwirkung weiblicher Reproduktionsorgane erzeugt. Und so recht froh sind die Besitzer der Kunstmenschen nie mit ihnen geworden.

Der Androide – aus griechisch *aner*, im Genitiv *andros* für *Mensch* plus *eides* für *ähnlich* – ist also reines Vaterkind, und zwar in der Realität ebenso wie in der Fiktion:

So wird von den mittelalterlichen Philosophen Roger Bacon (1219 bis um 1292) und Albertus Magnus (um 1200–1280) berichtet, sie hätten künstliche Menschen erbaut: Bacon, der den Begriff des »Naturgesetzes« prägte, einen *Talking Head*; Albert einen ganzen *Eisenmann* – in der katholischen Kirche gilt Albert bis heute als Patron der Naturwissenschaften.

Erst im 18. Jahrhundert kommt der Begriff des Androiden auf. Er meint einen Automaten in Menschengestalt, ein rein mechanisches Wesen. Derartige Apparate sind von einigen Mechanikern des 18. Jahrhunderts tatsächlich angefertigt worden, so zum Beispiel der Flötenspieler von Jacques de Vaucanson (1738) oder die musizierenden Automaten von Vater und Sohn Jaquet-Dros (1774). In Hellbrunn soll ein ganzes Mechanisches Theater in Betrieb gewesen sein, komplett mit mechanischen Schauspieler-Puppen.

Zum berühmtesten Androiden des 19. Jahrhunderts sollte ein Kunstwesen werden, das zwar ebenfalls von einem Mann hergestellt, immerhin aber von einer neunzehnjährigen Frau erdacht wurde: Mary Wollstonecraft Shelley (1797–1851) läßt in ihrem Roman »Frankenstein oder Der moderne Prometheus« (1818) den Titelhelden, den Ingolstädter Naturphilosophen Victor Frankenstein, Ahnherr aller Mad Scientists, ein namenloses Monster zum Leben erwecken. Dieses Monster wird später mit dem Namen seines Schöpfers assoziiert – ganz ähnlich, wie die Androiden in Vlceks Roman, die »Synthetischen Humanoiden«, nach ihrem »Vater« Dr. French Peter »Peterhaut« genannt werden. Mütter gibt es, wie gesagt, im Reich der Androiden nicht.

Am technischen Aspekt der Androidenmanufaktur ist Shelley sowenig interessiert wie ihr Zeitgenosse Johann Wolfgang von Goethe oder wie ihr ferner Nachfahre im Geiste Ernst Vlcek. In Goethes »Faust. Der Tragödie zweiter Teil« (1832) werden »weitläufige unbehülfliche Apparate zu phantastischen Zwecken« aufgefahren, um in einer Phiole den Homunculus, einen künstlichen Menschen, zu machen. Eine Szene, die sich selbst künstlichen Intelligenzen einprägt: Als

Xenor, Vlceks Held, auf der Erde in das vollautomatisierte Haus seines Gegners Clifford eindringt, zitiert einer der dort tätigen Wunscherfüllungsroboter ihm den Dialog zwischen dem Homunculus-Vater Wagner und Mephistopheles aus Goethes Werk.

Immerhin erfährt man bei Shelley, daß die Verlebendigung irgendwie elektrisch vor sich geht. Die Elektrizität, eine Entdeckung des 18., des sogenannten elektrischen Jahrhunderts, ist auch zu Beginn des 19. noch zu solchen Wunderwerken fähig. Ist damals doch die Entdeckung noch jung und sensationell, daß organisches Material – präparierte Froschschenkel nämlich – beim Überschlag elektrischer Funken zusammenzucken.

Je alltäglicher jedoch der Umgang mit der Elektrizität wird, desto stärker müssen andere, futuristischere Verfahren zur Androidenerzeugung herangezogen werden. Außerdem hatte sich im Gefolge von Karel Capeks (1890–1938) Theaterstück »R.U.R. Rossums Universal Robots« (1921) die Bezeichnung *Roboter* für menschenähnliche Kreaturen aus nichtorganischem Material eingebürgert (obwohl die industriell hergestellten Roboter in Capeks Stück eigentlich aus einer organischen Ursuppe geschöpft sind). Der Roboter, der in Fritz Langs (1890–1976) Filmspektakel »Metropolis« (Deutschland 1926) die Maria ersetzt, besteht im Kern aus einer Metallkonstruktion, die nur mit einem Fleischüberzug bemäntelt wird. Als diese Fleischhülle verbrennt, kommt, wie es seitdem Brauch bei Terminatoren und Vario-500-Robotern mit Pseudo-Variabler-Kokonmaske ist, der metallische Kern zum Vorschein.

Francis Crick und James Dewey Watson hatten zu Beginn der 50er Jahre des 20. Jahrhunderts längst einen feineren Stoff entdeckt, um daraus Androiden zu schnitzen: die Doppelhelix der DNA. Gentechnik, die Manipulation des menschlichen

Erbgutes, wird nun zum üblichen Verfahren im Bereich der Androidenherstellung.

Was aber sind die mutterlos aus menschlichem Erbgut hervorgebrachten Menschenähnlichen? Sind sie Menschen? Höhere Menschen sogar, Übermenschen, wie in Vlceks Roman der nietzscheanische Professor Stuiff meint? Oder sind es im Gegenteil »Untermenschen«, die man, wie es die rassistischen »Androidenjäger« praktizieren, in ein Konzentrationslager stecken und dort ihrer erbarmungslosen Vernichtung zuführen muß? Oder sind es einfach Fremde unter den Menschen – Xenor heißt Vlceks Held, und *Xenos* ist das altgriechische Wort für *der Fremde.*

Träumen Androiden? Und wenn ja: etwa von elektrischen Schafen, wie Philip K. Dick (1928–1982) in seinem fast zeitgleich mit Vlceks Roman erschienenen Titel »Do Androids Dream of Electric Sheep?« fragt? Oder träumen sie den zu allen Zeiten, also auch in Zukunft unerhörten, revolutionären Traum von einem Leben als Mensch, in Menschenwürde?

Vlceks Roman stellt alle diese Fragen; Antworten gibt er nicht. Wie auch – sein Roman ist kein Lehrwerk über vergleichende Anthropologie beziehungsweise Androidologie. Er ist die spannende Geschichte eines Mannes, der zwischen die Fronten gerät. Längst nämlich hat sich hier verwischt, wer Freund und Feind ist, Jäger und Gejagter, Mensch und Androide. Längst ist Vlceks Roman mit seinen vielen verblüffenden Wendungen ein Science-Fiction-Klassiker.

Hartmut Kasper